DIOGENES TASCHENBUCH 199/5

W0090360

ROBERT LOUIS STEVENSON

Die Herren von Hermiston

Roman
Aus dem Englischen
von Marguerite Thesing

DIOGENES

Titel der englischen Originalausgabe
»Weir of Hermiston«, 1896

Dieser Band geht zurück auf die zwölfbändige Ausgabe
»Gesammelte Werke«, herausgegeben von Marguerite
und Curt Thesing, München, 1924–1927
Umschlag: Tomi Ungerer

INHALT

*

VORWORT

*

IN DEN ÖDEN AUSLÄUFERN EINES SCHOTTI-
fchen Heidekirchfpiels, weit außer Sichtweite von
irgend einer menfchlichen Behaufung, erhebt fich
inmitten Heidekrauts ein Grabhügel, fowie ein wenig öftlich davon, dem Laufe des Baches folgend, ein
Grabmal mit einigen halbverwitterten Verfen. Dies
ift der Ort, an dem Claverhoufe mit eigener Hand
den betenden Weber von Balweary erfchoß, und die
Sichel des Senfenmannes felbft hat gegen jenen einfamen Grabftein geklirrt. Weltgefchichte und lokale
Gefchichte haben demnach beide jenes kleine Tal
zwifchen den Bergen mit blutigem Finger gezeichnet; und feit der Cameronier dort vor zweihundert
Jahren ohne Verftändnis und ohne Bedauern, einer
herrlichen Torheit zuliebe, fein Leben opferte, ift
das Schweigen der Moore noch einmal durch den
Knall von Feuerwaffen und den Schrei eines Ster-
benden zeriffen worden.
Das Teufelsmoor war der alte Name des Ortes; jetzt
aber heißt er Francies Grab. Eine Weile behaupteten die Leute, daß Francie umginge. Aggie Hogg
traf ihn einmal in der Dämmerftunde neben dem
Grabhügel; er fprach fie an, und feine Zähne klap-
perten dabei fo ftark, daß fie kein Wort verftehen
konnte. Er verfolgte Rob Todd (falls auch nur eine
Seele Robbie glauben könnte) eine halbe Meile weit
mit jämmerlichen Bitten. Aber unfer Zeitalter ift das
Zeitalter der Skepfis; diefe abergläubifchen Verbrä-

mungen bröckelten fehr bald ab, und nur die Tatfachen der Begebenheit felbft leben, dem Gebein eines
dort verfcharrten und halb ausgegrabenen Riefen
gleich, nackt und unvollkommen im Gedächtnis der
weit verftreuten Einwohner fort. Bis auf den heuti-
gen Tag erzählt man an Winterabenden, wenn der
Hagel gegen die Fenfter praffelt und die Kühe im
Stalle fchlafen, unter dem andächtigen Schweigen
der Jugend und den Zufätzen und Zurechtweifungen
des Alters die Gefchichte des Lord Oberrichters und
feines Sohnes, des jungen Hermifton, der auf immer
aus der Menfchen Gefichtskreis fchwand; der beiden
Kirfties und der vier fchwarzen Brüder von Cauldftaneslap fowie des »jungen Narren von Advokaten«,
Frank Innes, der hinaus in diefe Moore kam, feinem Verhängnis zu begegnen.

*

ERSTES KAPITEL

Leben und Sterben von Mrs. Weir

*

DER LORD OBERRICHTER GALT IN JENEM TEILE
des Landes als ein Fremder; aber feine gnädige Frau
Gemahlin war allen fchon von Kindheit an bekannt,
wie ihr Gefchlecht vor ihr bereits bekannt gewefen war.
Die alten »reitenden Rutherfords von Hermifton«, deren letzter Sproß fie war, ftanden von altersher in be-
rüchtigtem Anfehen: lauter fchlechte Nachbarn,
fchlechte Untertanen und fchlechte Gatten, wenn
auch tüchtige Hauswirte. Anekdoten gingen über fie
um auf zwanzig Meilen in der Runde, und ihr Name
fand fich fogar fchwarz auf weiß in den Blättern
unferer fchottifchen Gefchichte, obfchon nicht immer
zu ihrem Ruhme. Der eine mußte zu Flodden den
Staub küffen; ein anderer wurde von Jakob V. an
feinem eigenen Burgtor aufgehängt; ein dritter fank
tot um bei einem Zechgelage mit Tom Dalyell,
während ein vierter (Johannas eigener Vater) als
Vorfitzender des Höllenfeuerklubs ftarb, den er felbft
begründet hatte. Damals wurden zu Crossmichael ob
diefes Gottesurteils gar viele Köpfe gefchüttelt, zu-
mal der Mann bei groß und klein, bei den From-
men wie bei den Weltleuten einen verabfcheuungs-
würdigen Ruf befaß. Im Augenblick feines Ablebens
hatte er bei den Affifen nicht weniger als zehn Kla-
gen angeftrengt, von denen acht auf Unterdrückung
der Schwachen abzielten. Das gleiche Schickfal er-

ſtreckte ſich ſogar auf ſeine Verwalter. Des Gutsherrn Inſpektor, ſeine rechte Hand in manchem
linkshändigen Geſchäft, fiel eines Nachts vom Pferde
und ertrank in dem Torfmoor bei Kye-skairs; ja
ſelbſt ſein Anwalt ſollte ihn nicht lange überleben
(obwohl doch Advokaten bekanntlich mit langen
Löffeln eſſen). Er ſtarb ganz plötzlich an einem
Schlagfluß.

In allen dieſen Generationen, ſolange ein Rutherford mit ſeinen Burſchen im Sattel ſaß oder im
Wirtshaus ſich raufte, gab es daheim auf der alten
Burg oder in dem ſpäteren Herrenhaus ein bleiches
Ehegeſpons. Es ſcheint, daß dieſe lange Reihe von
Märtyrerinnen ſich in Geduld faßte, aber endlich
ſollte ihnen doch ihre Rache werden; das geſchah
in der Perſon ihrer letzten Nachkommin Johanna.
Sie trug zwar den Namen der Rutherfords, aber ſie
war die Tochter der zitternden Ehefrauen. Anfänglich
entbehrte auch ſie nicht des Reizes. Die Nachbarn
erinnerten ſich, in ihr als Kind Züge eines ſchwachen,
elfenhaften Mutwillens wahrgenommen zu haben,
ſanfte, kleine Widerſpenſtigkeiten, traurige, kurze
Anfälle von Heiterkeit, ja ſelbſt einen Morgenſtrahl
von Schönheit, deſſen Verheißung jedoch niemals in
Erfüllung ging. Sie welkte bereits im Blühen und
erreichte ihre Reife (ſei es durch die Sünden der
Väter oder die Leiden ihrer Mütter) geknickt, ja
gleichſam entblättert — ohne Lebensſaft, Kraft und
Frohſinn; fromm, ſorgenvoll, empfindſam, tränen-
reich und untüchtig.

Vielen war es ein Wunder, daß ſie überhaupt geheira-

tet hatte — fie war fo ganz aus dem Holz, aus dem man
die alten Jungfern fchnitzt. Aber ein Zufall warf fie
Adam Weir, dem neugebackenen Lord Staatsanwalt,
einem anerkannt tüchtigen, zu hohen Ehren empor-
geftiegenen Manne, in den Weg, diefem Sieger über
viele Hinderniffe, der fich jetzt in vorgerückten
Jahren nach einer Gattin umzufchauen begann. Er
war ein Mann, der mehr auf Gehorfam als auf Schönheit fah; dennoch fchien er gleich auf den erften
Blick einen tiefen Eindruck von Johanna empfangen
zu haben. »Wer ift die da?« fragte er feinen Wirt
und fügte hinzu, als diefer ihm geantwortet hatte:
»So, fo; fie fieht recht fittfam aus. Sie erinnert
mich —«, und nach einer Paufe (die etliche die
Kühnheit hatten, einer fentimentalen Erinnerung zuzufchreiben) forfchte er weiter: »Ift fie religiös?«
Kurz danach wurde er auf fein eigenes Gefuch ihr
vorgeftellt. Diefe Bekanntfchaft, die man nur profa-
nerweife als eine Liebeswerbung bezeichnen kann,
wurde von Mr. Weir mit gewohnter Energie ge-
pflegt und lebte lange Zeit als Fabel, oder beffer als
Quelle von allerlei fabelhaften Gerüchten im Parlamentshaus fort. Man fchilderte, wie Weir, ganz rofig
vom vielen Portwein, den Salon betrat, fchnurftracks
auf die Dame zufteuerte und fie mit allerhand Scherzen beftürmte, auf welche die verlegene Schöne nur mit
einem qualvollen »Herrjeh Mr. Weir!« oder »Liebe
Zeit, Mr. Weir!« oder »Gott fchütz uns, Mr. Weir!«
zu antworten vermochte. Noch am Vorabend ihrer
Verlobung wollte jemand, der fich dem zärtlichen
Paare genaht, gehört haben, wie die Dame im Tone

eines Menfchen, der nur um nicht zu fchweigen redet, fragte: »Großer Gott, Mr. Weir, und was tat man mit ihm?« Worauf die tiefe Stimme des Freiers antwortete: »Ihn henken, Madame, ihn henken!« Die Motive auf beiden Seiten wurden viel erörtert. Mr. Weir muß feine Braut aus irgendeinem Grunde für eine fehr paffende Lebensgefährtin gehalten haben; vielleicht gehörte er zu jener Klaffe Männer, die einen fchwachen Verftand bei Frauen fchätzen — eine Auffaffung, die fchon in diefem Leben unfehlbar beftraft wird. Abftammung und Vermögen der Dame waren jedenfalls tadelfrei. Ihre räuberifchen Ahnen und ihr händelfüchtiger Vater hatten Johanna mit Glücksgütern bedacht. Es waren fowohl weite Äcker wie bares Geld vorhanden, bereit, dem Gatten ein für allemal überantwortet zu werden, feinen Nachkommen Würde und ihm felbft einen Titel zu verleihen, wenn man ihn erft auf den Richterftuhl berufen hätte. Andererfeits beftand für Johanna wohl ein gewiffer Reiz der Neugier diefem unbekannten, männlichen Tier gegenüber, das fich ihr mit der Rauheit eines Bauern und dem Aplomb des Advokaten näherte. Da er einen fo fchneidenden Gegenfatz zu allem bot, was fie kannte, liebte und verftand, mag er ihr fehr wohl als das Extrem, wenn auch nicht als das Ideal feines Gefchlechts erfchienen fein. Außerdem war er ein Mann, dem man fo leicht keinen Korb geben konnte. Wenn auch nur wenig über vierzig, fah er zur Zeit feiner Heirat doch bereits älter aus; dem Gewichte der Mannheit gefellte fich die fenatorifche Würde der Jahre hinzu; zwar betrachtete fie ihn mit unheiliger Ehrfurcht, aber mit Ehrfurcht trotz alledem. Das Richterkollegium, die Anwaltfchaft, die geriffenften und widerfpenftigften Zeugen — alle neigten fich feiner Autorität — weshalb da nicht auch die kleine Hanna Rutherford? Jene Ketzerei betreffs törichter Ehefrauen wird, wie gefagt, ftets beftraft, und Lord Hermifton begann auf der Stelle die Buße zu zahlen. Sein Haus in George Square wurde entfetzlich fchlecht geführt; nichts ftand im entfprechenden Verhältnis zur Höhe des Aufwands als fein Weinkeller, den er perfönlich verwaltete. Wenn bei der Tafel alles verkehrt ging, was ftändig der Fall war, pflegte Mylord über den Tifch hinweg feine Frau anzublicken: »Mir fcheint, diefe Brühe ift beffer zum Baden als zum Effen geeignet.« Oder zu dem Haushofmeifter gewandt: »Hier, M'Killop, fort mit diefem radikalen Gigot — bring's den Franzofen, Kerl, und hol' mir ein paar Fröfche. Es ift doch eine harte Sache, daß ich den ganzen Tag im Gerichtshof Radikale aufhängen muß und nachher zu Haufe nicht mal was zu Effen bekomme.« Natürlich war das nur eine Redensart; niemals in feinem Leben hatte er einen Mann feines Radikalismus wegen gehenkt, da das Gefetz, deffen treuer Diener er war, es anders beftimmte. Und ebenfo natürlich war diefer knurrende Proteft als eine Art Witz gedacht, aber es war ein verfteckter Witz; und, mit tönender Stimme vorgetragen und von jenem Ausdruck begleitet, den man im Parlamentshaus als »Hermiftons Henkergeficht« bezeichnete, erfüllte er die Frau mit lähmender Beftürzung. Da faß fie ihm

gegenüber, fprachlos und zitternd; bei jedem Gang
hing ihr Blick, wie bei einer Feuerprobe, unficher
an Mylords Antlitz, nur um fich fogleich wieder zu
fenken. Aß er fchweigend, fo war unausfprechliche
Erleichterung ihr Los, klagte er, verfank die Welt
in Finfternis. Dann pflegte fie die Köchin, die ftets
»ihre Schwefter im Herrn« war, aufzufuchen. »Ach,
Liebfte, es ift ein fchrecklich Ding, daß Mylord niemals in feinem eigenen Haufe zufriedengeftellt werden kann«, fo lautete der Anfang; und dann weinte
fie und betete mit der Köchin; und dann betete die
Köchin mit Mrs. Weir; und am folgenden Tage
pflegte die Mahlzeit nicht um einen Penny beffer zu
fein — und die nächfte Köchin war (wenn fie überhaupt
erfchien) womöglich noch fchlechter, aber nicht minder fromm. Vielfach wunderte man fich, daß Lord
Hermifton die Sache fo ruhig nahm; in Wahrheit
war er ein ftoifcher, alter Genüßling, zufrieden mit
folidem Wein, und zwar in reichlichen Mengen. Dennoch gab es Momente, in denen ihm die Geduld riß.
Vielleicht ein halbes Dutzend mal in der Gefchichte
feiner Ehe brach er mit fürchterlicher Wut und
ein paar knappen Gebärden in die Worte aus: »Hier,
fchaff das fort und bring mir ein Stück Brot und
Käfe.« Niemand fiel es ein, zu proteftieren oder fich
zu entfchuldigen; die Mahlzeit wurde abgebrochen;
Mrs. Weir flennte unverhohlen am Kopfende der
Tafel, während feine Lordfchaft ihr gegenüber mit
betonter Gleichgültigkeit fein Brot und feinen Käfe
kaute. Ein einziges Mal nur hatte Mrs. Weir hilfe-
fuchend eine Bitte gewagt. Das gefchah, als er auf

dem Wege in fein Studierzimmer an ihrem Stuhl vorbeifchritt.

»Ach, Adam«, jammerte fie mit einer Stimme, tragifch von vielen Tränen, und ftreckte ihm, in der einen Hand ein triefendes Tafchentuch, beide Arme entgegen.

Er hielt mit zornigem Ausdruck inne; allmählich jedoch, während er fie mufterte, ftahl fich ein Funken von Humor in feinen Blick.

»Unfinn!« fagte er. »Du mit deinem Unfinn! Was nützt mir eine chriftliche Familie? Eine chriftliche Suppe will ich! Hol mir 'ne Dirn, die eine fimple Kartoffel kochen kann, und wär's eine Hure von der Straße.« Und mit diefen Worten, die in ihren zarten Ohren wie Blasphemie widerhallten, war er an ihr vorüber in fein Zimmer gefchritten und hatte die Tür hinter fich gefchloffen.

So war die Hauswirtfchaft in George Square. Beffer war es damit auf Hermifton beftellt. Dort ruhten alle Laften auf Kirftie Elliott, der Schwefter eines kleinen Grundbefitzers aus der Nachbarfchaft, die zugleich im achtzehnten Grade mit Mylady verwandt war und dort ein geordnetes Haus wie eine gute, ländliche Tafel führte. Kirftie war eine Frau unter taufend, fauber, tüchtig, bemerkenswert, ehemals eine Helena der Heide und noch immer anfehnlich fchön wie ein raffiges Pferd und fo gefund wie der Wind von den Bergen. Vollbufig, vollftimmig und vollblütig, führte fie mit ganzer, leidenfchaftlicher Seele und viel Lärm, der nicht ohne heftige Zufammenftöße verlief, die Wirtfchaft. Sie war kaum

frömmer, als der Anſtand der damaligen Zeit es verlangte und bot Mrs. Weir daher Anlaß zu vielen
ſorgenvollen Bedenken und tränenreichen Gebeten.
Haushälterin und Herrin erneuerten in ihrer Perſon
die Rollen von Martha und Maria, und Maria ſtützte
ſich, wenn auch mit nagendem Gewiſſen, auf die
Stärke Marthas wie auf einen Fels. Selbſt Lord Hermiſton brachte Kirſtie beſondere Hochachtung entgegen. Wenigen Menſchen gegenüber zeigte er ſich
ſo leutſelig, wenige beehrte er mit ſo zahlreichen
Scherzen. »Kirſtie und ich müſſen unſeren Spaß haben«, erklärte er in glänzender Laune, während er
Kirſties friſche Haferkuchen mit Butter beſtrich und
Kirſtie ihm bei Tiſch aufwartete. Für dieſen Mann,
den es weder nach Liebe noch nach Popularität ge-
lüſtete, für dieſen ſcharfſichtigen Kenner von Menſchen
und Ereigniſſen gab es vielleicht nur eine Wahrheit,
die er ſich niemals träumen ließ: niemals vermutete
er, daß Kirſtie ihn haßte. Er hielt Herrn und Dienerin für trefflich gepaart; beide waren ſie harte,
tüchtige, geſunde, derbe Schotten, ohne eine Spur
von Firlefanz. Tatſache war, daß Kirſtie die ſchwache,
weinerliche Dame zur Göttin und zu ihrem einzigen
Kinde erhoben hatte; ja mitunter, wenn ſie bei Tiſch
bediente, juckte es ſie in den Fingern, mit Mylords
Ohren nähere Bekanntſchaft zu ſchließen.
So genoß nicht nur Mylord, nein auch Mrs. Weir
ihre Ferien, wenn ſich die Familie auf Hermiſton befand. Befreit von dem fürchterlichen Ausblick auf
ein verunglücktes Eſſen, nähte Madame ihren Saum,
las ihre Andachtsbücher und machte (auf Befehl von

Mylord) ihren Spaziergang, mitunter allein, mitunter
aber auch in Begleitung Archies, des einzigen Kindes
diefer kaum natürlichen Verbindung. Das Kind war
das Band, das fie am innigften mit dem Leben verknüpfte. Die erfrorene Knofpe ihres Gefühls erblühte
von neuem, tief fog fie den Atem des Lebens ein,
entfefelte in des Kindes Gefellfchaft die Ströme ihres
Herzens. Das Wunder ihrer Mutterfchaft blieb ihr
ewig neu. Der Anblick des kleinen Kerls an ihrem
Rockzipfel beraufchte fie mit einem Gefühl der Macht,
während gleichzeitig das Bewußtfein der Verant-
wortlichkeit ihr das Blut in den Adern gefror. Sie
blickte in die Zukunft und fah ihn im Geifte heran-
wachfen und auf der Weltbühne eine vielgeftaltige
Rolle fpielen: fogleich hielt fie den Atem an und gab
mit lebhafter Willensanftrengung ihrem Mute neuen
Schwung. Nur in des Kindes Gegenwart vermochte fie
fich ganz zu vergeffen und wenigftens zu Momenten natürlich zu fein; und doch war es ihr wieder nur dem
Kinde gegenüber möglich, konfequent zu bleiben.
Archie follte ein großer und ein guter Mann werden,
wenn möglich ein Diener des Herrn, ein Heiliger
ganz gewiß. Sie verfuchte ihn für ihre Lieblings-
bücher zu intereffieren: Rutherfords »Briefe«, Scou-
gals »Fülle der Gnade« ufw. Es gehörte zu ihren
liebften Gewohnheiten (eine Tatfache, die jetzt wunder nimmt), das Kind nach dem Teufelsmoor zu
tragen, fich dort mit ihm auf des »Betenden Webers«
Stein zu fetzen und ihm von den Covenanters zu erzählen, bis ihnen beiden die Tränen über die Backen
rannen. Ihre Auffaffung der Weltgefchichte war völlig

naiv, eine Zeichnung in Schnee und Tinte; liebliche
Heilige mit Pfalmen auf den Lippen einerfeits, auf
der anderen Seite die Schar der Verfolger, gefpornt,
blutrünftig, vom Weine erhitzt: hie leidender Chrift,
dort rafender Beelzebub. Verfolger: das war das
Wort, das der Frau ans Herz griff, das für fie den
Gipfel des Böfen bedeutete, und fein Makel laftete
auch auf ihrem Haufe. Ihr Ururgroßvater hatte auf
dem Schlachtfelde von Rullion Green gegen die Ge-
falbten des Herrn das Schwert gezogen und der Überlieferung zufolge in den Armen des abfcheulichen
Dalyell fein Leben ausgehaucht. Auch vermochte fie
fich der Wahrheit nicht zu verfchließen, daß, hätten
fie in den alten Zeiten gelebt, Hermifton felbft zu den
Reihen des Blutigen Mackenzie und der Schlauköpfe
Lauderdale und Rothes, kurz zu der Horde von
Gottes perfönlichen Feinden gehört haben würde.
Diefes Bekenntnis bewegte fie tief im Innerften und
peitfchte fie zu noch glühenderer Andacht auf; die
Stimme, in der fie das Wort »Verfolger« ausfprach,
erfchütterte das Kind bis ins Mark hinein; und als
eines Tages der Pöbel fie alle in Mylords Reifewagen
auspfiff und verhöhnte und »Nieder mit dem Verfolger! Nieder mit dem Henker Hermifton!« fchrie,
während Mama die Hand vor ihre Augen hielt und
weinte, und Papa lediglich die Fenfterfcheibe her-
unterließ und den Mob mit feinem drolligen, fürchterlichen, bitteren und doch zugleich lächelnden Ausdruck mufterte — dem Ausdruck — fo fagten die
Leute — , den er mitunter hatte, wenn er jemandem
fein Urteil verkündete — ja, da war Archies grenzen-

lofe Verwunderung viel zu groß, um das Gefühl der Furcht aufkommen zu laffen. Kaum jedoch war er mit feiner Mutter allein, als feine fchrille Kinderftimme eine Erklärung forderte: weshalb hatten fie Papa einen »Verfolger« genannt?

»Gott fchütz uns, mein Liebling!« rief fie. »Gott fchütz uns! Die Sache ift eine politifche Sache, mein Schatz! Niemals darfft du nach einer politifchen Sache fragen, Archie. Dein Vater ift ein großer Mann, mein Schatz, und es kommt weder dir noch mir zu, ihn zu richten. Es würde uns allen zum Ruhme gereichen, wenn jeder von uns fich in feiner Stellung fo führte, wie dein Vater in feinem hohen Amt; laß mich nie wieder eine fo unehrerbietige und pflichtvergeffene Frage hören! Nicht etwa, daß du die Abficht hatteft, unehrerbietig zu fein, mein Lämmchen. Deine Mutter weiß das fchon — fie weiß es ganz genau, mein Herzblatt.« Und damit glitt fie zu gefahrloferen Themen über, hinterließ jedoch in dem Kindergemüt ein dumpfes aber unauslöfchliches Gefühl des Unrechts.

Mrs. Weirs Lebensphilofophie ließ fich in ein Wort zufammenfaffen: Empfindfamkeit! So wie fich ihr das ganz von der Glut der Höllentore erleuchtete Weltall malte, waren gute Menfchen verpflichtet, in einer Art Ekftafe der Empfindfamkeit durchs Leben zu gehen. Die Tiere und Pflanzen befaßen zwar keine Seelen, aber fie waren ja nur auf einen Tag gefchaffen; mochte diefer Tag ihnen fanft verrinnen! Und was die unfterblichen Menfchen betraf — wie abfchüffig war der Pfad, den viele von ihnen gingen — wie graufam die Ewigkeit, in die er mündete! »Kauft man nicht zwei Sperlinge —« »So dir jemand einen Streich gibt —« »und läßt regnen über Gerechte und Ungerechte.« »Richtet nicht, auf daß ihr nicht gerichtet werdet« — diefe Texte bedeuteten für fie das A und O des Gottesworts. Sie zog fie morgens mit ihren Kleidern an und legte fich des Nachts mit ihnen fchlafen; fie gingen ihr unabläffig im Kopfe herum wie eine geliebte Melodie und umfchwebten fie gleich einem Lieblingsparfüm. Der Familiengeiftliche war ein kerniger Ausleger der Schrift, dem Mylord mit Behagen laufchte; allein Mrs. Weir verehrte ihn nur von ferne, hörte fein nützliches Dröhnen jenfeits der Rampen des Dogmas (gleich den Kanonen einer belagerten Stadt) und weilte inzwifchen innerhalb wie außerhalb der Schußweite in ihrem privaten Garten, den fie mit dankbaren Tränen wäfferte. Seltfam zu fagen, war diefe farblofe und rückgratlofe Frau wahrhaft fromm; fie hätte der Sonnenfchein und der Ruhm eines Klofters werden können. Vielleicht kannte niemand außer Archie ihre Beredtfamkeit; er allein hatte feine Mutter mit geröteten Wangen und verfchlungenen oder bebenden Händen gefehen, ganz fanfte Glut. In dem Parke von Hermifton gibt es einen Winkel, von wo aus man einen unerwarteten Blick auf den Gipfel des Schwarzen Berges hat, der mitunter nichts weiter ift als die grafige Kuppe einer Anhöhe, mitunter aber auch (um Mrs. Weirs eigenen Ausdruck zu gebrauchen) einem koftbaren Juwel in einer Wolkenfaffung gleicht. Wenn der Berg an folchen

Tagen plötzlich vor ihr auftauchte, preßten ihre Finger fich enger um die des Kindes, und ihre Stimme fchwang fich zu einem Liede auf. »Auf die Berge möcht' ich fteigen!« fang fie und fügte hinzu: »Ach, Archie, find fie nicht wie die Hügel Naphtalis?«, und ihre Tränen ftrömten.

Auf ein eindrucksfähiges Kind mußte diefe ftändige, fanfte Begleitmufik des Lebens eine tiefe Wirkung ausüben. Der Frau Quietismus und Frömmigkeit gingen ungefchmälert auf feine völlig verfchiedene Natur über; aber während fie dort dem eingeborenen Gefühl entfprangen, waren fie hier nur ein eingepflanztes Dogma. Natur und des Kindes Kampfluft lehnten fich manchmal dagegen auf. Ein Proletarierjunge aus der Potterrow fchlug ihn eines Tages auf den Mund; er fchlug zurück, die beiden trugen die Sache in einer Gaffe hinter den Ställen bei den Meadows aus, und Archie kehrte mit einer beträchtlich verminderten Anzahl Vorderzähne nach Haufe zurück, wo er in wenig erbaulicher Weife mit den Verluften feines Feindes prahlte. Das war ein fchlimmer Tag für Mrs. Weir; fie betete und weinte über dem jugendlichen Sünder, bis die Zeit von Mylords Heimkehr vom Gericht herannahte und fie die Miene zittriger Ruhe auffetzen mußte, mit der fie ihn zu begrüßen pflegte. Der Richter war an jenem Tage in beobachtender Laune und bemerkte fehr bald die fehlenden Zähne. »Ich fürchte, Archie hat mit einem der Burfchen aus dem Hinterhaufe gerauft«, fagte Mrs. Weir. Mylords Stimme dröhnte, wie fie das in der Zurückgezogenheit feiner Häuslichkeit felten tat. »Dergleichen Dinge verbitte ich mir, Junge! Haſt du mich verſtanden? — Alle dergleichen Dinge! Ich dulde nicht, daß ſich ein Sohn von mir mit irgend- welchem ſchmutzigen Pöbel in der Goſſe wälzt!«

Die beſorgte Mutter war dankbar für eine ſo kräftige Unterſtützung; ſie hatte eher das Gegenteil befürch- tet. Und als ſie an jenem Abend das Kind zu Bett brachte, ſagte ſie: »Jetzt ſiehſt du's, mein Herz. Ich hab dir ja vorausgeſagt, was dein Vater davon denken würde, wenn er erführe, daß du dich zu dieſer ſchrecklichen Sünde haſt verleiten laſſen; und jetzt wollen du und ich zu Gott beten, daß er dich vor einer ähnlichen Verſuchung bewahren oder dir Kraft verleihen möge, ihr zu widerſtehen!«

Die weibliche Lüge war in dieſem Falle umſonſt. Eis und Eiſen laſſen ſich nicht zuſammenſchweißen, und die Standpunkte des Lord Oberrichters und Mrs. Weirs waren nicht weniger antagoniſtiſch. Charakter und Stellung ſeines Vaters waren Archie ſchon längſt ein Stein des Anſtoßes, und die Schwierigkeit wuchs mit jedem Jahre, das er älter wurde. Der Mann ver- hielt ſich meiſtens ſchweigſam; wenn er aber über- haupt redete, geſchah es, um weltliche Dinge in durchaus weltlichem Geiſte vorzutragen, teils in einer Sprache, die man den Jungen gelehrt hatte als roh zu betrachten, teils ſogar mit Worten, die er als direkt ſündhaft erkannte. Zärtliche Sanftmut war die vornehmſte Pflicht, und Mylord war unfehlbar hart. Gott war die Liebe; der Name Mylords lautete (für alle, die ihn kannten) Furcht. In dem Weltſchema, das die Mutter Archie aufgebaut hatte, war eines derartigen Gefchöpfes Platz gezeichnet. Dort gab es Menfchen, die man bemitleiden mußte, und für die zu beten gut, wenn auch wahrfcheinlich vergeblich war. Diefe wurden Verworfene, Böcke, Feinde Gottes genannt, Fackeln, die fich felbft verzehrten; Archie fand ein jedes Merkmal hier vertreten und zog den unvermeidlichen Schluß, daß der Lord Oberrichter der größte aller Sünder fei.

Der Mutter Aufrichtigkeit war kaum vollkommen. Einen einzigen Einfluß gab es, den fie für ihr Kind fürchtete und im Geheimen bekämpfte: den Mylords; und halb unbewußt, halb in willkürlicher Blindheit fuhr fie fort, ihres Gatten Stellung bei ihrem Sohne zu unterminieren. Solange Archie fchwieg, tat fie dies erbarmungslos, den Blick einzig auf des Kindes Seelenheil gerichtet; aber es kam der Tag, da Archie redete. Es war im Jahre 1801, als er das fiebente Jahr vollendet hatte und für fein Alter bereits eine ungewöhnliche Wißbegier und Logik zeigte. War es Sünde und verboten, andere zu richten, weshalb war Papa dann ein Richter? Und machte aus der Sünde einen Beruf? Und trug ihren Namen als eine Auszeichnung?

»Ich verftehe es nicht«, fagte der kleine Rabbi und fchüttelte altklug den Kopf.

Mrs Weir floß über von Gemeinplätzen.

»Nein, ich kann es trotzdem nicht verftehen«, wiederholte Archie. »Und ich will dir was fagen, Mama, ich glaube nicht, daß du und ich berechtigt find, bei ihm zu bleiben.«

Das rüttelte die Frau auf; fie fah fich, abtrünnig von

ihrem Mann, ihrem Gebieter und Ernährer, von ihm, für den fie (foweit Weltlichkeit überhaupt in ihrer Natur lag) einen gewiffen unterdrückten Stolz empfand. Sie tat fofort Buße in Form eines Vortrages über Mylords Ruhm und Größe, feine verdienftvollen Leiftungen in diefer Welt des Leides und des Unrechts und über den Platz, den er einnähme, hoch erhaben über Kinder und Unmündige, die ihn niemals zu erkennen oder zu kritifieren hoffen dürften. Aber Archie hatte feine Antwort parat: Waren nicht Kinder und Unmündige Typen des Gottesreichs? Waren Ruhm und Größe etwa nicht der Welt Abzeichen? Und überhaupt, wie war das mit dem Mob gewefen, der Mylords Wagen umbrandet hatte?

»Das ift alles fchön und gut,« fchloß er, »aber meine Meinung ift, Papa hat kein Recht Richter zu fein. Und das ift anfcheinend noch nicht mal das Schlimmfte. Es fcheint, fie nennen ihn den ‚Henker-Richter‘ — es fcheint, daß er graufam ift. Ich will dir was fagen, Mama, ich muß immer an den Text denken: ‚Beffer wäre es für jenen Menfchen, man hinge ihm einen Mühlftein um den Hals und würfe ihn in die tieffte See‘.«

»Ach, mein Lamm, nie wieder darfft du fo etwas fagen!« jammerte fie. »Du follft Vater und Mutter ehren, mein Herz, auf daß du lange lebeft auf Erden. Das find nur Atheiften, die fich gegen ihn auflehnen — franzöfifche Atheiften, Archie. Du willft dich doch nicht mit franzöfifchen Atheiften auf ein und diefelbe Stufe ftellen? Es würde mir das Herz brechen, wenn ich das von dir glauben müßte. Ach Archie,

Archie, bist du es denn nicht selber, der sich jetzt zu seinem Richter aufwirft? Hast du Gottes unmißverständliches Gebot — das erste mit einer Verheißung, schon so rasch vergessen? Denke an den Splitter des anderen und an den Balken im eigenen Auge!«

Nachdem sie also den Krieg ins feindliche Lager getragen, vermochte die geängstigte Dame wieder zu atmen. Ohne Zweifel ist es auch leicht, ein Kind derart mit Schlagworten zu überfallen, aber es ist noch sehr die Frage, inwiefern es wirksam ist. Ein Instinkt in der Brust des Kindes entdeckt die Sophisterei und verdammt sie. Es wird sich zwar sogleich unterwerfen, insgeheim aber an seiner Ansicht festhalten. Denn selbst in der primitiven und uralten Beziehung zwischen Mutter und Kind gebiert eine scheinheilige Lüge die andere.

Als in jenem Jahre die Gerichtsferien anbrachen und die Familie nach Hermiston überfiedelte, fiel es allgemein im Lande auf, daß die gnädige Frau arg kränkelte. Sie schien unversehens ihren Halt am Leben zu verlieren und dann wiederzugewinnen; mitunter saß sie teilnahmslos, ja in grenzenloser Verwirrung; dann wieder erwachte sie zu fieberhafter, schwächlicher Tätigkeit. Sie lungerte bei den Mägden und deren Hausarbeit herum und beobachtete sie mit stumpfen Blicken, schickte sich an, in alten Schränken und Kommoden zu kramen, wobei sie die Arbeit halb verrichtet wieder liegen ließ, und pflegte allerlei Bemerkungen mit großer Lebhaftigkeit anzufangen, nur um sie widerstandslos wieder abzubrechen. Im allgemeinen gemahnte sie an jemand,

der etwas vergeſſen hat und ſich nun vergeblich daran erinnern möchte, und während ſie ſo nacheinander die wertloſen und rührenden Andenken ihrer
verlorenen Jugend durchſtöberte, hätte man meinen
können, daß ſie in ihnen nach jenem vergeſſenen Gedanken ſuche. Etwa um dieſelbe Zeit teilte ſie zahlreiche Geſchenke unter den Nachbarn und Haus-
dirnen aus, jedoch gleichſam mit einem Ausdruck
des Bedauerns, der die Empfänger verlegen machte.
An ihrem letzten Abend auf Erden war ſie mit einer
Handarbeit beſchäftigt und lag ihr mit ſo unverhohle-
nem Eifer ob, daß ſelbſt Mylord (der nicht oft neu-
gierig war) ſie fragte, was ſie denn da mache.
Sie errötete bis über die Ohren. »Ach, Adam, es iſt
für dich! Pantoffeln! Ich — ich habe dir niemals
Pantoffeln geſtickt.«
»Du verrückte, alte Kruke!« war ſeiner Lordſchaft
Erwiderung. »Ne nette Figur würd' ich abgeben,
wenn ich in Pampuſchen herumſchlurfte!«
Am folgenden Tage zur Stunde des Spazierengehens
miſchte ſich Kirſtie ein. Kirſtie nahm das Hinſiechen
ihrer Herrin ſehr ſchwer, verübelte es ihr, zankte
ſie aus und überhäufte ſie mit Vorwürfen, die Be-
ſorgniſſe echter Liebe unter der Maske der Übel-
launigkeit verbergend. An dieſem Tage von allen
Tagen beſtand ſie äußerſt unehrerbietig, ja mit einer
Art bäuriſcher Wut darauf, daß Mrs. Weir zu Hauſe
bleibe. Aber deren Antwort lautete nur: »Nein, nein,
es iſt Mylords Befehl«, und ſie brach wie gewöhnlich zu ihrem Spaziergang auf. Archie ſpielte auf
dem Sumpfacker irgendein kindliches Spiel, deſſen

Gegenſtand Schlamm war; ſie blieb ſtehen und ſah
zu ihm hinüber, als wolle ſie ihn rufen. Dann über-
legte ſie es ſich anders, ſeufzte, ſchüttelte den Kopf
und ſetzte allein ihren Rundgang fort. Am Bach ſtieß
ſie auf die Hausmägde beim Waſchen und ging mit
ihrem ſchlenkernden, müden, nachläſſigen Schritt
vorüber.

»'s iſt doch 'n jämmerliches Geſchöpf, die Frau«,
ſagte eine der Dirnen.

»Unſinn,« meinte die andere, »das Weib iſt krank.«

»Pah, ich ſeh keinen Unterſchied«, entgegnete die
erſte. »Ein ſaftloſes Frauenzimmer, ein elendes, altes
Weibsbild.«

Das ſo beſprochene arme Weſen ſchlenderte während-
deſſen verloren durch das Grundſtück. In ihrem
Geiſte wogten und verebbten die Strömungen und
riſſen ſie wie Seetang hin und her. Sie ſchlug den
einen Pfad ein, blieb ſtehen, kehrte um und verſuchte es mit einem neuen, immer ſuchend, ſuchend
und hatte doch ſchon im nächſten Augenblick ihr
Vorhaben wieder vergeſſen, da das Wahlvermögen
in ihrem Buſen längſt erloſchen oder zum mindeſten
jeder Konſequenz beraubt war. Plötzlich jedoch war
es ihr, als habe ſie ſich des Vergeſſenen erinnert oder
einen Entſchluß gefaßt; ſie wandte ſich eilig, haſtete
zurück und erſchien im Speiſezimmer, daß Kirſtie
gerade aufräumte, wie jemand, der einen wichtigen
Auftrag zu erledigen hat.

»Kirſtie,« hub ſie an und ſtockte; dann fuhr ſie mit
Überzeugung fort: »Mr. Weir iſt nicht geiſtlich ge-
ſinnt, aber er iſt mir ein guter Mann geweſen.«

Es war vielleicht das erstemal seit ihres Mannes
Aufstieg, daß sie das Vorwort zu seinem Namen, auf
das die zärtliche, inkonsequente Frau nicht wenig
stolz war, vergaß. Und als Kirstie der Sprechenden
ins Gesicht blickte, erkannte sie, daß dort eine Veränderung vorgegangen war.

»Gott steh uns bei, was fehlt Ihnen, Madame?« rief die
Haushälterin und erhob sich hastig von dem Teppich.

»Ich weiß nicht«, erwiderte kopffchüttelnd ihre
Herrin. »Aber er ist nicht geistlich gesinnt, meine
Liebe.«

»Hier, setzen Sie sich! Um Gottes willen, was fehlt
der Frau?« rief Kirstie, eilte, sie zu stützen und
drückte sie in Mylords eigenen Seffel neben dem
Kamin.

»Gott schütz uns, was ist das?« keuchte Mrs. Weir.
»Kirstie, was ist es nur? Ich fürchte mich.«

Das waren ihre letzten Worte.

Es war um die Dämmerstunde, als Mylord heimkehrte. Der Sonnenuntergang, eine strahlende Wol-
kenmaffe, stand ihm im Rücken, und vor ihm am
Wegrande entdeckte er wartend Kirstie Elliott. Sie
war in Tränen aufgelöst und redete ihn in den hohen,
falschen Tönen barbarischer Trauer an, wie man sie
heute noch, wenn auch gemildert, in der schottischen
Heide findet.

»Der Herr erbarme sich Eurer, Hermiston! Der Herr
gebe Euch Kraft!« schrillte sie. »Weh über mich,
daß ich es Euch verkünden muß!«

Er parierte sein Pferd und blickte mit seinem Hen-
kergesicht auf sie herab.

»Sind die Franzofen gelandet?«

»Mann, Mann,« rief fie, »ift das alles, woran Ihr zu denken vermögt? Der Herr gebe Euch Geduld: der Herr tröfte und fchütze Euch!«

»Ift jemand geftorben? fragte feine Lordfchaft. »Doch nicht Archie?«

»Gott fei Dank, nein!« rief das Weib, vor Schreck in einen natürlichen Ton fallend. »Nein, nein, fo fchlimm ift es nicht. 's ift die Frau, Mylord; vor meinen Augen ift fie verfchieden. Einen einzigen Seufzer ftieß fie aus und war hinüber. Ach, mein füßes Fräulein Hannchen; ich fehe fie noch vor mir!« Und wieder brach fie in eine Klageflut aus, von der Art, in der Frauen ihrer Klaffe ftets fchwelgen und exzellieren.

Lord Hermifton faß aufrecht im Sattel und mufterte fie. Dann fchien er feine Selbftbeherrfchung zurückzugewinnen.

»Nun, es ift etwas plötzlich gekommen«, meinte er. »Aber fie war immer fchon ein fchwächliches Frauenzimmer.«

Und er ritt in eiligem Trabe heim, Kirftie an feinem Sattelknopf. In den Kleidern ihres letzten Ausganges hatten fie die tote Frau auf ihrem Bette aufgebahrt. Im Leben war fie niemals intereffant gewefen; fie war auch nicht ergreifend im Tode; und als ihr Gatte jetzt vor ihr ftand, die Hände hinter feinem mächtigen Rücken verfchränkt, erfchien ihm das, was er aus feiner Höhe dort betrachtete, als eine Verkörperung alles deffen, was in der Welt unbedeutend ift.

»Sie und ich waren niemals für einander zugeſchnitten«, bemerkte er endlich. »Es war eine verdrehte
Heirat.« Und er fügte mit ausnehmender Sanftheit
hinzu: »Arme Krott, arme Krott!« Dann plötzlich:
»Wo iſt Archie?«

Kirſtie hatte ihn in ihr Zimmer gelockt und ihm
eine Marmeladenſchnitte gegeben.

»Einen Funken von Verſtand haſt du ja«, bemerkte
der Richter und betrachtete grimmig ſeine Haushälterin. »Alles in allem — es hätte können ſchlimmer
kommen —, ich hätte auch eine keifende Jeſabel wie
dich heiraten können!«

»Wer denkt jetzt an Euch, Hermiſton!« rief die gekränkte Frau. »Wir denken nur an ſie, die endlich
ihren Leiden entrückt iſt. Hätte ſie es etwa ſchlechter treffen können, Hermiſton — antwortet mir darauf, hier vor ihrer ſtarren Leiche!«

»Nun, es gibt immer welche, die nie zufrieden ſind«,
bemerkte ſeine Lordſchaft.

*

ZWEITES KAPITEL

Vater und Sohn

*

MYLORD, DER OBERRICHTER, WAR VIELEN BE-
kannt, der Menſch, Adam Weir, wohl niemandem.
Der hatte nichts zu zeigen oder zu verbergen; der
war reſtlos und ſchweigend ſich ſelbſt genug; und
jener Teil unſerer Natur, welcher (nur allzuoft mit
falſcher Münze) Ruhm und Liebe zu erwerben ſucht,
war bei ihm anſcheinend vergeſſen worden. Er
ſtrebte nicht nach Liebe, er fragte nicht danach, ja,
höchſtwahrſcheinlich war ihm nicht einmal der Gedanke an ſie je gekommen. Er war ein vielbewun-
derter Juriſt, ein äußerſt unbeliebter Richter und
ſah herab auf alle, die in dieſen beiden Eigenſchaf-
ten, ſei es als weniger ſcharfſinnige Juriſten oder als
minder verhaßte Richter, unter ihm ſtanden. Sonſt
war in all ſeinem Leben und Wirken keine Spur
von Eitelkeit; er durchmaß das Daſein faſt wie ein
Nachtwandler, mit einem mechaniſchen Rhythmus,
der an das Erhabene grenzte.
Seinen Sohn ſah er nur ſelten. Wenn die üblichen
Kinderkrankheiten den Jungen heimſuchten, pflegte
er ſich täglich nach ihm zu erkundigen und ihm täglich einen Beſuch abzuſtatten, wobei er das Kranken-
zimmer mit einem fürchterlichen, humoriſtiſch ſein
wollenden Ausdruck betrat, pflichtgemäß ein paar
Scherze vom Stapel ließ und ſich zu des Patienten
Erleichterung ſehr bald wieder entfernte. Einmal, als

die Gerichtsferien in einen gelegenen Moment fielen,
ließ Mylord feinen Wagen vorfahren und brachte
das Kind perfönlich nach Hermifton, dem gewöhn-
lichen Erholungsort. Es ift anzunehmen, daß er fich
in diefem Falle ganz befonders um Archie forgte,
denn jene Reife ftand einzig da in des Jungen Gedächtnis, da der Vater ihm von Anfang bis zu Ende
und mit allen Einzelheiten drei authentifche Mord-
fälle auseinanderfetzte. Archie durchlief den üblichen
Bildungsgang der Edinburger Jugend: das Gymnafi-
um und die Univerfität, und Hermifton fah ihm von
ferne zu, oder richtiger blickte hinweg, ohne auch
nur ein fchwaches Intereffe für feine Fortfchritte zu
heucheln. Täglich nach dem Diner wurde Archie
auf ein Zeichen zu ihm hereingeführt, erhielt eine
Handvoll Nüffe und ein Glas Portwein und wurde
einer fardonifchen Mufterung fowie einem farkafti-
fchen Verhör unterzogen. »Nun, junger Mann, was
haben wir heute gelernt?« lautete Mylords gewöhnliche Begrüßung, und zugleich ging er dazu über, ihm
auf Juriftenlatein allerlei Fragen zu ftellen. Für ein
Kind, das fich gerade durch feinen Corderius durch-
ackerte, erwiefen Papinian und Paul fich als unüber-
windlich. Aber Papa hatte alles andere felbft ver-
lernt. Er war nicht etwa hart gegen den angehenden
kleinen Gelehrten, da er fich vom Richterftuhl her
einen unermeßlichen Vorrat an Geduld angeeignet
hatte, aber ebenfowenig gab er fich Mühe, feine Enttäufchung auszudrücken oder zu verbergen. »Na, du
haft ja noch eine nette Strecke Wegs vor dir!« — fo
ungefähr lautete fein Kommentar, und in zwei Fällen

von vier verfank er fogleich von neuem in feine Gedanken, bis die Stunde des Schlafengehens fchlug
und er Karaffe und Glas ergriff und fich in fein Hinterzimmer mit dem Blick über die Meadows zurück-
zog, um dort noch bis tief in die Nacht hinein feine
Akten zu bearbeiten. Im ganzen Richterkollegium
gab es keinen befchlageneren Menfchen; fein Gedächtnis war fchier wunderbar, obwohl lediglich
auf juriftifche Dinge befchränkt; galt es extempore
zu arbeiten, fo kam ihm keiner gleich, und doch war
niemand fo forgfältig vorbereitet wie er. Wenn er
fo die Nächte durchwachte oder bei Tifch die Gegenwart feines Sohnes vergaß, fchöpfte er ohne
Zweifel tief aus verborgenen Genüffen. Gleich ihm
fich völlig einer einzigen intellektuellen Übung hin-
geben, bedeutet den ficheren Erfolg im Leben; und
vielleicht vermögen nur die Jurisprudenz und die
höhere Mathematik ohne Reaktion eine derartige
Hingabe zu erzeugen und ohne Erregungen fo un-
erfchöpflichen Lohn zu fpenden. Diefe Atmofphäre
gediegenften Fleißes war der befte Teil von Archies
Erziehung. Sicherlich bot fie ihm nicht die leifeften
Reize; ficherlich ftieß fie ihn eher ab und bedrückte
ihn. Und doch war fie allgegenwärtig, unauffällig
wie das Ticken einer Uhr, ein dürres Ideal, ein un-
fchmackhafter Stimulans in des Knaben Leben.
Aber Hermifton war nicht völlig aus einem Holze.
Er war auch ein gewaltiger Zecher, der bis zum
Morgengrauen beim Wein zu fitzen vermochte und
fich dann direkt von der Tafel weg mit fefter Hand
und klarem Kopf auf den Richterftuhl begab. Nach

der dritten Flaſche verkündete er in immer größer werdenden Lettern den Plebejer; der breite, gewöhnliche Akzent wurde breiter, der gemeine, ſchmutzige Humor noch gröber; er wirkte jetzt weniger ſchreckenerregend, aber unendlich viel abſtoßender. Nun hatte aber der Junge von Johanna Rutherford ein mimoſenhaftes Zartgefühl geerbt, das ſich nur ſchlecht mit einer Anlage zum Jähzorn paarte. Auf dem Spielplatz unter ſeinen Altersgenoſſen vergalt er einen gemeinen Ausdruck mit einem Hieb, an ſeines Vaters Tiſch (als die Zeit kam, da er an deſſen Gelagen teilnehmen mußte) erbleichte er und verſank in angeekeltes Schweigen. Von allen Gäſten, die er dort traf, vertrug er nur einen einzigen: David Keith Carnegie, Lord Glenalmond. Lord Glenalmond war hochgewachſen und hager mit ſchlanken, zarten Händen; man hatte ihn häufig mit Forbes Statue von Cullodon im Parlamentshaus verglichen, und ſeine blauen Augen hatten, ſelbſt über die ſechzig hinaus, ſich noch etwas von dem Feuer der Jugend bewahrt. Der vollendete Gegenſatz, den er zu den anderen Gäſten bot, ſeine Erſcheinung, die der eines Künſtlers und Ariſtokraten glich, welcher unverſehens in rüde Geſellſchaft geraten iſt, feſſelten des Knaben Aufmerkſamkeit; und da Neugier und Intereſſe diejenigen Dinge ſind, die auf dieſer Welt den raſcheſten und ſicherſten Lohn ernten, fühlte ſich Lord Glenalmond auch ſeinerſeits von dem Knaben angezogen.

»Das iſt also Ihr Sohn, Hermiſton?« fragte er und legte ſeine Hand auf Archies Schulter. »Er wird mal ein großer Junge werden!«

»Pah!« fagte der gnädige Vater, »ganz feiner
Mutter Ebenbild — wagt nicht, Buh zu 'ner Gans
zu fagen!«

Aber der Fremde hielt den Jungen feft, verwickelte
ihn in ein Gefpräch über fich felber und entdeckte
in ihm einen Gefchmack an Büchern fowie eine reine,
begeifterungsfähige, befcheidene, jugendliche Seele.
Er lud ihn ein, ihn an Sonntagabenden in feinem
kahlen, kalten, einfamen Eßzimmer zu befuchen, wo
er felbft in der Verlaffenheit eines alten, in vornehmer Zurückgezogenheit ergrauten Jungefellen über
feinen Büchern faß. Die fchöne Sanftmut und Anmut
des alten Richters, die Zartheit feiner Perfon, Gedanken und Sprache redeten unmittelbar in feiner
eigenen Zunge zu Archies Herzen. In ihm erwuchs
der Ehrgeiz, ein ebenfolcher Mann zu werden; und
als der Tag erfchien, da er fich einen Beruf wählen
mußte, gefchah es in Nacheiferung Lord Glenalmonds
und nicht Lord Hermiftons, daß er fich für die Jurisprudenz entfchied. Hermifton begegnete diefer
Freundfchaft mit geheimem Stolz, öffentlich jedoch
mit der Unduldfamkeit der Verachtung. Nur felten
ließ er fich eine Gelegenheit entgehen, das Paar durch
groben Spott zu ducken; und das war, um die Wahrheit zu fagen, nicht fchwer, denn beide waren nicht
fchlagfertig. Er hatte ein verächtliches Wort für die
ganze Horde von Poeten, Malern, Mufikanten und
deren Bewunderern: die Baftardraffe der Amateure.
Es gab ein Wort, das er wieder und wieder gebrauchte.
»Signor Fiedeldumdei«, pflegte er zu fagen. »Um Gottes willen, nichts mehr von dem Signor!«

»Sie und mein Vater find fehr befreundet, nicht wahr?« fragte Archie einmal.

»Es gibt niemanden, den ich höher achte«, entgegnete Lord Glenalmond. »Er hat zwei unfchätzbare Eigenfchaften. Er ift ein großer Jurift, und er ift fo aufrecht wie der Tag.«

»Sie und er find fo verfchieden«, fagte der Junge, und fein Blick ruhte in dem feines alten Freundes, wie der eines Liebhabers in den Augen feiner Herrin.

»In der Tat,« erwiderte der Richter, »fehr verfchieden. Und ich fürchte, du und er feid es auch. Und doch würde es mir fehr mißfallen, wenn mein junger Freund feinen Vater falfch beurteilte. Er befitzt alle Tugenden eines Römers: Cato und Brutus waren Männer feines Schlages; ich meine, ein Sohn müßte ftolz fein, von folch einem Manne abzuftammen.«

»Und ich wollte, er wäre ein einfacher Bauer!« rief Archie mit plötzlicher Bitterkeit.

»Das ift weder fehr klug, noch glaube ich, ganz ehrlich«, antwortete Glenalmond. »Wenn du es dir recht überlegft, wirft du finden, daß einige diefer Ausdrücke dir wie Reue in der Kehle auffteigen werden. Sie find rein literarifch und dekorativ; fie drücken nicht deine wahren Gedanken aus; auch haft du diefe Gedanken felbft nicht klar erfaßt. Zweifellos würde dein Vater (wäre er jetzt hier) ‚Signor Fiedeldumdei!‘ rufen.«

Mit dem unendlich feinen Takt der Jugend mied Archie von jener Stunde an das Thema. Das war vielleicht fchade. Hätte er nur gefprochen — fich

frei ausgefprochen — fich felbft in einen Strom von
Worten aufgelöft (wie es die Jugend liebt und das
ihr gutes Recht ist) — es hätte vielleicht nie eine Gefchichte derer von Hermifton zu fchreiben gegeben.
Jedoch bereits der Schatten einer Drohung von
Lächerlichkeit genügte; aus der milden Schärfe jener
Worte las er ein Verbot, und es ift nicht unwahr-
fcheinlich, daß Glenalmond es auch als folches beab-
fichtigt hatte.
Diefen Greis ausgenommen befaß der Junge keinen
Vertrauten oder Freund. Ernft und feurig legte er
den Weg durch Schule und Univerfität zurück und
bewegte fich unter einer Schar von Gleichgültigen in
dem unfichtbaren Panzer feiner Schüchternheit. Er
wuchs heran, ein fchöner Menfch, mit offenem,
fprechendem Antlitz und anmutigem, jugendlichem
Wefen; er war klug, errang fich Auszeichnungen,
glänzte im »Speculative Club«. Von Rechts wegen
hätte er den Mittelpunkt eines Freundeskreifes bilden
follen; allein etwas, das teils feiner Mutter Feinfühligkeit, teils feines Vaters Strenge war, hielt ihn
allen fern. Es ift eine Tatfache — und obendrein eine
äußerft fonderbare — daß Hermiftons Sohn unter
feinen Altersgenoffen als ein echter Sproß vom alten
Stamme galt. »Sie find ein Freund Archie Weirs?«
bemerkte einft jemand zu Frank Innes; und Innes
antwortete mit feiner üblichen Frivolität und mit
mehr als gewöhnlicher Einficht: «Ich kenne Weir,
aber mit Archie hatte ich noch nie das Vergnügen.«
Niemand kannte Archie, eine Krankheit, die vornehmlich einzigen Söhnen eigen ift. Er fegelte unter

eigener Flagge, und keiner achtete darauf; es war
als fei er in eine Welt verpflanzt, wo felbft die Hoffnung auf Intimität verbannt war, und er blickte um
fich: auf das Treiben feiner Kommilitonen und vorwärts in die Zukunft und fah nichts als banale Tage
voll banaler Bekanntfchaften, ohne Hoffnung und
ohne Intereffe.

Als die Zeit verftrich, fühlte fich der alte, zähe Sünder
immer mehr zu dem Sohne feiner Lenden und dem
einzigen Stammhalter des neubegründeten Gefchlechts
hingezogen, und das mit einer Weichheit des Gefühls,
die er felbft kaum zu glauben vermochte und die auszudrücken er fich völlig außerftande fah. Mit einem Geficht, einer Stimme und einem Wefen, in vierzig Jahren gefchult, Schrecken und Widerwillen einzuflößen,
wird Rhadamanth vielleicht groß, niemals jedoch
liebenswürdig erfcheinen. Daß er Archie zu gewinnen verfuchte, ift eine Tatfache, jedoch nicht gering
genug zu bewerten, fo unauffällig war der Verfuch,
fo ftoifch wurde fein Scheitern ertragen. Eiferne
Naturen wie die Hermiftons dürfen kein Mitgefühl
beanfpruchen. War es ihm mißlungen, feines Sohnes
Freundfchaft, ja auch nur deffen Duldung zu er-
ringen — nun, fo mußte er feinen Weg aufwärts
über die mächtige, öde Treppenflucht feiner Pflicht
allein, ungeftützt, aber auch unverzagt fortfetzen.
Vielleicht hätte er feinen Beziehungen zu Archie
ein wenig mehr Freude abgewinnen können, das fah
er zu Momenten ein; aber Freude war in der
feltfamen Chemie des Lebens lediglich ein Neben-
produkt, auf das nur Narren rechneten.

Schwieriger ift es, Archies Standpunkt verftändlich
zu machen, da wir inzwifchen alle erwachfen find
und die Tage unferer Jugend vergeffen haben. Er
machte auch nicht den leifeften Verfuch, diefen
Mann zu verftehen, mit dem er beim Frühftück und
beim Abendeffen beifammen faß. Scheu vor Schmerz,
Gier nach Genuß — das find die beiden einander
ablöfenden Pole der Jugend; und Archie neigte
mehr zu dem erfteren. Der Wind blies kalt aus der
einen Richtung — er kehrte ihr den Rücken, blieb
fo wenig wie irgend möglich in feines Vaters Gefellfchaft und wandte, wenn dort, den Blick, foweit der
Anftand das erlaubte, von feines Vaters Geficht. Viele
Hunderte von Tagen fpielte das Lampenlicht bei der
Tafel über diefen beiden Gefichtern — Mylords, ge-
rötet, finfter, geringfchätzig; Archies, voll potentiellen
Lebens, das jedoch in diefer Gefellfchaft ftets ge-
dämpft und wie unter einem Schleier erglänzte; vielleicht gab es in der ganzen Chriftenheit keine zwei
Wefen, die einander fo radikal fremd waren. Der
Vater fprach entweder mit großartiger Einfachheit
nur von dem, was ihn felbft intereffierte oder be-
wahrte ein ungekünfteltes Schweigen. Der Sohn zer-
brach fich währenddeffen den Kopf nach irgend
einem ganz ficheren Thema, das ihm erneute Beweife von Mylords eingeborener Grobfchlächtigkeit
oder reftlofer Inhumanität erfparen möchte Dabei
betrat er die Wege der Unterhaltung zimperlich
gleich einer Dame, die auf einer Nebengaffe ihre
Röcke hochrafft. Machte er einen Mißgriff und floß
Mylord über von verletzenden Reden, fo ftraffte fich

Archies Geſtalt, ſeine Stirn verfinſterte ſich, ſein An-
teil an dem Geſpräch erſtarb; Mylord dagegen fuhr
getreulich und unbekümmert fort, vor ſeinem ſchwei-
genden und beleidigten Sohne ſein ſchlimmſtes Selbſt
zu entbreiten.

»Nun, der iſt ein armer Teufel, der nicht auch einen
guten Tag zu genießen verſteht«, pflegte er am Schluß
ſolch einer nachtmahrähnlichen Unterhaltung zu bemerken. »Aber ich muß jetzt wieder an meinen
Pflug!« Und er zog ſich, wie gewöhnlich, in ſein
Hinterzimmer zurück, während Archie zitternd vor
Feindſeligkeit und Verachtung in die Dunkelheit
und auf die Straße hinausſtürzte.

*

DRITTES KAPITEL

Betrifft das Hängen von Duncan Jopp

*

EINES TAGES IM JAHRE 1813 VERIRRTE SICH AR-
chie durch Zufall in den Kriminalgerichtshof. Der
dienfttuende Beamte fchaffte dem Sohne des Vorfitzenden Platz. Dort vor den Schranken, im Mittelpunkt
aller Augen, ftand eine elende, gemeine Mißgeburt
von einem Menfchen, ein gewiffer Duncan Jopp, im
Kampf um feinen Kopf. Seine Gefchichte, wie fie an
diefem öffentlichen Ort mühfam aus ihm herausge-
preßt wurde, bot ein Abbild der Schande, des La-
fters und der Feigheit, kurz, des Verbrechens in feiner nackteften Geftalt, und das Gefchöpf dort laufchte
ihr zeitweilig, als habe es fie begriffen — als ver-
gäße es mitunter das Grauen feiner Umgebung und
erinnere fich der Schmach, die es hierhergebracht.
Sein Haupt war auf die Bruft gefunken, feine Hände
umklammerten zuckend die Schranken; die Haare
hingen ihm wirr ins Cef;icht, und von Zeit zu Zeit
warf er fie in den Nacken zurück; jetzt blickte er
fich haftig voll abgründigen Entfetzens im Publikum
um, jetzt betrachtete er das Antlitz des Richters und
fchluckte krampfhaft. Um feinen Hals hatte er einen
Fetzen fchmutzigen Flanells .gebunden; das war es
vielleicht, was das zwifchen Ekel und Mitleid fchwan-
kende Zünglein der Wage in Archies Herzen zu feinen Gunften fich neigen ließ. Das Wefen dort ftand
vor dem Sprung ins Nichts; noch eine kleine Weile,

noch das pomphaft rohe Poſſenſpiel des Endes, und
es hatte zu leben aufgehört. Inzwiſchen aber pflegte
es mit einem letzten menſchlichen Zug, der den Zu-
ſchauer ſelbſt an der Kehle packte, einen wehen Hals.
Ihm gegenüber, in der roten Robe der Kriminalju-
ſtiz, ſaß Lord Hermiſton, das Geſicht von einer weißen Perücke umrahmt. Ehrlich wie er war vom
Scheitel bis zur Sohle, gab er ſich nicht die Mühe,
die Tugend der Unparteilichkeit zu heucheln. Der
vorliegende Fall verlangte auch keine Feinfühligkeit;
hier war ein Mann, der gehenkt werden mußte —
ſo etwa würde Hermiſtons Auffaſſung gelautet haben
— und er war dabei, ihn zu henken. Auch konnte
man ſeine Lordſchaft unmöglich von einer gewiſſen
Freude an ſeiner Aufgabe freiſprechen. Es war
klar, er ſchwelgte im Gebrauch ſeines geſchulten
Intellekts, in der klaren Einſicht, mit der er ſofort
die Lücken in dem Tatbeſtand entdeckte, in dem
groben, unverhohlenen Spott, mit dem er die
fadenſcheinigen Vorwände der Verteidigung zer-
pflückte. Er hatte es ſich bequem gemacht, er
ſcherzte und benahm ſich an dieſem feierlichen Ort
mit der Ungeniertheit der Schenke; und der Fetzen
Menſchheit mit dem Flanellappen um den Hals
wurde unter Hohn- und Spottgelächter zum Galgen
gejagt.
Duncan beſaß eine Geliebte, eine kaum weniger
jämmerliche Kreatur, wenn auch weit älter als er
ſelbſt, die jetzt knixend und winſelnd vortrat, um
noch das Gewicht ihres Verrats hinzuzufügen. My
lord ſprach ihr in ſeinen donnerndſten Tönen die

Eidesformel vor und fchloß mit einer fchneidenden Ermahnung.

»Achte auf deine Worte, Janet. Ich hab' fchon längft
ein Auge auf dich gerichtet und laffe nicht mit mir
fpaßen.«

Bald darauf hatte fie zitternd ihre Ausfage begonnen.
»Und wie kamft du dazu, fo zu handeln, alte Ur-
fchel?« mifchte fich der hohe Gerichtshof ein. »Willft
du mir etwa fagen, daß du des Kerls Hure warft?«
»Zu Befehl, Mylord«, wimmerte das Frauenzimmer.
»Gott fteh uns bei! Ihr macht ein fauberes Paar!«
bemerkte feine Lordfchaft, und in feiner Verachtung
lag eine fo wilde Drohung, daß nicht einmal die
Galerie zu lachen wagte.

Die Schlußrede enthielt ein paar Leckerbiffen.
»Diefe zwei erbärmlichen Gefchöpfe fcheinen einander in die Hände gearbeitet zu haben — die nähere
Erklärung kommt mir nicht zu.« — »Der Angeklagte
ift (was immer er fonft fein mag) gleich abftoßend
an Geift wie an Körper.« — »Weder der Angeklagte
noch das alte Frauenzimmer fcheinen auch nur fo
viel Verftand gehabt zu haben, im erforderlichen
Moment zu lügen.« Und im Verlauf der Urteils-
fprechung bekannte fich Mylord zu folgendem obiter
dictum: »Ich bin unter Gott das Werkzeug gewefen,
bereits einen ftattlichen Haufen Gefindels an den
Galgen zu bringen, aber noch nie einen fo gottver-
laffenen Lumpen wie Euch.« Die Worte waren an
fich fchon ftark, allein die Schärfe und Wucht und
Betonung, mit der fie gefprochen wurden, und die
barbarifche Freude, die der Redner an feiner Auf-

gabe hatte, bewirkten, daß fie allen noch lang in den Ohren klangen.

Als alles vorüber war, trat Archie hinaus in eine veränderte Welt. Hätte das Verbrechen auch nur einen Schatten verföhnender Größe gezeigt, etwas Dunkles, Geheimnisvolles, er hätte vielleicht verftanden. Aber der Delinquent ftand dort in feinem Todesfchweiß, ohne Abwehr, ohne Entfchuldigung, mit einem wehen Hals, ein Etwas, das Scham einen jeden zu verhüllen zwang: ein Wefen, fo weit unter der Grenze der Sympathie und des Mitleids, daß es faft harmlos anmutete. Und der Richter hatte es mit monftröfer, mit genießerifcher Heiterkeit, ein Bild aus einem Albtraum, über alle Maßen furchtbar, in den Tod gehetzt. Einen Tiger erlegen ift ein ander Ding als eine Kröte zertreten; felbft das Schlachthaus befitzt feine Äfthetik; und das Abftoßende, das Archie bei Duncan Jopps Anblick empfand, hatte auf feinen Richter übergegriffen und verpeftete deffen Bild.

Unter wirren Reden und Geften fchritt Archie auf der Hauptftraße an feinen Freunden vorüber. Wie im Traum erblickte er Holyrood, Erinnerung an deffen romantifche Gefchichte erwachte und verblaßte wieder, vifionär fah er die alten, ftrahlenden Geftalten: Maria Stuart, Prinz Charlie, den gekrönten Hirfch, den Glanz und die Verbrechen, Samt und funkelnden Stahl der Vergangenheit. Er verfcheuchte das alles mit einem fchmerzlichen Auffchrei. Jetzt lag er ftöhnend auf der feuchten Erde von Hunters Bog, und die Himmel über ihm waren verdunkelt und die Gräfer auf dem Felde ein Greuel in feinen

Augen. »Das ift nun mein Vater«, dachte er. »Von ihm habe ich das Leben empfangen; das Fleifch auf meinen Knochen ift fein Fleifch, das Brot, das ich effe, ift der Lohn diefer Scheußlichkeiten.« Er gedachte feiner Mutter und trommelte mit der Stirn gegen den Boden. Er dachte an Flucht und an ein neues Leben. Wohin follte er wohl fliehen? Und gab es überhaupt ein Leben, des Lebens wert, in diefer Höhle blutrünftiger, fchadenfroher Tiere?

Die Zeit bis zur Hinrichtung verging ihm wie ein quälender Traum. Er kam mit feinem Vater zufammen, allein er konnte ihn nicht anfehen, er brachte es nicht über fich, mit ihm zu fprechen. Man hätte glauben können, jedes lebende Wefen müffe unverzüglich diefe fchwelende Feindfchaft empfinden, aber des Lord Oberrichters Fell blieb unverletzt. Wäre Mylord zum Sprechen aufgelegt gewefen, der Waffenftillftand hätte niemals dauern können; aber zum Glück befand er fich gerade in einer feiner Launen fauertöpfifchen Schweigens, und fo nährte Archie die Begeifterungsflamme der Rebellion unter den Breitfeiten des Feindes felbft. Ihn dünkte es von der Höhe feiner neunzehnjährigen Erfahrung herab, als fei er von Geburt aus dazu beftimmt, Träger irgendeiner großen Tat zu werden, die am Boden liegende Barmherzigkeit neu aufzurichten und den Teufel famt Hörnern und Klauen, der ihren Thron ufurpiert, zu ftürzen. Verführerifche, jakobitifche Trugfchlüffe, die er im Speculative Club häufig widerlegt, tauchten vor feinem geiftigen Auge auf und erfchreckten ihn mit ihren Stimmen; und es war ihm, als wandle er in Begleitung einer faſt greifbaren Gegenwart neuer Grundſätze und Pflichten einher.

An dem betreffenden Morgen begab er ſich an den Ort der Hinrichtung. Er ſah den grinſenden Pöbel, ſah die Vorführung des zitternden Verbrechers. Eine Weile war er Zeuge einer Art parodiſtiſchen Andachtsübung, die dem bejammernswerten Geſchöpf noch ſeinen letzten Anſpruch auf Menſchentum zu rauben ſchien. Dann folgte der brutale Akt der Vernichtung und das armſelige Zappeln der Überreſte gleich denen eines zerbrochenen Hampelmanns. Er war auf etwas Furchtbares gefaßt geweſen, nicht auf dieſes Schauſpiel tragiſcher Gemeinheit. Einen Augenblick verharrte er in ſeinem Schweigen, dann brüllte er: »Ich verdamme dies als einen gotteswidrigen Mord!« und ſein Vater, der zwar den Inhalt jenes Ausrufs zurückgewieſen haben würde, hätte doch die Stentorſtimme, mit der dieser vorgebracht wurde, ſchwerlich verleugnen können.

Frank Innes ſchleppte ihn mit Gewalt hinweg. Die beiden hübſchen jungen Burſchen folgten demſelben Studium und den gleichen Vergnügungen und fühlten ſich, hauptſächlich durch ihr gutes Ausſehen, zu einander hingezogen. Dieſes Gefühl ging jedoch niemals tief; Frank war von Natur ein ſchmächtiges, zyniſches Geſchöpf, weder fähig, Freundſchaft zu empfinden noch einzuflößen, und die Beziehungen zwiſchen den beiden waren rein oberflächlich und wurzelten in gemeinſamen Kenntniſſen ſowie in den Annehmlichkeiten, die einem gemeinſamen Bekanntenkreiſe entfpringen. Um fo anerkennenswerter war es von Frank, daß er fich über Archies Ausbruch ehrlich entfetzte und zum mindeften den Vorfatz faßte, ihn tagsüber im Auge und, wenn möglich, unter feiner Zucht zu behalten. Aber Archie, der soeben Gott oder dem Satan — es war unklar, welchem von beiden — getrotzt hatte — wollte auf das Wort eines Studiengenoffen nicht hören.

»Ich werde nicht mit Ihnen gehen«, fagte er. »Ich wünfche Ihre Begleitung nicht, Herr; ich will allein fein.«

»Weir, Menfch, machen Sie fich nicht lächerlich«, sagte Innes und hielt ihn hartnäckig am Ärmel feft. »Ich laffe Sie nicht fort, bis ich nicht weiß, was Sie vorhaben; es hat gar keinen Zweck, derart mit dem Stocke herumzufuchteln.« Im Augenblick hatte Archie tatfächlich eine rafche, vielleicht fogar kampfluftige Bewegung gemacht. »Das hier war kompletter Wahnfinn; Sie wiffen es felber ganz genau. Sie wiffen genau, daß ich jetzt lediglich den barmherzigen Samariter spiele. Ich will ja nichts weiter, als daß Sie fich beruhigen.«

»Wenn das alles ift, Mr. Innes,« entgegnete Archie, »und Sie mir verfprechen, mich in Ruhe zu laffen, kann ich Ihnen das Eine verraten: es ift meine Abficht, aufs Land zu gehen und die Schönheiten der Natur zu bewundern.«

»Ehrenwort?« forfchte Frank.

»Ich pflege nicht zu lügen, Mr. Innes«, lautete Archies Erwiderung. »Ich habe die Ehre, Ihnen einen guten Tag zu wünfchen.«

»Sie werden doch nicht vergeſſen, in den Speculative Club zu kommen?«

»Den Speculative Club? O nein, ich werde es nicht vergeſſen.«

Und der junge Mann trug ſeinen gefolterten Geiſt hinaus aus der Stadt wegauf, wegab, einen ganzen Tag lang, auf eine endloſe Pilgerfahrt der Qual, während der andere ſich lächelnd beeilte, die Nachricht von Weirs Wahnſinnsanfall zu verbreiten und auf den Abend hin den ganzen Speculative Club zuſammenzutrommeln, mit der Mitteilung, daß weitere exzentriſche Entwicklungen mit Gewißheit zu erwarten ſtänden. Es iſt zu bezweifeln, ob Innes ſelbſt ernſtlich an ſeine Vorausſage glaubte; wahrſcheinlich entſprang dieſe vor allem dem Wunſche, eine gute Geſchichte auszuſchmücken und den Skandal ſo groß wie möglich zu machen, und das nicht etwa aus böſem Willen gegen Archie, ſondern lediglich, um den Kreis geſpannter Geſichter zu ſehen. Trotzdem waren ſeine Worte prophetiſch. Archie vergaß den Club nicht; er war pünktlich zur Stelle und hatte vor Ablauf des Abends ſeinen Kameraden einen denkwürdigen Choque verſetzt. Zufällig führte er an jenem Abend den Vorſitz. Er ſaß in dem nämlichen Zimmer, in dem auch heute noch der Club tagt — nur waren die jetzigen Porträts noch nicht vorhanden: die Männer, die für ſie ſaßen, ſtanden damals noch an den Anfängen ihrer Laufbahn. Aber die nämliche Lichtflut zahlreicher Kerzen umſpielte die Verſammlung; ja, vielleicht ſaß Archie in dem gleichen Seſſel, auf dem ſeither ſo

viele von uns gefeffen. Zeitweilig fchien er die Gefchäfte des Abends ganz zu vergeffen; aber auch in
diefen Momenten zeigte fein Ausdruck trotzige Energie
und Entfchloffenheit. Dann wieder griff er bitter
und unberufen in die Debatten ein und erhob mit
herausfordernder Miene Geldbußen, welche die koft-
bare und felten benutzte Artillerie des Vorfitzenden
bilden. Schwerlich ahnte er, wie fehr er dabei feinem
Vater glich und daß feine Freunde darüber kichernd
ihre Bemerkungen machten. Bislang fchien er dort
auf feinem erhöhten Sitze über die Möglichkeit eines
Skandals erhaben; aber er hatte feinen Befchluß gefaßt — er war feft entfchloffen, fein Vergehen bis in
deffen letzte Konfequenzen zu verfolgen. Durch ein
Zeichen berief er Innes (den er foeben geftraft hatte
und der gegen feine Art, den Vorfitz zu führen, pro-
teftierte) auf den Präfidentenftuhl, trat von dem Ka-
theder herunter und nahm feinen Platz neben dem
Kamin ein, wo der Glanz vieler Wachskerzen fein
bleiches Geficht erhellte und die rote Glut des Feuers
die Umriffe feiner fchlanken Geftalt klar abzeichnete.
Als Amendement zu dem nächften auf der Lifte
ftehenden Gegenftande hätte er Folgendes vorzufchlagen: »Ift die Todesftrafe mit Gottes allmächtigem
Willen und menfchlicher Politik vereinbar?«
Ein Hauch von Verlegenheit, ein Schauer des Er-
fchreckens wehte durch den Raum, fo tollkühn erfchienen diefe Worte auf den Lippen von Hermiftons
einzigem Sohne. Allein der Vorfchlag gewann keine
weiteren Stimmen; der vorhergehende Antrag wurde
prompt eingebracht und einftimmig angenommen,

und der momentane Skandal ſtahl ſich zur Hintertür hinaus. Innes brüſtete ſich mit der Erfüllung ſeiner Prophezeiung. Er und Archie waren jetzt die Helden des Abends geworden; während ſich jedoch Innes nach Schluß der Verſammlung von allen umdrängt ſah, trat nur ein einziger von ſeinen Gefährten an Archie heran.

»Menſch, Weir, das war aber ein koloſſal merkwürdiger Angriff von Ihnen!« bemerkte dieſes tapfere Mitglied und nahm im Hinausgehen vertraulich Archies Arm.

»Ich glaube, es war gar kein Angriff«, meinte Archie grimmig. »Eher Krieg bis aufs Meſſer. Ich war heute Morgen dabei, als der arme Teufel gehenkt wurde, und mir ſteigt jetzt noch der Ekel hoch.«

»Pah, pah«, entgegnete ſein Gefährte und ließ, als hätte er heißes Eiſen berührt, den Arm fallen, um die weniger heikle Geſellſchaft anderer aufzuſuchen. Archie ſah ſich allein. Der letzte der Getreuen — oder war es nur der kühnſte der Neugierigen — war geflohen. Er ſah die gedrängte Schar ſeiner Mitſtudenten ſich in flüſternde oder lärmende Gruppen auflöſen und in der Dunkelheit nach verſchiedenen Richtungen auseinandergehen, und ſeine momentane Verlaſſenheit laſtete auf ihm wie ein Omen und Symbol ſeines Schickſals im Leben. Erzogen wie er war, in ſtändiger Furcht, inmitten zitternder Dienſtboten, in einem Hauſe, das bereits bei der leiſeſten Verſchärfung von des Herrn Stimme in ſchauderndes Schweigen verſank, ſah er ſich jetzt am Rande des blutroten Tals des Krieges und maß deſſen Länge und

Gefahr mit eingefchüchtertem Blick. Er machte durch Licht und Dunkel der Straßen einen Umweg, betrat die Gaffe hinter den Ställen und beobachtete lange Zeit das ruhig brennende Licht in des Lord Oberrichters Zimmer. Je länger er den erleuchteten Vorhang ansah, um fo verfchwommener wurde das Bild des Mannes dahinter, der dort unermüdlich Blatt um Blatt feiner Prozeßakten wendete und nur von Zeit zu Zeit inne hielt, um an einem Glafe Portwein zu nippen oder fich fchwerfällig zu erheben und vor den mit Büchern bekleideten Wänden in irgendeinem Nachfchlagewerk zu kramen. Niemals vermochte Archie den brutalen Richter mit diefem fleißigen, leidenfchaftslofen Arbeiter in Einklang zu bringen; ihm fehlte das verbindende Glied; unmöglich konnte man von einer derartigen Doppelnatur vorausfagen, wie fie fich verhalten würde, und er fragte fich, ob er recht daran getan, fich in eine Sache einzulaffen, deren Ende nicht abzufehen war? Und gleich darauf folgte mit einem fchwindelerregenden Gefühl wankenden Vertrauens die Frage, ob er nicht verräterifch gehandelt hätte, feinen Vater zu fchlagen? Denn er hatte ihn gefchlagen — zweimal vor einer Schar Zeugen hatte er ihn herausgefordert — vor einem Haufen Pöbels ihm einen Schlag verfetzt. Wer hatte ihn felbft in diefen delikaten und fchwierigen Fragen zum Richter über feinen Vater erhoben? Er hatte deffen Amt ufurpiert. Einem Fremden wäre das vielleicht zugekommen; von einem Sohne jedoch — es ließ fich nicht bemänteln — bedeutete es Verrat. Jetzt fchwebte zwifchen diefen beiden fo anti-

pathifchen, einander fo verhaßten Naturen jene nie
zu fühnende Beleidigung! Gott in feiner Vorausficht
allein mochte wiffen, wie Lord Hermifton fie rächen
würde.

Diefe Zweifel quälten Archie die ganze Nacht und
erhoben fich an jenem Wintermorgen mit ihm vom
Lager. Sie folgten ihm von Vorlefung zu Vorlefung,
machten ihn fchreckhaft empfindlich gegenüber jeder
Nuance in dem Betragen feiner Kollegen und klangen
ihm in der eintönigen Stimme des Profeffors entgegen; ja er brachte fie am Abend unvermindert,
eher noch gefteigert, nach Haufe zurück. Die Urfache
diefer Steigerung lag in einer zufälligen Begegnung
mit dem berühmten Dr. Gregory. Archie hatte, ohne
zu fehen, in das erleuchtete Schaufenfter einer Buch-
handlung geftarrt, bemüht, fich gegen den bevor-
ftehenden Kampf zu ftählen. Mylord und er waren
am Morgen zufammengekommen und hatten fich
getrennt wie alle Tage, mit kaum einem Austaufch
der üblichen Höflichkeiten; es war dem Sohne klar,
daß der Vater bisher nichts erfahren hatte. Ja, als
er fich jetzt Mylords furchterregendes Antlitz ins Gedächtnis rief, erwachte in ihm die fchwache Hoffnung, daß vielleicht niemand den Mut finden würde,
ihm die Gefchichte zu hinterbringen. Er fragte fich,
ob er in diefem Fall wohl fortfahren würde und
fand keine Antwort. Das war der Augenblick, in
dem eine Hand fich auf feinen Arm legte und eine
Stimme dicht vor feinem Ohre fagte: »Mein lieber
Mr. Archie, ich glaube, Sie täten gut daran, mich
einmal aufzufuchen.«

Erfchreckt fuhr er herum und fah fich Angeficht zu
Angeficht mit Dr. Gregory. »Weshalb follte ich Sie
befuchen?« fragte er mit dem Trotz der Verzweiflung.

»Weil Sie fchwerkrank ausfehen«, fagte der Arzt.
»Sie brauchen offenbar ärztlichen Rat, mein junger
Freund. Tüchtige Leute find rar, wie Sie wiffen;
und nicht jeder würde im Leben eine folche Lücke
zurücklaffen. Hermifton vermißt nicht fo leicht einen
Menfchen.«

Mit einem Kopfnicken und einem Lächeln fetzte der
Arzt feinen Weg fort.

In der nächften Sekunde war Archie ihm nachge-
fprungen und packte jetzt feinerfeits ungeftüm des
Anderen Arm.

»Was foll das heißen? Was wollen Sie damit fagen?
Was veranlaßt Sie zu dem Glauben, daß Hermis —
daß mein Vater mich vermiffen würde?«

Der Arzt drehte fich um und betrachtete ihn von
Kopf bis zu Fuß mit klinifch gefchultem Auge.
Auch ein weit dümmerer Menfch als Dr. Gregory
hätte die Wahrheit erraten können, aber neunund-
neunzig von Hundert würden felbft mit gleich gutem
Willen wie er durch irgendeine wohlmeinende
Übertreibung alles verdorben haben. Der Arzt wußte
es beffer. Er kannte den Vater genau; aus diefem
bleichen, intelligenten, gequälten Geficht fprach ein
gut Teil von des Sohnes Wefen, und er berichtete
die fchlichte Wahrheit ohne Milderung oder Aus-
fchmückung.

»Als Sie die Mafern hatten, Mr. Archibald, erkrankten

Sie fehr fchwer, und ich dachte, Sie würden mir
noch durch die Finger gehen. Nun, Ihr Vater war
fehr beforgt um Sie. Sie werden mich fragen, woher
ich das weiß. Einfach weil ich ein gefchulter Beobachter bin. Das Zeichen, das ich ihn geben fah,
wäre Zehntaufenden entgangen; und doch hat er fich
vielleicht — ich fage vielleicht, weil er ein Mann ift,
den man nur fchwer beurteilen kann — nie wieder
verraten. Eine feltfame Sache das, nicht wahr? Es
war fo. Ich ging eines Tages zu ihm. ‚Hermifton,‘
fagte ich, ‚es ift eine Wendung eingetreten.‘ Er fagte
kein Wort, fondern funkelte mich nur fo an (Sie
werden den Ausdruck entfchuldigen) wie ein wildes
Tier. ‚Eine Wendung zum Guten‘, fagte ich. Und
dann hörte ich ganz deutlich, wie er aufatmete.«
Der Arzt wartete nicht erft eine Antiklimax ab. Mit
einer Neigung feines Dreifpitzes (ein altmodifches
Stück, an dem er getreulich fefthielt) und der viel-
fagenden Wiederholung »Ganz deutlich« verabfchiedete er fich und ließ Archie fprachlos auf der Straße
zurück.
Die Anekdote mochte unendlich belanglos fein, für
Archie befaß fie einen unermeßlich tiefen Sinn. »Ich
ahnte ja nicht, daß der Alte fo viel Blut in fich hätte.«
Niemals hatte er fich träumen laffen, daß fein Vater
diefes wahre Urbild eines »alten Römers«, diefer
Adam aus Granit, ein Herz befäße, das überhaupt
für irgendeinen anderen Menfchen zu fchlagen vermöchte; und diefer andere, er felbft, hatte ihn beleidigt! Mit der ganzen Großmut der Jugend fchlug
fich Archie fogleich auf die entgegengefetzte Seite,

hatte fich im Augenblick ein völlig neues Bild von
Lord Hermifton gefchaffen: das eines Mannes, der
nach außen hin Eifen, im Innern aber ganz Gefühl
ift. Der Liebhaber niedriger Späße, der Jäger, der
Duncan Jopp mit unmännlichen Beleidigungen in den
Tod gehetzt, das ungeliebte Antlitz, das er fo lange
gekannt und gefürchtet hatte, alles war vergeffen.
Stürmifch eilte er nach Haufe, voller Ungeduld, feine
Miffetaten zu beichten und fich völlig diefer imagi-
nären Perfönlichkeit auszuliefern.

Das rauhe Erwachen kam bald. Es dämmerte bereits,
als er fich dem Haufe näherte, in welchem fchon die
Lichter brannten, und er fah feinen Vater aus der
anderen Richtung auf fich zukommen. Es war ziemlich dunkel, jedoch durch die offene Haustür ftrömte
ftarkes, helles Lampenlicht über die Schwelle auf
Archies Geftalt, während er in altmodifcher, refpekt-
voller Haltung wartete, um feinem Vater den Vor-
tritt zu laffen. Der Richter kam ohne jede Haft mit
würdevollem, feftem Schritt, das Haupt hoch erhoben,
das Geficht (als er in den Lichtkreis trat) ebenfalls
voll beleuchtet, die Lippen unerbittlich zufammen-
gepreßt. Nicht der Schatten einer Veränderung hufchte
über diefes Geficht; ohne nach rechts oder links zu
blicken, ging er hart an Archie vorüber und betrat
das Haus. Der Jüngling hatte bei feinem Nahen eine in-
ftinktive Bewegung zu feinem Willkomm gemacht; inftinktiv wich er jetzt gegen das Geländer zurück, als der
alte Mann in großartiger Empörung an ihm vorbeifeg-
te. Worte waren überflüffig; er wußte alles, vielleicht
fogar mehr als das — die Stunde des Gerichts war da.

Es ist möglich, daß Archie nach diesem völligen Rückschlag all seiner Hoffnungen und angesichts jener Symptome drohender Gefahr versucht war, die Flucht zu ergreifen. Aber nicht einmal das blieb ihm übrig. Nach Ablegen von Mantel und Hut drehte sich Mylord in dem erleuchteten Vorraum um und machte ihm mit dem Daumen eine einzige, gebieterische Geste, und mit dem seltsamen Instinkt des Gehorsams folgte ihm Archie ins Haus.

Bei Tisch herrschte schweres, drückendes Schweigen, und als der letzte Gang serviert war, stand der Richter auf.

»M'Killup, bring' den Wein in mein Zimmer,« befahl er und zu seinem Sohn gewendet: »Archie, du und ich haben miteinander zu reden.«

In diesem elenden Moment war es, daß Archies Mut ihn das erste- und letztemal im Stich ließ. »Ich habe eine Verabredung,« erklärte er.

»So wirst du sie brechen müssen", entgegnete Hermiston und schritt voran in sein Arbeitszimmer.

Die Lampe war abgeblendet, das Feuer vollendet sauber geschichtet, der Tisch dicht mit wohlgeordneten Dokumenten bedeckt; die Rücken der Bücher bildeten einen einheitlichen Rahmen, nur von dem Fenster und den Türen durchbrochen.

Einen Augenblick wärmte sich Hermiston die Hände am Feuer und kehrte Archie den Rücken zu; dann drehte er sich plötzlich um und zeigte ihm alle Schrecken seines Henkergesichts.

»Was sind das für Dinge, die ich von dir hören muß?« forderte er,

Eine Antwort war Archie unmöglich.

»Alſo muß ich ſie dir ſagen«, fuhr Hermiſton fort.
»Es ſcheint, du haſt deine Stimme gegen den Vater,
der dich gezeugt, erhoben und gegen einen von ſeiner
Majeſtät Richtern im Land; und das obendrein noch
auf der Gaſſe, während ein Befehl des Gerichts aus-
geführt wurde. Und damit nicht genug, ſcheinſt du
deine Anſichten noch in einem Debattierclub für
Studenten zum beſten gegeben zu haben«; er ſchwieg
einen Augenblick und fügte dann mit überwältigender
Bitterkeit hinzu: »Du verdammter Idiot!«

»Ich hatte die Abſicht, es Ihnen zu erzählen«, ſtam-
melte Archie. »Ich ſehe, Sie ſind gut informiert.«

»Außerordentlich liebenswürdig«, meinte ſeine Lordſchaft und ließ ſich an ſeinem gewohnten Platze nieder. »Alſo du biſt gegen die Todesſtrafe?« fügte er
hinzu.

»Zu meinem Bedauern, ja«, entgegnete Archie.

»Ich bedauere es ebenfalls«, meinte ſeine Lordſchaft.
»Und jetzt wollen wir, mit deiner Erlaubnis, die Angelegenheit ein wenig näher unterſuchen. Ich höre,
daß du bei der Hinrichtung von Duncan Jopp —
Mann, einen ſauberen Klienten haſt du dir ausgeſucht — inmitten des geſamten Pöbels dieſer Stadt
es für gut befunden haſt, zu ſchreien: ‚Dies iſt ein
verdammter Mord, und der Ekel ſteigt mir hoch
vor dem Manne, der jenen Menſchen henkte‘.«

»Nein, Vater, das waren meine Worte nicht«, rief
Archie.

»Was waren deine Worte?« fragte der Richter.

»Ich glaube, ich ſagte: Ich verurteile dies als einen

Mord! Verzeihung — als einen gotteswidrigen Mord. Ich habe nicht den Wunsch, die Wahrheit zu verbergen«, fügte er hinzu und blickte einen Augenblick feinem Vater voll ins Gesicht.

»Du großer Gott, das wäre das einzige, was noch fehlte!» rief Hermiston. »Also davon, daß dir der Ekel hochstieg, war nicht die Rede?«

»Das war später, Mylord, als ich den Club verließ. Ich sagte, ich wäre dabei gewesen, als der elende Mensch gehenkt wurde, und mir wäre der Ekel hochgestiegen.«

»So, in der Tat«, sagte Hermiston. »Und ich nehme an, du wußtest, wer ihn gehenkt hat?«

»Ich habe der Verhandlung beigewohnt, das Ihnen zu sagen, bin ich verpflichtet; ich bin Ihnen auch noch eine Erklärung schuldig. Die Lage, in der ich mich befinde, ist eine äußerst unglückliche«, sagte der bejammernswerte Held, jetzt endlich Angesicht zu Augesicht mit der Sache, die zu verteidigen er sich erwählt hatte. »Ich habe einige Ihrer Prozesse nachgelesen. Ich war dabei, als Jopp verurteilt wurde. Es war eine abscheulich häßliche Geschichte. Vater, es war abscheulich! Zugegeben, daß er ein gemeines Geschöpf war, aber weshalb ihn dann noch mit einer Gemeinheit, würdig seiner eigenen, in den Tod hetzen? Es wurde mit Freuden getan — das ist das Wort — Sie taten es mit Freuden; und ich sah — Gott helfe mir! — mit Abscheu zu.«

»Du bist ein junger Gentleman, der die Todesstrafe mißbilligt«, sagte Hermiston. »Nun, ich bin ein alter Mann und heiße sie gut. Ich freute mich, Jopp an den Galgen zu bringen, weshalb follte ich dann heucheln, als freute ich mich nicht? Du bift, fcheint's, ganz für Ehrlichkeit; kannft ja nicht einmal draußen auf der Gaffe den Mund halten. Weshalb follte ich es da auf dem Richterftuhl tun, ich, des Königs Stellvertreter, mit feinem Schwerte belehnt, der Schrekken aller Übeltäter, wie ich es von Anbeginn war und bis an mein Ende fein werde? Mehr als genug hiervon! Keine zwei Gedanken hab' ich an die Häßlichkeit verfchwendet, mir ift auch nicht eingefallen, fie fchön zu nennen. Ich bin ein Mann, der feine Arbeit zu leiften hat, und damit gut.«

Im Weiterreden war jeder Anflug von Sarkasmus aus feiner Stimme gewichen; feine fchlichten Worte fchmückte etwas von der Würde des Richteramts.

»Es wäre gut für dich, wenn du das gleiche fagen könnteft«, fuhr der Sprecher fort. »Aber du kannft es nicht. Du fagft, du hätteft einige meiner Prozeffe nachgelefen. Aber es gefchah nicht des Rechtes wegen darin, es gefchah, um deines Vaters Blöße auszukundfchaften: eine edle Befchäftigung für einen Sohn! Du haft begonnen, auszufchlagen; du läufft zaumlos herum im Leben gleich verwildertem Vieh. Es ift ausgefchloffen, hinfürder noch an den Anwaltsberuf zu denken. Du taugft nicht dafür; kein Zügellofer taugt dazu. Und noch etwas anderes: Sohn oder nicht Sohn — du haft einen der Senatoren des Juftizkollegiums öffentlich mit Schmutz beworfen, und ich ließe es meine Sorge fein, darauf zu achten, daß du nicht zugelaffen würdeft. Es gilt, einen gewiffen Anftand zu wahren. Jetzt kommen wir zu dem nächften

Punkt — was foll ich mit dir anfangen? Du mußt
irgendeinen Beruf ergreifen, denn Müßiggang dulde
ich nicht. Wofür glaubft du zu taugen? Für die
Kanzel? Nein, Gottesgelahrtheit läßt fich in deinen
Schädel nicht eintrichtern! Wer die Gefetze der
Menfchen umftürzt, wird auch mit Gottes Gefetz
nicht viel anders verfahren. Was würdeft du wohl
mit der Hölle anfangen? Würde dir nicht der Ekel
hochfteigen? Nein, auch bei Johann Calvin ift für
die Zügellofen kein Platz. Was gibt es denn fonft
noch? Rede! Haft du nicht felbft was vorzufchlagen?«
»Vater, laffen Sie mich nach Spanien«, bat Archie.
»Für was anderes als den Krieg tauge ich nicht.«
»Für was anderes, fagt Er! Als wäre das nicht genug, wenn ich's nur glauben könnte! Aber ich traue
dir nicht, fo nah bei den Franzofen, du, der du felbft
ein halber Franzmann bift!«
»Darin tun Sie mir unrecht, Vater. Ich bin treu; ich
will mich nicht brüften, aber was ich an Intereffe
für die Franzofen empfunden habe   «
«Bift du mir treu gewefen?« unterbrach ihn fein
Vater.
Hierauf kam keine Antwort.
»Ich denke, nein. Und ich fchicke keinen Mann in
den Dienft des Königs — Gott fegne ihn — der feinem leiblichen Vater ein fo wankelmütiger Sohn war.
Hier in den Straßen von Edinburg kannft du über
die Stränge fchlagen, wer fragt fchon danach? Mir
ftreuft du damit keinen Sand in die Augen. Und
wenn es zwanzigtaufend folcher Hansnarren wie
dich gäbe, darum würde auch nicht ein Duncan Jopp

weniger gehenkt. Aber in einem Kriegslager ift kein Ausfchlagen möglich; und wollteft du's verfuchen, du würdeft fehr bald perfönlich erfahren, ob Lord Wellington die Todesftrafe billigt ober nicht. Du, ein Soldat!« ftieß er in plötzlicher Verachtung hervor. »Du altes Frauenzimmer! Die Soldaten würden dich wie die Schafe anblöken!«

Wie bei dem Hochziehen eines Vorhangs erkannte Archie eine gewiffe Unlogik in feiner eigenen Pofition und ftand dort vernichtet. Außerdem wurde er fich, er wußte nicht wie, eines zwingenden Eindrucks perfönlichen Mutes an dem alten Herrn bewußt.

»Nun, haft du keinen andern Vorfchlag zu machen?« hub Mylord von neuem an.

»Sie haben diefe Sache fo ruhig genommen, Sir, daß ich mich nur noch fchämen kann«, begann Archie.

»Mir ift das Speien aber näher, als du glaubft«, fagte Mylord.

Das Blut ftieg Archie in die Wangen.

»Verzeihung, ich meinte damit, daß Sie meine Beleidigung hingenommen haben — ich gebe zu, daß es eine Beleidigung war; ich hatte nicht die Abficht, mich zu entfchuldigen, aber ich bitte Sie um Verzeihung. Ich werde nicht wieder fo handeln, ich gebe Ihnen mein Ehrenwort darauf . . . Ich habe damit fagen wollen, daß ich Ihre Großmut gegenüber — gegenüber — dem Beleidiger bewundere«, fchloß Archie mühfam.

»Ich habe keinen zweiten Sohn, verftehft du?« fagte Hermifton. »Und fauber ift der, den ich mir gezeugt!

Aber ich muß mich mit ihm abfinden, fo gut ich kann; was bleibt mir fonft übrig? Wäreft du jünger gewefen, ich hätte dich diefer lächerlichen Schauftellung wegen geprügelt. So wie die Dinge liegen, muß ich mit möglichft guter Miene ftillhalten. Aber das eine gebe ich dir hiermit klar zu verftehen: als Vater muß ich ftillhalten und lächeln; wäre ich jedoch Lord Staatsanwalt und nicht Lord Oberrichter, — Sohn oder nicht Sohn — Mr. Archibald Weir hätte heute Nacht im Gefängnis gefchlafen.«

Damit hatte er Archie besiegt. Lord Hermifton war vulgär und graufam; dennoch erkannte der Sohn an ihm einen gewiffen dürren Edelmut, eine unfchöne Selbftverleugnung zugunften feines hohen Amts. Mit jedem Wort ward er fich der Größe Lord Hermiftons ftärker bewußt; gleichzeitig fühlte er feine eigene Ohnmacht: er hatte zum Schlage — vielleicht fogar zum verräterifchen Schlage — gegen feinen eigenen Vater ausgeholt und hatte ihn nicht einmal zu reizen vermocht.

»Ich liefere mich ohne Vorbehalt in Ihre Hände«, fagte er.

»Das ift das erfte vernünftige Wort, das ich heute abend von dir höre«, entgegnete Hermifton. »Ich kann dir nur fagen, fo oder fo — das wäre doch das Ende gewefen; aber es ift beffer, du gelangft felbft zu diefer Einficht, als daß ich dich dazu dränge. Nun, meiner Anficht nach — und meine Anficht ift die befte — gibt es nur einen einzigen Beruf, den du mit Anftand ausfüllen kannft — du mußt Landwirt werden. Dort zum mindeften kannft du keinen

Schaden anrichten. Mußt du schon schreien und aus-
schlagen, so soll's wenigstens unter den Kühen geschehen,
und die schlimmste Form der Todesstrafe, mit
der du dich dort abgeben wirst, wird wohl der Forellenfang
sein. Nun hab' ich aber für faule Land-
wirte nichts übrig; jeder Mann hat seine Arbeit zu
verrichten und wenn er Balladen verhökert; er muß
arbeiten oder geprügelt oder gehängt werden. Wenn
ich dich nach Hermiston setze, will ich erleben, daß
du das Gut führst, wie es noch nie geführt wurde;
du mußt über die Schafe Bescheid wissen, wie der
Schäfer selbst; du sollst mein Verwalter sein, und ich
werde dafür sorgen, daß ich an dir profitiere. Hast
du mich verstanden?«

»Ich werde mein möglichstes tun«, sagte Archie.

»Gut, dann werde ich morgen Kirstie benachrichti-
gen, und du kannst übermorgen reisen«, meinte Hermiston. »Und versuche, ein etwas geringerer Idiot zu
werden!« Diese Schlußworte wurden mit einem
eisigen Lächeln gesprochen, worauf er sich sogleich
wieder den Papieren auf seinem Schreibtisch zuwandte.

*

VIERTES KAPITEL

Anſichten des Richterkollegiums

*

SPÄT IN DER GLEICHEN NACHT, NACH EINEM
aufgeregten Spaziergang, wurde Archie in Lord
Glenalmonds Speiſezimmer eingelaſſen. Dort neben
drei ſpärlich glühenden Kohlen ſaß der alte Richter
mit einem Buch auf ſeinen Knien. Auf dem Richter-
ſtuhl in ſeiner Amtsrobe erweckte Glenalmond einen
faſt behäbigen Eindruck; dieſer Hülle beraubt, war
es eine Hopfenſtange von einem Menſchen, der ſich
jetzt unſicher von ſeinem Seſſel erhob, um ſeinen
Beſuch willkommen zu heißen. Archie hatte viel gelitten in dieſen Tagen, er hatte auch an jenem Abend
gelitten; ſeine Züge waren bleich und abgehärmt,
die Augen wild und dunkel. Aber Lord Glenalmond
begrüßte ihn ohne die geringſte Spur von Über-
raſchung oder Neugier.

»Komm herein, komm herein«, ſagte er. »Komm
und nimm Platz. Carſtairs« (an ſeinen Diener gewandt)
»ſchüre das Feuer und bring' uns was zu eſſen.« Und
von neuem fuhr er in der gleichgültigſten Art fort:
»Ich hatte dich ſo halb und halb erwartet.«

»Kein Eſſen«, ſagte Archie. »Unmöglich kann ich
auch nur einen Biſſen zu mir nehmen.«

»Nicht unmöglich,« meinte der hochgewachſene
alte Mann und legte ſeine Hand auf Archies Schulter,
»vielmehr, wenn du mir glauben willſt, durchaus
notwendig.«

»Sie wiffen, was mich hierherführt?« forfchte Archie, als der Diener das Zimmer verlaffen hatte.

»Ich kann es erraten, ja, erraten«, entgegnete Glenalmond. »Wir werden fpäter davon fprechen — wenn Carftairs gekommen und wieder gegangen ift, und du ein Stück von meinem guten Cheddarkäfe probiert und einen Schluck Porter getrunken haft: vordem nicht.«

»Ich kann unmöglich etwas effen«, beharrte Archie.

»Unfinn, Unfinn! Du haft heute noch gar nichts gegeffen, und ich wage zu vermuten, geftern auch nicht. Es gibt nichts auf der Welt, das nicht noch fchlimmer fein könnte: das hier mag eine recht unangenehme Sache fein, aber wenn du krank würdeft und ftürbeft, wäre es weit fchlimmer, für alle Beteiligten — für alle.«

»Ich fehe, Sie wiffen alles«, fagte Archie. »Wo haben Sie es erfahren?«

»Auf dem Markt des Skandals — im Parlamentshaus«, antwortete Glenalmond. »Der Klatfch hat ftets ungeminderten, ftürmifchen Umlauf im Publikum und in der Anwaltfchaft, und eine Wolke verfteigt fich mitunter auch zu uns Richtern; ja felbft in den Provinzialabteilungen hat die Fama ihre Stimme.«

In diefem Augenblick kehrte Carftairs zurück und trug in aller Eile ein kleines Abendeffen auf. Inzwifchen redete Lord Glenalmond ausgiebig und ein wenig weitfchweifig über die nebenfächlichften Dinge, fo daß fein Gefpräch eher einem heiteren Geräufch als einer menfchlichen Unterhaltung zu gleichen fchien; während Archie ihm, ohne zuzuhören, gegenüber faß, ganz in das ihm angetane Unrecht und in feine Irrtümer verfponnen.

Sobald jedoch der Diener gegangen war, brach es von neuem aus ihm hervor. »Wer hat es meinem Vater hinterbracht? Wer hatte den Mut, es ihm zu fagen? Ift's möglich, waren Sie es?«

»Nein, ich war es nicht,« fagte der Richter; »obwohl — um ganz aufrichtig zu fein — das leicht hätte fein können — natürlich nachdem ich zuvor dich gefprochen und gewarnt hätte. So war es, glaube ich, Glenkindie.«

»Jener elende Knirps?« rief Archie.

»Sehr richtig, jener Knirps,« entgegnete feine Lordfchaft, »obgleich das kaum eine paffende Bezeichnung für einen Senator des Juftizkollegiums fein dürfte. Wir vernahmen gerade die verfchiedenen Parteien in einem langen, fpitzfindigen Fideikommisftreit; Creech plaidierte ziemlich weitfchweifig zugunften einer Neubelehnung, als ich fah, wie Glenkindie fich mit der Hand vor dem Mund zu Hermifton vorbeugte, um ihm etwas zuzuflüftern. Niemand hätte die Art der Mitteilung aus deines Vaters Miene erraten können, wohl aber aus der Glenkindies, denn die Bosheit funkelte ihm ein wenig zu deutlich aus den Angen. Aber dein Vater — Nein! Ein Mann aus Granit. Im nächften Moment hatte er fich auf Creech geftürzt. ‚Mr. Creech,‘ fagte er, ‚ich möchte einen Blick in jene Belehnungsurkunde werfen‘, und in den nächften dreißig Minuten«, bemerkte Glenalmond mit einem Lächeln, »kämpften Mr. Creech und Kompanie einen ziemlich unebenen Kampf, der, wie ich wohl kaum

hinzuzufügen brauche, mit ihrer völligen Niederlage
endete. Die Klage wurde abgewiefen. Ja, ich zweifle,
ob ich Hermifton je in befferer Form fah. Er fchwelgte
buchftäblich in apicibus juris.«
Archie vermochte nicht länger an fich zu halten.
Brüsk fchob er den Teller hinweg und unterbrach
diefen wohlüberlegten und belanglofen Redefluß. »Da
habe ich nun einen Narren aus mir gemacht, wenn
nicht noch Schlimmeres. Sie follen über uns beide
richten — richten zwifchen Vater und Sohn. Zu
Ihnen kann ich fprechen; es ift nicht fo, als — ich
will Ihnen fagen, was ich empfinde, und was ich zu
tun beabfichtige, und Sie follen der Richter fein.«
»Ich lehne jegliche Jurisdiktion ab«, antwortete Glenalmond mit feierlichem Ernft. »Aber wenn es dir
gut tut, mein lieber Junge, dein Herz auszufchütten,
und falls es dich intereffiert, was ich darüber zu
fagen habe, ftehe ich ganz zu deiner Verfügung. Laß
einen alten Mann es einmal ausfprechen, ohne fich
deffen zu fchämen: ich liebe dich wie einen Sohn.«
Archie ftieß einen fcharfen, unartikulierten Laut aus.
»Ja,« rief er, »da haben wir's! Lieben! Wie einen
Sohn! Und wie, meinen Sie, liebe ich meinen Vater?«
»Ruhig, immer ruhig“, fagte Mylord.
»Ich will fehr ruhig fein«, erwiderte Archie, »und
rückhaltlos offen. Ich liebe meinen Vater nicht, ich
frage mich manchmal, ob ich ihn nicht haffe. Das
ift meine Schmach, vielleicht fogar meine Sünde,
aber vor Gottes Angeficht nicht meine Schuld. Wie
follte ich ihn auch lieben? Er hat niemals zu mir gefprochen, niemals mich angelächelt; ja, ich glaube,

er hat mich niemals berührt. Sie kennen ja feine Art
zu reden. Sie reden nicht fo, dennoch vermögen Sie
ftillzufitzen und ihm ohne zu Schaudern zuzuhören,
das kann ich nicht. Mir dreht fich die Seele im Leibe
um, wenn er damit anfängt; ich möchte ihn auf den
Mund fchlagen. Und das ift noch gar nichts. Ich
wohnte der Verhandlung gegen Duncan Jopp bei. Sie
waren nicht da, aber Sie müffen meinen Vater oft genug gehört haben; er ift ja berüchtigt dafür, — —
dafür daß — fehen Sie nur meine Lage! Er ift mein
Vater, und fo muß ich über ihn fprechen — berüchtigt
dafür, daß er ein brutaler Menfch und graufam und
feig ift. Lord Glenalmond, ich gebe Ihnen mein Wort,
als ich den Gerichtsfaal verließ, hatte ich nur noch
den Wunfch, zu fterben — die Schmach ging über
meine Kraft: aber ich — ich —.« Er erhob fich von
feinem Platze und begann aufgeregt im Zimmer auf
und ab zu fchreiten. »Ja, wer bin ich denn? Ein
Knabe, der noch nie auf die Probe geftellt wurde,
der außer diefer ohnmächtigen, billigen Torheit
gegenüber feinem Vater noch nie etwas geleiftet
hat. Aber ich fage Ihnen, Mylord — und ich kenne
mich felbft — wenigftens gehöre ich zu jener Art
Männern — oder, wenn Sie wollen, Knaben —, die
lieber unter Qualen ihr Leben laffen würden als zu-
zufehen, daß auf der Welt jemand fo leiden muß,
wie jener Schuft gelitten hat. Und was habe ich dagegen getan? Ich fehe es jetzt ein. Ich habe einen
Narren aus mir gemacht, wie ich das fchon zu Anfang fagte, und ich bin umgekehrt und habe meinen
Vater um Verzeihung gebeten und habe mich ganz

in feine Hand gegeben — und —, und er hat mich nach Hermifton gefchickt,« fügte er mit einem elenden Lächeln hinzu, »auf Lebenszeit vermutlich — und was foll ich dazu fagen? Ich glaube fogar, er hat ganz recht getan und hat mich leichteren Kaufs davongelaffen, als ich es verdiene.«

»Mein armer, lieber Junge«, bemerkte Glenalmond. »Mein armer, lieber und — wenn das Wort geftattet ift — grenzenlos törichter Junge! Du bift lediglich im Begriff, einzufehen, wo du ftehft: für jemanden deines oder auch meines Temperaments eine fchmerzliche Entdeckung. Die Welt ift nicht für uns gefchaffen; fie ift für taufend Millionen Menfchen gefchaffen, die fich alle voneinander und von uns unterfcheiden; aber für uns gibt es keine breite, bequeme Heerftraße, wir müffen mühfam klettern und uns fchinden. Denke nur nicht, daß ich mich im geringften wundere; glaube auch ja nicht, daß ich dich zu tadeln beabfichtige; im Gegenteil, ich bewundere dich eher! Aber die Sache fordert zu ein, zwei Bemerkungen heraus, die mir da gerade einfallen und die (wenn du fie leidenfchaftslos betrachteft) vielleicht dazu dienen können, dich zu einer gemäßigteren Anfchauungsweife zu bekehren. Erftens einmal vermag ich dich nicht von einem gut Teil fogenannter Intoleranz freizufprechen. Du fcheinft dich ungemein verletzt zu fühlen, nur weil dein Vater fich nach dem Abendeffen ein wenig unfein ausdrückt, was unzweifelhaft fein gutes Recht und (obwohl ich es felbft auch nicht fehr liebe) doch lediglich eine Frage des Gefchmacks ift. Dein Vater ift — daran brauche

ich dich wohl kaum erſt zu erinnern, da es ein ſo
offenbarer Gemeinplatz iſt — älter als du ſelbſt. Zum
mindeſten iſt er majorenn und sui juris, und kann
ſeine Unterhaltung ganz nach ſeinem Belieben wählen. Und weißt du, daß ich mich manchmal frage,
ob er nicht eine genau ſo ſtichhaltige Klage gegen
uns vorbringen könnte? Wir ſagen, daß wir ihn
manchmal — hm — ein wenig — gewöhnlich finden, aber ich vermute ſtark, er könnte uns entgegen-
halten, er fände uns immer langweilig. Ein durchaus
beachtenswerter Einwand!«

Und er ſtrahlte Archie an, ohne ihm jedoch ein
Lächeln zu entlocken.

»Nun zu ‚Archibald über die Todesſtrafe‘. Das iſt
ein durchaus einleuchtender, akademiſcher Standpunkt; natürlich vertrete ich ihn nicht und kann
ihn auch nicht vertreten, aber damit iſt nicht geſagt,
daß nicht zahlreiche tüchtige und treffliche Männer
in der Vergangenheit deiner Meinung waren. Vielleicht habe auch ich ſelbſt einmal ein wenig in die
nämliche Ketzerei hineingerochen. Mein dritter
Klient — oder war es der vierte — wurde der Anlaß, daß ich zu meiner urſprünglichen Anſicht zurück-
kehrte. In meinem Leben iſt mir kein Menſch begegnet, an den ich ſo rückhaltlos glaubte; ich hätte
meine Hand für ihn ins Feuer geſteckt, hätte mich
für ihn kreuzigen laſſen; aber als es zur Gerichtsverhandlung kam, enthüllte er ſich mir langſam und
allmählich und nach unleugbaren Beweiſen als ein
ſo niedriger, ſo kaltblütiger und ſo abgründiger
Schurke, daß ich mich verſucht fühlte, ihm mein

Mandat vor die Füße zu fchleudern. Damals kochte ich über gegen den Mann mit noch ftärkerer tropifcher Temperatur, als ich früher für ihn brannte. Aber ich fagte zu mir felbft: Nein, du haft feine Verteidigung übernommen, und du darfft nicht, nur weil deine Anficht fich geändert hat, den Mann jetzt fallen laffen. All die Ströme der Beredtfamkeit, die du erft geftern Nacht mit fo viel Begeifterung gefammelt, find hier nicht am Platze, und doch darfft du ihn nicht im Stiche laffen; du mußt reden. Alfo redete ich und — bekam ihn frei. Der Fall begründete meinen Ruf. Aber eine derartige Erfahrung wirkt charakterbildend. Ein Mann darf feine Leidenfchaften weder vor die Schranken noch vor den Richterftuhl bringen,« fügte er hinzu.

Die Gefchichte hatte Archies Intereffe von neuem geweckt. »Ich kann nicht leugnen,« begann er, »ich meine, ich kann mir fehr wohl denken, daß es Menfchen gibt, die beffer tot als lebendig wären. Aber wer find denn wir, daß wir uns anmaßen, all die verborgenen Beweggründe von Gottes unglücklicher Kreatur zu kennen? Wie kommen wir dazu, uns felbft zu trauen, da es fcheint, daß Gott felbft fich prüfen muß, ehe er handelt? Und uns obendrein in Wohlbehagen zu wiegen? Ja, Behagen: Tigris ut aspera.«

»Vielleicht kein angenehmes Schaufpiel«, meinte Glenalmond. »Und doch eins, das, glaube ich, nicht ganz der Größe entbehrt.«

»Ich hatte heute Abend eine lange Auseinánderfetzung mit ihm«, fagte Archie.

»Das dachte ich mir.«

»Und er kam mir — ja, ich kann es nicht leugnen, er kam mir irgendwie fehr groß vor. Ja, er ift groß. Er fagte kein Wort von fich felbft, fondern fprach nur von mir. Ich glaube, ich bewunderte ihn fogar. Die fürchterliche Rolle —«

»Wie wäre es, wenn wir davon lieber nicht fprächen?«, unterbrach ihn Glenalmond. »Du weißt fehr genau, daß du keinen Schritt weiter kommft, wenn du darüber nachgrübelft, und manchmal frage ich mich, ob du und ich — ich meine, zwei Sentimentaliften wie wir — einfacheren Menfchen gegenüber wirklich gute Richter find.«

»Wie meinen Sie das?« forfchte Archie.

»Gerechte Richter, will ich damit fagen«, entgegnete Glenalmond. »Können wir ihnen gegenüber gerecht fein? Fordern wir nicht zu viel? Du haft eben ein Wort gefagt, das mich ein wenig getroffen hat, als du mich fragteft, wie wir dazu kämen, fämtliche Beweggründe von Gottes unglücklicher Kreatur beurteilen zu wollen. Du wandteft es, wenn ich dich recht verftanden habe, lediglich auf die zum Tode Verurteilten an. Aber ich frage mich, trifft das nicht auch auf die Allgemeinheit zu? Ift es die Spur weniger fchwierig, einen guten oder einen halb guten Menfchen zu beurteilen, als den fchlimmften Verbrecher vor Gericht? Und hat nicht vielleicht ein jeder triftige Entfchuldigungsgründe?«

»Ah, aber es ift auch niemals davon die Rede, die Guten zu beftrafen«, rief Archie.

»Nein, es ift nicht davon die Rede,« fagte Glenalmond, »aber ich glaube, wir tun es dennoch. Nimm deinen Vater zum Beifpiel.«

»Sie meinen, ich habe ihn beftraft?«

Lord Glenalmond neigte den Kopf.

»Ich glaube, ich habe es wirklich getan«, rief Archie. »Und das Schlimmfte ift, ich glaube, er fühlt es! In welchem Maße? Wer vermöchte das von folch einem Wefen zu fagen! Aber ich glaube, er fühlt es wirklich.«

»Ich bin davon überzeugt«, fagte Glenalmond.

»Hat er mit Ihnen davon gefprochen?« fragte Archie lebhaft.

»O nein!«

»Ich will Ihnen ganz offen geftehen, ich möchte ihn wieder verföhnen. Ich reife; ich habe es Hermifton verfprochen. Das ift das eine Verfprechen. Und jetzt möchte ich Ihnen, hier im Angefichte Gottes, mein Wort verpfänden, daß ich fowohl über die Todesftrafe wie über alle Dinge, in denen unfere Anfichten auseinandergehen, fchweigen werde auf — auf wie lange? — fagen wir, bis ich genügend Reife habe — alfo zehn Jahre. Ift das gut fo?«

»Es ift gut«, fagte Mylord.

»Bis zu einem beftimmten Grade, ja. Es genügt, infofern es mich betrifft, genügt, um meine Einbildung zu dämpfen. Aber wie fteht es mit ihm, den ich öffentlich beleidigt habe? Was foll ich ihm antun? Wie erweift man einem — einem Montblanc Aufmerkfamkeiten?«

»Nur auf eine einzige Weife. Nur durch pünktlichen, prompten und peinlichen Gehorfam.«

»Ich verfpreche, daß der ihm werden foll. Hier
haben Sie meine Hand darauf.«

»Und ich ergreife feierlich diefe Hand«, entgegnete
der Richter. »Gott fegne dich, mein lieber Sohn,
und helfe dir, dein Versprechen zu halten. Gott ge-
leite dich auf den rechten Pfad und fei deinen Tagen
gnädig und erhalte dir dein ehrliches Herz.« Und
damit küßte er auf anmutige, kühle, altmodifche Art
des jungen Mannes Stirn, um fogleich mit merklich
veränderter Stimme ein anderes Thema anzufchnei-
den. »Und jetzt wollen wir von neuem den Krug
füllen, und ich glaube, du würdeft finden, falls du
es noch einmal mit meinem Käfe verfuchteft, daß
dein Appetit fich gebeffert hat. Der Gerichtshof hat
gefprochen, und der Fall ift abgefchloffen.«

»Nein, das eine muß ich noch fagen«, rief Archie.
»Ich muß es zu feiner Rechtfertigung fagen. Ich
weiß — ich glaube beftimmt — ja, ja, jetzt nach
unferer Unterredung mit fklavifcher Überzeugung —
daß er niemals ein ungerechtes Verlangen an
mich ftellen wird. Ich bin ftolz darauf, diefes eine
mit ihm gemein zu haben, ftolz, Ihnen das fagen zu
können.«

Der Richter hob mit leuchtenden Augen den Hum-
pen. »Und ich glaube, wir dürfen uns jetzt geftatten,
einen Toaft auszubringen. Ich möchte auf das Wohl
eines Mannes trinken, der von mir fehr verfchieden
ift und mir unendlich überlegen — eines Mannes,
dem ich oft opponiert habe, der (um eine banale
Redensart zu gebrauchen) mir häufig gegen den Strich
geht, den ich jedoch niemals zu achten und — das

kann ich getroſt hinzufügen — gehörig zu fürchten,
aufgehört habe. Soll ich dir ſeinen Namen nennen?«
»Der Lord Oberrichter, Lord Hermiſton«, ſagte
Archie faſt heiter; und das Paar tat einen anſehn-
lichen Schluck.

Nach dieſen Gefühlsergüſſen war es etwas ſchwierig,
die Unterhaltung wieder in natürlichen Fluß zu
bringen. Aber der Richter füllte die Pauſen mit
freundlichen Blicken aus, zog eine ſonſt nur ſelten ge-
ſehene Schnupftabaksdoſe hervor und wollte endlich,
da er bereits an weiteren geſellſchaftlichen Erfolgen
verzweifelte, ein Buch herunterholen, um daraus
irgendeine Lieblingsſtelle vorzuleſen, als an der
Haustür jähes Klingelläuten erſcholl und Carſtairs
Lord Glenkindie, auf dem Heimwege von einem
mitternächtlichen Souper, ins Zimmer führte. Glenkindie bildete zu keiner Zeit eine reizvolle Erſcheinung, da er plump und unterſetzt war, mit einem
grobſinnlichen Ausdruck gleich dem eines Bären. In
dieſem Augenblick jedoch, erhitzt von übermäßigem
Trinken, mit gerötetem Geſicht und ſchwimmenden
Augen, bot er einen überwältigenden Gegenſatz zu
der hohen, blaſſen, königlichen Geſtalt Glenalmonds.
Ein Heer wirrer Gedanken ſtürmte auf Archie ein
— Scham, daß dieſer einer von ſeines Vaters Buſen-
freunden wäre; Stolz auf die Tatſache, daß Hermiſton zum mindeſten ſeinen Alkohol vertrüge und
endlich Wut, hier vor ſich den Mann zu ſehen, der
ihn verraten hatte. Zuletzt ſchwand jedoch auch
dieſes Empfinden, und er wartete in Ruhe ſeine Gelegenheit ab.

Der angetrunkene Würdenträger erging fich fogleich in weitfchweifigen Erklärungen. Da fei geftern ein noch unaufgeklärter Punkt gewefen, mit dem
er abfolut nicht zu Rande kommen könne, und da
er noch Licht im Haufe erblickt, habe er einen
Augenblick vorgefprochen, um bei einem Glafe Porter — in diefem Moment bemerkte er die Anwefen-
heit eines Dritten. Archie fah das Fifchmaul und
die feiften Lippen Glenkindies fich eine Sekunde lang
zu gaffendem Erftaunen öffnen, dann funkelte Erkennen in des anderen Augen.

»Wer ift denn das? Was? Ift's möglich, unfer Don Qui-
chote? Und wie geht's Ihnen eigentlich? Und wie geht's
Ihrem Vater? Und was find das für Dinge, die wir
von Ihnen hören müffen? Es fcheint, Sie find ja ein
ganz Radikaler, nach allem was die Leute behaupten.
Kein König, keine Gerichte, und der Ekel fteigt
Ihnen vor den vollziehenden Beamten hoch, ehren-
werte Leute, die fie find? Jeffas, jeffas! Liebe Zeit,
liebe Zeit! Obendrein als Ihres Vaters Sohn! Höchft
lächerlich!«

Archie war hochgefprungen, ein wenig erhitzt über
die Wiederkehr jener unglücklichen Redewendung,
aber im übrigen vollftändig beherrfcht. »Mylord —
und Sie, Lord Glenalmond, mein lieber Freund,«
hub er an, »ich ergreife diefe günftige Gelegenheit,
mein Geftändnis abzulegen und Sie beide gleichzeitig
um Entfchuldigung zu bitten.«

»Wie? Was? Was foll das heißen? Geftändnis? Das
wird eine gerichtliche Angelegenheit, mein junger
Freund«, rief der fcherzhafte Glenkindie. »Und ich

habe Angſt, Sie anzuhören. Wenn Sie mich nun be-
kehrten!«

»Mit Verlaub, Mylord,« lautete Archies Erwiderung,
»es iſt mir mit dem, was ich zu ſagen habe, ſehr
ernſt; vielleicht hätten Eure Lordſchaft die Güte,
Eure Scherze bis nach meinem Fortgehen aufzu-
ſparen?«

»Vergeſſen Sie nicht, ich will nichts gegen die vollziehenden Beamten hören!« fiel der unverbeſſerliche
Glenkindie ein.

Doch Archie fuhr fort, als hätte jener nicht ge-
ſprochen.

»Ich habe ſowohl geſtern wie heute eine Rolle ge-
ſpielt, für die ich als einzige Entſchuldigung meine
Jugend anführen kann. Ich war ſo töricht, zu einer
Hinrichtung zu gehen; es ſcheint, ich habe vor dem
Galgen eine Szene gemacht; damit nicht zufrieden,
redete ich noch am nämlichen Abend in einer ſtu-
dentiſchen Vereinigung gegen die Todesſtrafe. Das
iſt das ganze Ausmaß meiner Verfehlungen, und
falls mehr gegen mich vorgebracht wird, kann ich
nur meine Unſchuld beteuern. Ich habe meinem
Vater bereits mein Bedauern ausgeſprochen; er iſt ſo
gütig, mein Betragen zu überſehen — gewiſſer-
maßen und unter der Bedingung, daß ich mein juri-
ſtiſches Studium aufgebe . . .«

*

FÜNFTES KAPITEL

Winter auf den Mooren

*

I. In Hermiſton

DIE STRASSE NACH HERMISTON FÜHRT AUF
weite Strecken durch das Tal eines Flüßchens, ein
Lieblingsplatz der Angler und Mücken, voller Waſſer-
fälle und Teiche, und von Weiden ſowie einem natürlichen Birkengehölz beſchattet. Hier und dort in
großen Abſtänden zweigt ein Seitenweg ab, und man
kann über irgendeiner Hügelfalte ein ödes Bauernhaus erſpähen; größtenteils jedoch iſt die Straße
menſchenleer und das Hügelland unbeſiedelt. Die
Gemeinde Hermiſton iſt eine der dünnbevölkertſten
in Schottland; und iſt man erſt bis zu ihr vorge-
drungen, wundert man ſich kaum noch über die bei-
ſpielloſe Kleinheit der Kirche, eines zwerghaften, uralten Baues mit etwa fünfzig Sitzplätzen, der zwiſchen
einigen vierzig Gräbern auf einem grasbewachſenen
Platz neben dem Bache ſteht. Das ganz in der Nähe
gelegene Pfarrhaus iſt, obwohl kaum größer als ein
Bauernhaus, von der Farbenpracht eines Ziergartens
und von den Strohdächern zahlreicher Bienenkörbe
umgeben; und die ganze Anſiedlung — Kirche und
Pfarrhaus, Garten und Friedhof — findet Schutz und
einen Hafen in einem Hain von Ebereſchen. Dort ruht
ſie jahraus, jahrein in einer großen Stille, unterbrochen
nur von dem Summen der Bienen, dem Plätſchern
des Baches und den ſonntäglichen Kirchenglocken.

Eine Meile jenseits der Kirche entwindet sich die
Straße über eine steile Anhöhe dem Tal und führt
den Reisenden bald darauf nach dem Herrensitz
Hermiston, wo sie in dem rückwärts gelegenen Hof
vor der Wagenremise mündet. Jenseits und in der
Runde dehnt sich das weite Feld der Hügel; Kiebitz,
Moorhuhn und Lerche bevölkern es mit ihrem
Schrei; der Wind bläst dort wie in einer Schiffs-
takelung, hart und kalt und rein; und die Hügel-
kämme drängen sich dicht aneinander gleich einer
Viehherde bei Sonnenuntergang.

Das Haus war sechzig Jahre alt, unansehnlich und
behaglich; links lagen der Wirtschaftshof und ein
Küchengarten mit einer Spaliermauer, an der kleine,
harte, grüne Birnen gegen Ende Oktober ihre Reife
erreichten.

Das zum Hause gehörige Grundstück (wer hätte den
Mut, es einen Park zu nennen?) war ziemlich aus-
gedehnt, aber sehr schlecht erhalten; Heide und
Moorgeflügel hatten die trennende Mauer durchbrochen und mehrten sich und nisteten darinnen;
es hätte einem Landschaftsgärtner viel Kopfzerbrechen verursacht, anzugeben, wo das Grundstück endete und die ungepflegte Natur begönne. Mylord
hatte sich durch Herrn Sheriff Scott zu ziemlich
weitläufigen Anpflanzungen bewegen lassen; viele
Hektar Landes waren daher mit jungen Tannen be-
standen, und die kleinen, grünen Federbesen verliehen der Heide einen falschen Maßstab und ein selt-
sames, spielzeugähnliches Aussehen. Eine starke, wür-
zige Süße von den Torfmooren erfüllte die Luft, und

zu allen Jahreszeiten durchzitterte fie die unendliche
Melancholie pfeifender Vogelftimmen. In feiner hohen, ungefchützten Lage war es ein kaltes, rauhes
Haus, von Wetterftürzen gewafchen, von unermüd-
lichen Regengüffen durchnäßt, welche die Dachrinnen Waffer fpeien ließen, gezauft, geprellt von
fämtlichen Winden des Himmels, und die Ausficht
war oft fchwarz von Gewitterfturm und weiß von dem
Schnee des Winters. Aber das Haus war wind- und
wetterfeft; die Kamine waren ftets freundlich erhellt, die Räume von glühenden Torffeuern durch-
wärmt, und Archie konnte an den Abenden, wenn
er das Feuer aus dem erdigen Stoff erblühen fah und
beobachtete, wie der Rauch fich den Schornftein
hinauffchlängelte, tief von den Genüffen der Behag-
lichkeit trinken, während draußen auf der Heide der
Wind trompetete.

So einfam der Ort auch war, Archie verlangte es
nicht nach Nachbarn. Allabendlich konnte er, wenn
der Sinn ihm danach ftand, fich ins Pfarrhaus
hinunter begeben. Dort trank er dann feinen
Toddy mit dem Paftor — einem »fpinneten« uralten
Herrn, hochgewachfen, hager, aber noch immer rü-
ftig, obwohl das Alter ihm die Knie gelockert hatte und
feine Stimme fich fortwährend in kindifchen, zitternden Fifteltönen überfchlug — fowie mit deffen hoch-
geborener Frau Gemahlin, einer beleibten, ftattlichen
Dame, die außer guten Abend und guten Tag noch
allerlei für fich zu fagen wußte. Wüfte, verdrehte,
junge Krautjunker aus der Nachbarfchaft erwiefen
ihm die Ehre eines Befuches. Der junge Hay von

Romanes ritt auf feinem Stutzohrpony herüber;
der junge Pringle von Drumanno erfchien auf feinem
knochigen Graufchimmel. Hay blieb als Leiche auf
dem Felde der Gaftfreundfchaft zurück und mußte
in fein Bett getragen werden; Pringle gelang es auf
irgendeine Weife, fich etwa um drei Uhr morgens
in den Sattel zu fchwingen; dort faß er fchwankend
(während Archie ihm mit der Lampe von der oberften Treppenftufe leuchtete), ftieß ein vollkommen
finnlofes Hallali aus und verfchwand dann plötzlich
gefpenftergleich aus dem kleinen Lichtkreife. Ein,
zwei Minuten lang verkündete das Raffeln der Pferde-
hufe feine halsbrecherifche Flucht, bis der dazwifchen-
liegende, fteile Hügel es verfchluckte; und wieder
ertönte nach langer Paufe geifterhaftes Roffegeftampf
weit unten im Tale von Hermifton und verriet, daß
zum mindeften das Pferd, wenn nicht der Reiter,
fich immer noch auf dem Heimwege befände.
Außerdem gab es zu Croffmichael im Wirtshaus »Zu
den gekreuzten Schlüffeln« noch einen Dienstagklub,
allwo fich die jungen Herren aus der Nachbarfchaft
zufammenfanden und fich gegen einen Prozentfatz
der eigentlichen Koften volltranken, fo daß zum Schluß
derjenige der Gewinner war, der am meiften getrunken hatte. Archie fand keinen großen Gefchmack
an diefer Zerftreuung, aber er nahm fie hin, gleich
einer gottgewollten Pflicht, beteiligte fich an ihr mit
anftändiger Regelmäßigkeit, ftand feinen Mann beim
Zechen, hielt angefichts der lokalen Witze den Kopf
hoch und gelangte auch glücklich wieder nach Haufe,
wo er zu Kirfties und der Dienftmagd Bewunderung

fogar noch imftande war, fein Pferd einzuftellen. Er dinierte zu Driffels und foupierte auf Windielaws. Er befuchte den Sylvefterball in Huntsfield, wurde mit offenen Armen aufgenommen und ritt hernach in Gefellfchaft Lord Miurfells die Fuchsjagden mit, Lord Miurfells, eines wafchechten Lords des Parlaments, bei deffen Namen meine Feder in diefem Buche, darin foviel von Würdenträgern des Gerichts die Rede ift, von rechtswegen mit Ehrfurcht verweilen müßte. Jedoch auch hier erwartete ihn das gleiche Los wie in Edinburg. Einfamkeit ift eine Gewohnheit, die fchwer zu brechen ift, und eine gewiffe, ihm gänzlich unbewußte Strenge fowie Stolz, der fich in den Augen der anderen wie Arroganz ausnahm und doch vornehmlich Schüchternheit war, entmutigten und kränkten feine neuen Gefährten. Hay wiederholte nur zweimal den Befuch, Pringle überhaupt nicht, und es kam eine Zeit, in der Archie felbft den Dienstagklub mied und in allen Dingen zu dem wurde — was er dem Namen nach von Anfang an gewefen — zum Einfiedler von Hermifton. Zwifchen dem hochmütigen Fräulein Pringle von Drumanno und der hochtrabenden Miß Marfhall of the Mains kam es, einem Gerücht zufolge, am Tage nach dem Ball zu einer Meinungsverfchiedenheit — feinetwegen —; er ahnte nichts davon, wie follte er auch auf den Gedanken kommen, daß diefe bezaubernden Damen ihn überhaupt bemerkt hätten? Auf dem Balle felbft redete ihn Mylord Muirfells Tochter, Lady Flora, zweimal an, das zweitemal gleichfam mit einer leifen Bitte in ihrer Stimme, die ihr das Blut in die Wangen trieb und die Worte, gleich einer flüchtigen Schönheit in der Mufik, in Archies Ohren nachzittern ließ. Er wich zurück, das Herz in Flammen, entfchuldigte fich kalt, wenn auch nicht ohne Anmut, und mußte zufehen, als fie bald darauf in den Armen des jungen Drumanno — des Gecken mit dem leeren Lachen — an ihm vorübertanzte. Der Anblick ärgerte ihn, wütend fagte er zu fich felbft, daß es in diefer Welt einem Drumanno befchieden fei, zu gefallen, während er neidifch beifeite ftehen müßte. Er fchien, offenbar mit Recht, von der Gunft einer derartigen Gefellfchaft ausgefchloffen — fchien Luftbarkeit und Freude zu töten, wohin immer er auch kam, empfand fogleich heftig die Wunde, ließ von allem ab und zog fich in die Einfamkeit zurück. Hätte er nur die Figur, die er machte, erkannt, den Eindruck, den er in jenen fchönen Augen und empfänglichen Herzen hinterließ: hätte er nur geahnt, daß der Einfiedler von Hermifton, jung, anmutig, gewandt im Reden, aber immer kalt, die Mädchen der Graffchaft mit dem Charme des Byronimus berührte zu einer Zeit, da der Byronimus noch neu war — fein Schickfal hätte fich — felbft in diefer elften Stunde — vielleicht noch mildern laffen. Das darf zwar als Frage aufgeworfen, muß aber, meiner Anficht nach, bezweifelt werden. Es ftand in feinem Horofkop, daß er vor allen Schmerzen, ja felbft vor der Möglichkeit des Schmerzes, und fei es auf Koften einer Gelegenheit zur Freude, zurückfcheute; daß er ein fchier römifches Pflichtgefühl fowie einen inftinktiven Adel des Wefens und des Gefchmacks befaß, kurz

daß er der Sohn Adam Weirs und Johanna Rutherfords war.

II. Kirſtie

Kirſtie war jetzt über fünfzig und hätte einem Bild-
hauer Modell ſitzen können. Langgliedrig, immer
noch leicht von Fuß, vollbrüſtig und mit breiten Hüf-
ten, ohne einen einzigen Silberfaden in ihrem Gold-
haar, war ſie von den Jahren verſchönt und gelieb-
koſt worden. Kraft einer üppigen, ſtarken Mütterlich-
keit ſchien ſie einem Helden zur Braut und zur Mutter
ſeiner Kinder beſtimmt; und ſiehe: durch eine beſondere Tücke des Geſchicks war ſie einſam durch
ihre Jugend geſchritten und näherte ſich jetzt, eine
kinderloſe Frau, den Grenzen des Alters. Alle zärtlichen
Hoffnungen, die ſie bei ihrer Geburt empfangen, hatten
Zeit und Enttäuſchungen in unfruchtbare Arbeitswut
und in eine krankhafte Sucht, ſich einzumiſchen, verwandelt. Sie trug ihre verdrängten Lebensenergien
in ihre Hausarbeit hinein: ſie wuſch die Fußboden
mit ihrem leeren Herzen. Konnte ſie nicht mit Liebe
eines einzigen Menſchen Liebe gewinnen, ſo mußte
ſie wenigſtens alle durch ihre Launen beherrſchen.
Hitzig, wortreich und jähzornig, lebte ſie mit der
Mehrzahl ihrer Nachbarn in unentſchiedenem Streit
und mit den übrigen in nicht viel mehr als bewaff-
neter Neutralität. Die Inſpektorsfrau war »hochnaſig«
geweſen; die Schweſter des Gärtners, die ihm die
Wirtſchaft führte, »frech« und ſie ſchrieb durch-
ſchnittlich einmal im Jahr an Lord Hermiſton mit
der gebieteriſchen Forderung, die Miſſetäter zu ent-
laſſen, wobei ſie ihr Verlangen durch einen Über-

fluß an Beweifen begründete. Denn man darf beileibe
nicht annehmen, daß der Streit fich etwa auf die
Ehefrau befchränkte, ohne den Mann einzubeziehen—
oder daß Kirftie es bei des Gärtners Schwefter be-
wenden ließ und nicht fehr bald den Gärtner felbft
in die Fehde verwickelte. Das Ergebnis all diefer
kleinlichen Zänkereien und heftigen Reden war, daß
fie fich (ähnlich dem Leuchtturmwächter auf feinem
Turm) gleichfam von den Tröftungen menfchlichen
Verkehrs ausgefchloffen fah. Die einzige Ausnahme
bildete ihre eigene fchwer arbeitende Hausmagd, die
als junges Ding, auf Gnade und Ungnade ihr ausgeliefert, fämtliche Launen der wetterwendifchen
Herrin ohne Klage über fich ergehen laffen mußte,
bereit, Ohrfeigen wie Liebkofungen zu empfangen,
fo wie die jeweilige Stimmung es erheifchte. Und
Kirftie in dem warmen Spätherbft ihres Herzens, das
fich nur widerwillig dem Alter unterwarf, fandten
die Götter den zweifelhaften Segen von Archies Gegenwart. Sie hatte ihn von der Wiege her gekannt, hatte
feine Ungezogenheiten weggeftreichelt, aber fie war
ihm feit feinem zwölften Lebensjahr und feiner letzten fchweren Krankheit nicht wieder begegnet; daher fühlte fie fich jetzt angefichts diefes großen, fchlanken, ariftokratifchen und leicht melancholifchen jungen Herrn von zwanzig überrumpelt, wie von einer
neuen und unerwarteten Bekanntfchaft. Er war »der
junge Hermifton«, der »Gutsherr felbft«; er trug eine
entfchiedene Überlegenheit zur Schau; ein einziger
kalter, gerader Blick feiner dunklen Augen fchlug gleich
zu Anbeginn der Frau cholerifches Temperament in

Banden und fchloß auf immer die Möglichkeit eines
Streites aus. Er war neu und erregte daher ihre Nen-
gier; er war zurückhaltend und hielt diefe ftändig
wach. Und endlich war er dunkel und fie blond, er
männlich und fie weiblich: der unverfiegliche Quell
allen Intereffes.

Ihr Gefühl für ihn hatte etwas von der fklavischen
Treue einer Clansmännin, der Heldenverehrung einer
unverheirateten Tante und der blinden Anbetung,
die man einem Götzen fchuldet. Er hätte alles von
ihr verlangen können, Lächerliches und Tragifches,
fie würde es für ihn getan haben und wäre glücklich
dabei gewefen. Ihre Leidenfchaft — denn es war
nichts geringeres als das — erfüllte fie vom Scheitel
bis zur Sohle. Es war für fie ein wollüftiger Genuß,
fein Bett zu machen, in feiner Abwefenheit feine
Lampe anzuzünden, ihm die naffen Stiefel auszu-
ziehen oder ihm nach feiner Rückkehr bei Tifche
aufzuwarten. Von einem jungen Manne, der alfo
moralifch und phyfifch von dem Gedanken an eine
Frau befeffen wäre, hätte man mit Recht behauptet, er fei bis über beide Ohren verliebt, und er
würde fich auch dementfprechend benommen haben.
Kirftie jedoch — obwohl ihr Herz bei dem Klang
feiner Schritte höher fchlug — obwohl, wenn er
ihr auf die Schulter klopfte, fie den ganzen Tag über
ftrahlte — Kirftie hatte keine Hoffnung und keinen
anderen Gedanken als die Gegenwart und deren
Fortfetzung bis in alle Ewigkeit. Bis an ihr Lebensende wünfchte fie fich nichts befferes, als mit Entzücken ihrem Idol dienen zu können und zum Lohne

dafür (sagen wir, zweimal im Monat) auf die Schulter getätschelt zu werden.

Ich sagte, daß ihr Herz höher schlüge — so lautet die gebräuchliche Redensart. Richtiger wäre es, zu sagen, daß, wenn sie sich allein in irgendeinem Zimmer befand und auf dem Korridor seinen Schritt hörte, etwas langsam in ihrem Busen höher stieg, bis ihr der Atem stockte, um dann ebenso langsam wieder in einem tiefen Seufzer zu ersterben, falls die Schritte an ihr vorübergingen und sie sich um ihren Herzenswunsch betrogen sah. Dieser ewige Hunger und Durst nach seiner Gegenwart hielt sie den ganzen Tag auf den Beinen. Wenn er des Morgens fortging, sah sie ihm mit bewundernden Blicken nach. Schritt der Tag vor und rückte die Zeit seiner Heimkehr heran, so stahl sie sich hinaus an die Gartenmauer und hielt dort manchmal stundenlang, mit der Hand die Augen beschattend, nach ihm Ausschau, nur um die köstliche und darre Freude zu genießen, ihn eine Meile entfernt über die Hügel reiten zu sehen. Hatte sie des Nachts das Feuer geschürt und versorgt, sein Bett aufgedeckt und sein Nachtzeug ausgelegt und gab es nichts mehr für seine Majestät zu tun, als seiner inbrünstig in ihren sonst recht lauen Gebeten zu gedenken und beim Schlafengehen über seine Vollkommenheiten, seine künftige Laufbahn und über die Frage nachzugrübeln, was sie ihm wohl morgen zum Essen vorsetzen sollte — ja, dann blieb ihr noch eine einzige Möglichkeit: ihm das Tablett mit dem Abendessen hineinzutragen und ihm gute Nacht zu wünschen. In solchen Fällen blickte Archie hin und wie-

der mit einem zerftreuten Kopfnicken und einem
pflichtfchuldigen Gruß, der in Wahrheit eine Ent-
laffung bedeutete, von feinem Buche auf; mitunter
jedoch — und allmählich immer häufiger — wurde
der Band beifeite gelegt und ihr Eintritt mit einem
erleichterten Aufatmen begrüßt; und fehr bald waren
fie in ein Gefpräch verwickelt, das fich bei dem
fchwindenden Feuer üßer die ganze Mahlzeit bis tief
in die Nacht hinein erftreckte. Kein Wunder, daß
Archie fich bei feinem einfamen Leben nach Gefellfchaft fehnte; Kirftie ihrerfeits führte fämtliche Künfte
ihrer kraftvollen Natur ins Treffen, um feine Aufmerkfamkeit zu feffeln. Sie pflegte während des
Mittageffens mit einer Neuigkeit zurückzuhalten,
nur um beim Hereintragen des Abendbrottabletts
damit herauszuplatzen und fo gleichfam den Vorhang
über der abendlichen Unterhaltung aufgehen zu laffen.
Hatte fich ihre Zunge erft einmal in Bewegung gefetzt, fo war fie ihres Erfolges ficher. Unmerklich glitt
fie von einem Thema zu dem anderen hinüber, voller
Angft vor der geringften Paufe; ja mitunter ließ fie
ihm kaum Zeit zu einer Antwort, aus Furcht, er
könne einen Wink zum Aufbruch einflechten. Wie
fo viele Leute ihres Standes war fie eine vorzügliche
Erzählerin; ihr Platz war der häusliche Herd, aber
fie verwandelte ihn in ein Roftrum, begleitete ihre
Gefchichten mit der entfprechenden Mimik und
fchmückte fie mit lebendigften Einzeihelten aus, indem fie fie durch endlofe »Sagt er«'s und »Sagt fie«'s
verlängerte und ihre Stimme bei jeder Schilderung
des Übernatürlichen oder Graufigen zu einem Flüftern

dämpfte. Zum Schluß fprang fie dann mit geheuchel-
tem Erftaunen auf, deutete auf die Uhr und rief:
»Liebe Zeit, Mr. Archie! Wie fpät es fchon geworden ift! Gott verzeih mir tollem alten Frauenzimmer!«
So brachte fie es durch gefchicktes Manöverieren zu-
ftande, daß fie nicht nur diefe nächtlichen Unterre-
dungen anknüpfte, fondern auch unfehlbar die erfte
war, fie abzubrechen. Dadurch gelang es ihr, fich
zurückzuziehen, ohne von ihm fortgefchickt zu werden.

III. Eine Familie aus den Grenzlanden

Eine fo ungleiche Vertrautheit ift von jeher in Schottland gebräuchlich gewefen, wo der alte Clansgeift
fich erhalten hat; wo die Dienerin nicht felten ihr
Leben im Dienfte einer Familie verbringt, anfänglich
als Gehilfin, fpäter als Tyrannin und zuletzt als Gna-
denbrotempfängerin; wo auch fie mitunter fich der
Auszeichnung vornehmer Geburt rühmen darf, ja
vielleicht wie Kirftie eine entfernte Verwandte der
Herrfchaft ift, zum mindeften in den Traditionen
ihrer eigenen Familie bewandert oder mit irgendwelchen illüftren Toten verfippt. Denn das kenn-
zeichnet den Schotten jeden Standes: er nimmt der
Vergangenheit gegenüber eine Haltung ein, die dem
Engländer unfaßlich ift, und hegt und pflegt das Andenken all feiner Vorfahren, ob gut, ob böfe; ja in
ihm brennt als lebendiges Feuer das Bewußtfein der
Identität mit den Toten, felbft bis ins zwanzigfte
Glied. Hierfür hätte es kein trefflicheres Beifpiel
geben können als Kirftie Elliott und ihre Familie.

Alle, ihnen voran Kirftie felbft, waren bereit, ja brannten darauf, jedem die Einzelheiten ihrer Genealogie zu unterbreiten, gefchmückt mit taufend Zügen, welche die Überlieferung ihnen vererbt oder die Fantafie erfonnen hatte; und fiehe! an jeder Verzweigung des Familienftammbaumes baumelte der Strick des Henkers. Die Elliotts felbft haben eine bewegte Gefchichte; aber fie leiten ihren Urfprung noch von drei der unglücklichften der Grenzclans ab — den Nickfons, den Ellwalds und den Crozers. Einen Vorfahren nach dem anderen fah man auf Schleichwegen aus dem Regen und Nebel der Berge auftauchen und mit feiner ärmlichen Beute an lahmen Pferden oder magerem Niederlandsvieh wieder nach Haufe jagen; oder aber er fchrie und teilte Mord und Totfchlag aus bei irgendeiner elenden Hochlandsfehde der Frettchen und Wildkatzen. Einer nach dem anderen befchloß feine obfkuren Abenteuer zwifchen Himmel und Erde, an irgendeinem königlichen oder feudalherrlichen Galgen. Denn die roftige Donnerbüchfe fchottifcher Kriminaljuftiz, die gewöhnlich niemandem außer den Gefchworenen felbft etwas zuleide tut, wurde den Nickfons, den Ellwalds und den Crozers gegenüber zur Präzifionswaffe. Jedoch im Gedächtnis ihrer Nachkommen fchien allein der Raufch ihrer Taten fortzuleben, die Schande war vergeffen; Stolz fchwoll ihre Bruft, wenn es galt, ihre Verwandtfchaft mit »Andrew Ellwald von Laverockftanes« zu proklamieren, »genannt ,Dand, der Pechvogel‘, der mit fieben anderen feines Namens zu Jeddart unter König Jakob VI. hochnotpeinlich ge-

richtet wurde«. Bei diefem langen Gefpinft von Unglück und Verbrechen konnten fich die Elliotts von
Cauldftaneslap einer Sache mit Recht rühmen: die
Männer waren alle Galgenvögel, geborene Räuber,
Strauchdiebe und mörderifche Raufbolde; die Weiber dagegen, der nämlichen Tradition zufolge, fämtlich keufch und treu. Der Einfluß der Ahnen auf
den Charakter ift nicht auf die Vererbung des Keim-
plasmas befchränkt. Wenn ich mir vom Heroldsamt
dutzendweife Ahnen kaufe, wird mein Enkel (falls
er ein Schotte ift) fich dennoch bewogen fühlen, ihre
Taten nachzuahmen. Die Männer der Elliotts waren
ftolz, gefetzlos, gewalttätig als ihr gutes Recht und
Heger und Pfleger der Familientradition. Ebenfo die
Frauen. Und diefe nämlichen Weiber, die, felbft
leidenfchaftlich und wagemutig, vor den glimmen-
den Torffeuern kauernd, jene Gefchichten überlie-
ferten, hegten und pflegten ihr Leben lang eine wilde
Integrität der Tugend.
Kirfties Vater, Gilbert, war tieffromm gewefen, ein
unerbittlicher Puritaner alten Stils und dabei ein
notorifcher Schmuggler. »Kann mich noch befinnen,
daß ich als Kind manche Ohrfeige bekam und zeit-
weilens wie die Hühner ins Bett gefcheucht wurde«,
pflegte Kirftie zu erzählen. »Das war, wenn die
Jungens mit ihren Packs unterwegs waren. Oft faß
das Gefindel von zwei, drei Graffchaften in unferer
Küche fo zwifchen zwölf und drei Uhr nachts; und
ihre Laternen ftanden derweil im Vorhof, Stücker
zwanzig auf einmal. Aber gottlofe Reden wurden auf
Cauldftaneslap nicht geduldet; mein Vater war ein

ſtrenger Mann in ſeinem Wandel wie in ſeinen Worten; da brauchte dir nur ein einziger Fluch ent-
ſchlüpfen und ſchon faßeſt du vor der Tür! Er war
ein großer Eiferer im Herrn, ein reines Wunder, was
das Beten anbelangt, aber darin hat unſere Familie
von jeher eine beſondere Begabung gehabt!« Dieſer
Vater war zweimal verheiratet, einmal mit einem
dunkelhäutigen Weib vom alten Ellwald Schlage, mit
der er Gilbert, den Erben von Cauldſtaneslap, zeugte,
und das zweitemal mit der Mutter von Kirſtie. »Er
war ſchon 'n alter Mann, als er ſie heiratete, ein
häßlicher, alter Mann mit einer mächtigen Stimme
— hören konnte man ihn, wenn er vom Gipfel des
Kye-skairs zu uns herunterbrüllte; aber ſie, Mr.
Archie, ſie war wahrhaftig ein Wunder. Gutes,
adliges Blut floß ihr in den Adern, Mr. Archie:
Euer eigenes und kein anderes. Die ganze Umgebung
war rein verrückt nach ihr und ihrem goldenen
Haar. Meins iſt damit nicht in einem Atem zu nennen,
und doch gibt's wenlge Weiber, die mehr Haar
haben als ich oder von ſchönerer Farbe. Oft hab ich
meinem lieben Fräulein Hannchen geſagt — Eurer
Mutter, mein Herz — ſchrecklich geſorgt hat ſie ſich
um ihr Haar, und es war auch wahrhaftig gar zu
dünne — ‚Unſinn, Fräulein Hannchen,‘ ſagt' ich,
‚werft Euer Haarwaſſer und Eure franzöſiſchen Po-
maden ins Feuer; das iſt der Platz, wo ſie hingehö-
ren; und herunter mit Euch an den Bach, und waſcht
Euch in dem kalten Bergwaſſer und trocknet Euer
hübſches Haar in dem friſchen Wind der Heide, wie
meine Mutter es tat und wie ich es allweg mit meinen

getan habe — tut nur, was ich Euch fage, mein Lieb-
chen, und wir wollen uns wiederfprechen! Haare
werdet Ihr bekommen im Überfluß, einen Zopf fo
dick wie mein Arm' — das hab' ich ihr gefagt —
,und von allerfchönfter Farbe wie die blanken, goldenen Guineen, daß die Burfchen in der Kirche fich
nicht werden fatt fehen können!' Ach ja — für fie,
armes Ding, hat es gereicht! Hab' ihr eine Locke
abgefchnitten, als fie da ftarr und kalt auf dem Toten-
bett lag. Eines Tages zeig' ich fie Euch, wenn ihr
brav feid. Aber was ich fagen wollte, meine Mutter . . .«

Beim Tode ihres Vaters blieben die goldhaarige Kirftie, die bei ihren entfernten Verwandten, den Rutherfords, Dienfte nahm, fowie der um zwanzig Jahre
ältere, fchwarze Gilbert zurück. Diefer übernahm
Cauldftaneslap, heiratete und zeugte zwifchen 1773
und 1784 vier Söhne, fowie im Jahre 97, dem Jahr
von Camperdown und Kap St. Vincent, eine Nach-
züglerin, eine Tochter. Auch das fchien Familientradition zu fein: die Reihe der Kinder mit einer fpät-
geborenen Tochter zu befchließen. 1804, im Alter
von fechzig Jahren, kam Gilbert zu einem Ende, das
man getroft heroifch nennen kann. Er wurde vom
Markte zurückerwartet, irgendwann zwifchen acht
Uhr abends und fünf Uhr früh und in jedem belie-
bigen Zuftand von Raufluft oder wortlofer Trunkenheit, wie es damals die wohllöbliche Gewohnheit
der fchottifchen Bauern war. Es war bekannt, daß
er diesmal ein hübfches Stück Geld heimbringen
würde; es war offen darüber gefprochen worden.

Der Bauer hatte zudem feine Guineen herumgezeigt,
und zum Unglück hatte niemand bemerkt, daß eine
übel ausfehende Landftreicherbande, der Abfchaum
der Edinburger Goffen, fich lange vor Anbruch der
Dämmerung vom Markte entfernt und den Bergweg
nach Hermifton eingefchlagen hatte, allwo fie fchwer-
lich rechtmäßige Gefchäfte haben konnte. Einen aus
der Nachbarfchaft, einen gewiffen Dickiefon, hatten
fie als Führer gedungen — teuer mußte er fpäter
dafür büßen! Und plötzlich, an der Furt von Broken
Dykes, fiel diefes laufige Gefindel über den Groß-
bauern her, fechs gegen einen, und er obendrein
noch drei Viertel eingefchlafen, da er kräftig getrunken hatte! Aber es hielt fchwer, einen Elliott zu
überrumpeln. Eine Weile fchlug er drauf los mit
feinem Stock, dort in der Finfternis und in dem
pechfchwarzen Waffer, das ihm bis zum Sattelgurt
ging, gleich einem Schmied auf feinen Amboß, und
gewaltig war der Lärm feiner Flüche und Hiebe.
Dann hatte er den Hinterhalt durchbrochen und
jagte nach Haufe mit einer Piftolenkugel im Leibe,
drei Mefferftichwunden, dem Verluft feiner Vorderzähne, einer zerbrochenen Rippe, einem zerriffenen
Zaumzeug und einem fterbenden Pferd. Es war ein
Rennen mit dem Tode, das der Großbauer in jener
Nacht ritt! In der tieffchwarzen Dunkelheit, mit zerriffenen Zügeln und fchwindelndem Kopf, grub er
die Sporen bis zu den Rädern in des Pferdes Flan-
ken, und das Pferd, armes Gefchöpf!, das felbft noch
fchwerer getroffen war, fchrie laut auf in feiner Qual
wie ein Menfch, und die Leute in Cauldftaneslap

sprangen vom Tische auf und blickten einander in die bleichen Gesichter. Das Pferd brach tot vor dem Hoftor zusammen, aber der Bauer erreichte noch das Haus und stürzte dort auf der Schwelle hin. Dem Sohne, der ihn aufhob, drückte er den Sack Geld in die Hand. »Da«, sagte er. Den ganzen Weg herauf hatte er die Diebe hinter sich gespürt, aber jetzt verließ ihn die Halluzination — er erblickte sie wieder in jenem Hinterhalt — und der Durst nach Rache ergriff seine sterbende Seele. Er reckte sich hoch und wies mit gebieterischer Gebärde in die schwarze Nacht, aus der er gekommen; dann gab er den einen Befehl »Broken Dykes« und verlor die Besinnung. Niemals hatte man ihn geliebt, aber man hatte ihn geehrt und gefürchtet. Bei jenem Anblick, jenem Wort, das sich keuchend dem zahnlosen, blutenden Munde entrang, erwachte mit einem Schrei in seinen vier Söhnen der alte Elliott-Geist. »Ohne Hut,« fährt meine Gewährsmännin Kirstie fort, der ich nur zögernd folge, denn sie erzählte die Mär wie inspiriert, »ohne Gewehre — es waren keine zwei Gramm Pulver im ganzen Haus — ohne andere Waffen als die Knüttel in ihren Händen, nahmen die vier die Verfolgung auf. Nur Hob, der älteste, kniete einen Augenblick auf der Türschwelle hin, wo das Blut rann, tauchte seine Hand hinein und hielt sie zum Himmel empor nach Art des alten Grenzeids. ‚Die Hölle soll heut Nacht ihr Eigen wiederhaben‘, schrie er und stürzte hinaus auf sein Pferd.« Drei Meilen waren es bis nach Broken Dykes, immer bergab, eine schlimme Straße. Kirstie hatte erlebt, daß Leute

aus Edinburg bei hellichtem Tage abgeſtiegen waren
und lieber ihre Pferde am Zügel führten. Aber die
vier Brüder ritten, als wäre ihnen der Böſe ſelbſt
auf den Ferſen. Da waren ſie an der Furt und da
war Dickieſon. Nach allem, was man hört, war er
nicht tot, ſondern atmete noch und hob ſich auf
seinen Ellbogen und ſchrie um Hilfe. Es war ein er-
barmungsloſes Antlitz, das er um Gnade anflehte.
Kaum hatte ihn Hob beim Licht der Laterne erkannt, die auf das Weiße ſeiner Augen und die
Zähne in des Mannes Geſicht traf, da ſagte er: »Gott
verdamme dich! Deine Zähne haſt du noch, was?«
und jagte ſein Pferd hin und her über die menſchlichen Überreſte. Danach mußte Dandie abſitzen und
ihnen leuchten; er war der jüngſte Sohn und kaum erſt
zwanzig. »Die ganze liebe, lange Nacht ging's weiter
durch die naſſe Heide und die Wachholderbüſche,
und wo ſie gingen, das wußten ſie nicht und fragten
auch nicht danach, ſondern folgten nur den Blut-
flecken und der Spur von ihres Vaters Mördern.
Und die ganze Nacht ſtrich Dandie mit der Naſe
über den Boden hin wie ein Bluthund, und die anderen folgten und ſprachen kein Wort, weder ſchwarz
noch weiß. Und da war kein Laut zu hören außer
dem Stöhnen der geſchwollenen Bäche und außer
Hob, dem harten, der im Gehen mit den Zähnen
knirſchte.« Beim erſten Strahl des Morgengrauens er-
kannten ſie, daß ſie auf dem Treiberweg waren; da
hielten die vier inne und nahmen einen Biſſen Früh-
ſtück, denn ſie wußten, daß Dand ſie richtig geführt
und daß ſie die Gauner dicht vor ſich hatten, Hals

über Kopf auf der Flucht nach Edinburg und den
Hügeln von Pentland. Um acht Uhr erhielten fie die
erfte Auskunft — ein Schäfer hatte vier Männer,
»arg mißhandelt«, vor noch nicht einer Stunde vor-
übereilen fehen. »Auf jeden einer«, fagte Clemens
und fchwang feinen Knüttel. »Fünf Stück«, meinte
Hob. »Gottes Tod, aber der Vater war ein Mann!
Und obendrein in der Trunkenheit!« Und dann
ftieß ihnen etwas zu, das meine Gewährsmännin als
ein »großes Unglück« bezeichnete, denn fie wurden
von einem Trupp berittener Nachbarn überholt, die
gekommen waren, ihnen zu helfen. Vier faure Gefichter begrüßten diefe Verftärkung. »Der Teufel
hat euch hergeführt!« fagte Clemens, und fie ritten
von nun an mit hängenden Köpfen in der hinterften
Reihe. Noch vor zehn hatten fie die Schufte eingeholt und gefangengenommen, und als fie mit ihren
Gefangenen um drei Uhr nachmittags in Edinburg
einritten, begegnete ihnen eine Schar Menfchen mit
einer triefenden Bürde. »Denn die Leiche des fech-
ften,« fuhr Kirftie fort, »mit einem Kopf, zerdrückt
wie eine Hafelnuß, hatte der Hermiftoner Fluß die
ganze Nacht über in Gewahrfam genommen; und
er hatte fie an den Steinen geprellt und an den Sand-
bänken zerfchunden und hernach das tote Ding Hals
über Kopf die Fälle von Spango hinunter gejagt; und
bei Morgengrauen hatte der Tweed es gepackt und
wie der Wind entführt — denn es war arges Hoch-
waffer dazumalen. Und fo faufte er mit ihm dahin
und tauchte es unter die Böfchung und riß es wieder empor und fpielte lange mit jenem Gefchöpf

unten in den Stromſchnellen am Fuße der Burg; und
das Ende war, daß er es bei der Croſsmichael-Brücke
wieder an Land ſpie. Und damit hatten ſie alle ſechs
endlich beiſammen (denn den Dickieſon hatte man
längſt auf einem Karren hereingefahren) und die Leute
konnten ſehen, was für eine Art Mann mein Bruder
geweſen war, der ſich gegen ſechſe gehalten hatte,
und obendrein noch in der Trunkenheit!« So ſtarb
an ſeinen ehrenvollen Wunden und auf der Höhe
des Ruhmes Gilbert Elliott von Cauldſtaneslap; aber
ſeine Söhne ernteten aus der ganzen Sache kaum ge-
ringere Ehre. Ihre barbariſche Eile, die Geſchicklichkeit, mit der Dand die Spur aufgenommen und
verfolgt hatte, die Unmenſchlichkeit gegen den ver-
wundeten Dickieſon (die rings im Lande ein offenes
Geheimnis war) und das furchtbare Schickſal, das
ſie nach allgemeiner Anſicht auch den anderen zugedacht, packte und beſchwingte die Volksphantaſie.
Ein Jahrhundert früher hätte wohl der letzte der
Barden aus dieſem homeriſchen Kampf und Ende
die letzte der Balladen gedichtet; aber der alte Geiſt
war geſtorben und hatte bereits in Herrn Sheriff
Scott ſeine Reinkarnation erlebt, und die entarteten
Heidebewohner mußten ſich damit begnügen, die
Mär in Proſa zu erzählen und aus den »Vier Schwar-
zen Brüdern« eine Einheit zu ſchaffen, nach Art der
»Zwölf Apoſtel« oder der »Drei Musketiere».
Robert, Gilbert, Clemens und Andreas — in der
volkstümlichen Abkürzung der Grenzlande Hob, Gib,
Clem und Dand Elliott — dieſe Balladenhelden —
hatten manches miteinander gemein, insbeſondere

den ſtark ausgeprägten Familienſinn und das lebendige
Gefühl für die Familienehre; aber ſie gingen alle ihre
eigenen Wege und hatten Erfolg oder ſcheiterten in
den verſchiedenſten Berufen. Um mit Kirſtie zu reden,
alle waren ein wenig »ſpinnet« mit Ausnahme von
Hob. Hob, der Großbauer, war in Wahrheit in allen
Dingen ein hochachtbarer Mann. Als Kirchenälteſter
hatte niemand, ſeit jener Jagd hinter den Mördern
ſeines Vaters her, je einen Fluch von ihm vernommen,
außer gelegentlich einmal bei der Schafwäſche. Die
Figur, die er an jenem verhängnisvollen Abend machte, ſchien wie von der Erde verſchluckt. Er, der in
der Ekſtaſe ſeine Hand in das rote Blut getaucht, der
Dickieſon unter den Hufen ſeines Pferdes zertrampelt
hatte, wurde von jenem Augenblick an ein ſteifes
und wenig anziehendes Vorbild ländlicher Ehrbar-
keit; ein Schlaukopf, der bedachtſam an den hohen
Kriegspreiſen profitierte und alljährlich ein rundes
Sümmchen als Notgroſchen auf die Bank trug, geach-
tet und mitunter ſogar geſchätzt von den Großgrund-
beſitzern der Nachbarſchaft, die ihn ſeiner ſchwer-
fälligen, gelaſſenen Vernunft wegen zu Rate zogen —
vorausgeſetzt, daß er zum Reden zu bewegen war;
daneben war er der erklärte Günſtling des Paſtors,
Mr. Torrance, der ihn in Gemeindeangelegenheiten
als ſeine rechte Hand betrachtete und ihn den Eltern
als Vorbild pries. Die Transfiguration hatte nur einen
kurzen Augenblick gedauert; irgend ein Barbaroſſa,
ein alter Adam unſerer Vorfahren, ſchlummert wohl
in uns allen, bis der gegebene Moment ihn zum Handeln ruft; und dieſer jetzt ſo nüchterne Hob hatte

ein für allemal das Ausmaß des Teufels, der ihn ritt,
gezeigt. Er war verheiratet und wurde von feiner
Frau dank des verklärenden Schimmers jener legen-
dären Nacht auf Händen getragen. Er befaß eine
Horde kleiner, kräftiger, barfüßiger Kinder, die in
einer langen Karawane die vielen Meilen zur Schule
marfchierten und die einzelnen Stationen ihrer Pilgerfahrt durch Zerftörungswut und allen möglichen Un-
fug bezeichneten. In der ganzen Gegend waren fie
als eine Landplage verfchrien, aber daheim verhiel-
ten fie fich mucksmäuschenftill, »wenn der Vater zu
Hauf' war«. Mit einem Wort, Hob bewegte fich im
Gefchwindfchritt durch's Leben — wie das der Lohn
eines jeden ift, der inmitten eines von der Zivilifation
geknebelten und verzärtelten Landes unter graufigen
oder romantifchen Begleitumftänden feinen Mann
getötet hat.

Es gab ein geflügeltes Wort im Lande: die Elliotts
wären wie die Sandwichs — auf jede fchmackhafte
Scheibe folge eine unfchmackhafte — , und wirklich
wechfelten durch einen fonderbaren Unterfchied die
Träumer mit den Tüchtigen ab. Der zweite Bruder,
Gib, war von Beruf ein Weber und war fchon als
junger Menfch in die Welt nach Edinburg gezogen,
von wo er mit verfengten Schwingen heimkehrte.
In feiner Natur lag eine gewiffe Exaltation, die ihn
veranlaßte, fich mit Begeifterung die Prinzipien der
französifchen Revolution anzueignen. Die Folge war,
daß er gelegentlich jenes wütenden Anfturms gegen
die Liberalen, der Muir und Palmer in die Verbannung hetzte und die ganze Partei gleich Spreu in alle

Winde trieb, Lord Hermifton in die Quere kam. Man munkelte, Mylord habe in feiner grenzenlofen Verachtung und von einer gelinden, freundnachbarlichen Regung bewogen, Gib noch rechtzeitig einen Wink erteilt. Als diefer ihm eines Tages in der Potterrow begegnete, hatte Mylord ihn mit den Worten angehalten: »Gib, du Idiot, was muß ich von dir hören? Politik, Politik, nichts als Politik, Weberpolitik, nach allem, was die Leute fagen! Wenn du nicht ganz von deiner Idiotie befoffen bift, marfchierft du fchnurftracks nach Cauldftaneslap zurück; dort treib deinen Webftuhl, treib deinen Webftuhl, Mann!« Und Gilbert hatte den Wink beherzigt und war mit einer Haft, die man faft als Flucht bezeichnen konnte, in das Haus feiner Väter zurückgekehrt. Sein klarftes Erbe war jene Familienbegabung für's Gebet, deren Kirftie fich rühmte; und der gefcheiterte Politikus wandte jetzt feine Aufmerkfamkeit religiöfen Dingen — oder wie andere es nannten — der Ketzerei und dem Schisma zu. Er begab fich von nun an jeden Sonntag nach Croßmichael, wo er allmählich eine Sekte, beftehend aus einem Dutzend Mitgliedern, zufammenbrachte, die fich »Gottes letzte Streiter des wahren Glaubens« oder kurz nur »Gottes letzte Streiter« nannten. Den Läftermäulern waren fie als »Gibs Teufel« bekannt. Bailie Sweedie, ein bekannter Witzbold jener Stadt, fchwur, der Gottesdienft würde regelmäßig mit der Melodie »Die Zollbeamten foll der Teufel holen« eingeleitet und das Sakrament würde in Form von heißem Whisky-Toddy genommen. Beides war ein boshafter Hieb gegen den Evangelimann, den man in feiner Jugend

der Schmuggelei verdächtigt hatte und der einmal
während des Jahrmarkts »knüppelhagelvoll« (wie
der Ausdruck lautet) in den Straßen Crossmichaels
aufgefunden worden war. Man wußte, daß diefe
letzten Streiter allfonntäglich den Segen auf Bona-
partes Waffen herabflehten. Aus eben diefem Grunde
waren fie wiederholt vor dem Häuschen, das ihnen
als Tempel diente, von den Kindern mit Steinen beworfen worden; ja Gibs eigener Bruder Dand hatte
einmal als Mitglied der freiwilligen Grenzwacht mit
gezogenem Schwert gegen ihn eine Attacke geritten.
Die »Letzten Streiter« hatten den Ruf, im Prinzip
»Antinomiften« zu fein, was anderenfalls ein fchwerer Vorwurf gewefen wäre, bei der damalig herrfchenden öffentlichen Meinung jedoch gänzlich von
dem Skandal um Bonaparte verfchlungen wurde. Im
übrigen hatte Gilbert feinen Webftuhl in einem der
Nebengebäude von Cauldftaneslap aufgeftellt, wo er
fechs Tage in der Woche fleißig arbeitete. Seine
Brüder waren über feine politifchen Anfichten ent-
fetzt und fprachen, um Zwiftigkeiten zu vermeiden,
nur felten mit ihm; er jedoch noch feltener mit ihnen,
da er faft ftändig im Studium der Bibel und im Gebet verfunken war. Dagegen wurde der hagere Weber
zur Kinderfrau von Cauldftaneslap; alle Kleinen liebten ihn zärtlich. Außer wenn er ein Kind auf den
Armen trug, fah man ihn nur felten lächeln; überhaupt waren die Lächler rar in der Familie. Wenn
dann feine Schwägerin ihn neckte und ihm vorfchlug,
er folle doch felbft eine Frau nehmen und Kinder
zeugen, da er fie fo liebe, pflegte er zu erwidern: »In

jenem Punkte bin ich noch zu keiner Klarheit gekommen.« Falls man ihn nicht zum Effen rief, blieb er einfach fort. Mrs. Hob, eine harte, wenig mitfühlende Frau, machte einmal die Probe auf's Exempel. Er blieb den ganzen Tag ohne Nahrung, aber etwa um die Dämmerung, als das Licht verfagte, betrat er von fich aus mit verwirrtem Ausdruck das Haus. »Heut hab ich mächtig im Gebet gerungen«, bemerkte er. »Ich weiß nicht, ich kann mich nicht fo recht befinnen, was es zu Mittag gab.« Die Sekte der »Gottesftreiter« ward durch ihres Gründers Leben gerechtfertigt. »Und doch, wer weiß,« meinte Kirftie, »vielleicht ift er gar nicht mal fchlimmer als feine Nachbarn! Er ift mit den anderen ausgeritten und foll fich nach allem, was man fo hört, gut gehalten haben! Gottes letzte Streiter? Des Teufels Marktfchreier! Viel Chriftliches war aber auch nicht an der Art, wie Hob Johnny Dickiefon traktierte! Gott allein weiß Befcheid! Ift Gib überhaupt ein Chrift? Meines Wiffens nach könnte er ebenfogut ein Mohammedaner oder ein Teufel oder ein Feueranbeter fein!«

Der dritte Bruder fchrieb feinen Namen in der Stadt Glasgow auf ein meffingnes Türfchild fo lang wie fein Arm: »Mr. Clemens Elliot«, nicht mehr und nicht weniger. In feinem Falle hatte jener Geift der Neuerung, der fich bei Hob nur fchüchtern in Verfuchen mit Düngemitteln hervorwagte und fich bei Gilbert an umftürzlerifche Politik und ketzerifche Dogmen verfchwendete, die Form von finnreichen, mechanifchen Erfindungen angenommen und wahr-

haft nützliche Früchte getragen. Als Knabe hatte man ihn dank feiner Neigung zu allerlei feltfamen Verfuchen mit Hölzchen und Bindfaden für den Sonderling der Familie gehalten. Aber das war jetzt längft vorbei: Clemens war inzwifchen Teilhaber feiner Firma geworden und würde aller Wahrfcheinlichkeit nach als Aldermann fterben. Auch er hatte geheiratet und zog nun inmitten des Rauchs und Lärms von Glasgow eine zahlreiche Famile auf; er war reich, und man flüfterte, er könne feinen Bruder, den Dungkärrner, fechsmal auskaufen; und wenn er fich jetzt auf Cauldftaneslap eine wohlverdiente Erholung gönnte, was er fo oft tat, als es ihm möglich war, fetzte er die Nachbarn durch feinen feinen Tuchanzug, feinen Kaftorhut und die üppigen Falten feines Halstuchs in Erftaunen. Obgleich im Grunde feines Herzens ein durchaus folider Mann nach dem Vorbilde Hobs, hatte er fich eine gewiffe Glasgower Smartneß und einen Aplomb angeeignet, die ihn vor allen auszeichneten. Alle übrigen Elliotts waren mager wie die Heringe, Clemens aber fetzte allmählich Fett an und fchnaufte zum Gottserbarmen, wenn er fich die Stiefel anzog. Dand pflegte dann wohl kichernd zu bemerken: »Ja, Clem, der hat die Elemente zu einem ganzen ftädtifchen Gemeinderat in fich.« »Zum Bürgermeifter und zum Rat«, erwiderte Clem, und feine Schlagfertigkeit wurde viel bewundert.
Der vierte Bruder, Dand, war feines Zeichens nach ein Schäfer und tat fich zeitweife in feinem Beruf hervor, wenn er fich dazu zwingen konnte, ihn auszu-

üben. Niemand verſtand wie Dandie einen Hund zu dreſſieren; keiner zeichnete ſich in den Fährniſſen der großen winterlichen Schneeſtürme durch größere Tapferkeit aus. Allein trotz ſeiner vollendeten Geſchicklichkeit, war er nur ein unregelmäßiger Arbeiter, und er diente ſeinem Bruder lediglich gegen Wohnung und Beköſtigung und ein geringes Taſchengeld, das er auf Verlangen erhielt. Er liebte Geld zwar ſehr und wußte es auch auszugeben. Ja, er verſtand ſich ſogar gelegentlich, wenn er wollte, zu einem ſchlauen, vorteilhaften Handel. Aber er zog doch das unklare Bewußtſein, genügend Kleingeld im Beutel zu haben, der genauen Kenntnis der Summe in ſeiner Taſche vor; er fühlte ſich reicher ſo. Hob hielt ihm dann vor: »Du machſt, daß ich in der Schafzucht nur ein Stümper bleibe«, worauf Dand gewöhnlich erwiderte: »Ich werd' dir deine Schafe hüten, wenn ich Luſt dazu habe, aber meine Freiheit hüt' ich mir auch. Ich laſſe keinen Menſchen an mir rumnörgeln.« Clem pflegte ihm die wunderbaren Reſultate von Zins und Zinſeszins auseinanderzuſetzen und ihm eine Anlage ſeiner Erſparniſſe zu empfehlen. »Was?« meinte Dandie: »Mann, glaubſt du wirklich, wenn ich Hob das Geld aus der Taſche zöge, daß ich's nicht in Schnaps und in Geſchenken für die Mädels anlegte? Überhaupt iſt mein Reich nicht von dieſer Welt. Entweder bin ich ein Dichter oder ich bin gar nichts.« Clem gemahnte ihn an ſeine alten Tage. »Ich ſterbe jung wie Robbie Burns«, lautete die tapfere Antwort. Ohne Frage zeichnete er ſich auch wirklich durch eine Begabung für volks-

tümliche Verſe aus. Sein Lied »Der Bach von Hermiſton« mit dem einſchmeichelnden Refrain —

,Gedankenvoll weil ich, beim Bache, so eilig,
Von Hermiston unten im Tal';

ſeine »alten, alten Elliots, todeskalten Elliots,
harten, heißen Elliots alter Zeit«, ſowie ſeine
wahrhaft faſzinierende Ballade von »Des betenden Webers Stein« erwarben ihm in der ganzen Gegend den in Schottland immer noch möglichen Ruf eines lokalen Barden; und obgleich er
niemals gedruckt wurde, erntete er doch die Aner-
kennung wirklicher und berühmter Autoren. Walter
Scott verdankte den Text zu dem »Raid of Wearie«
in ſeiner »Minſtrelſy« niemand anderem als Dandie,
hieß ihn in ſeinem Hauſe willkommen und lobte auf
ſeine warmherzige Art ſeine beſcheidenen Talente.
Der Schäfer von Ettrick war ſein geſchworener
Buſenfreund; bei ihren Zuſammenkünften betranken
ſie ſich regelmäßig bis zur Bewußtloſigkeit, brüllten ſich
ihre Gedichte gegenſeitig in die Ohren und zankten und
verſöhnten ſich wieder, alles in der nämlichen Sitzung.
Neben dieſen als offiziell zu bezeichnenden Aner-
kennungen wurde Dandie dank ſeiner Kunſt auch
in den Bauernhäuſern zahlreicher Nachbartäler willkommen geheißen; ſo wurde er denn mannigfachen
Verſuchungen ausgeſetzt, die er indes eher ſuchte
als floh. Einmal poſierte er ſogar als Büßer und
wahrte ſo die Tradition ſeines Helden und Vorbilds
bis auf's I-Tüpfelchen. Die humoriſtiſchen Verſe, die
er bei dieſer Gelegenheit an Mr. Torrance richtete,

,Hier steh ich mutterwindallein in aller Augen'

find allzu derb, um wiedergegeben zu werden; aber fie durchliefen wie das Feuerkreuz im Fluge die ganze Nachbarfchaft und wurden zitiert, rezitiert, paraphrafiert und belacht, überall von Dunfries bis Dunbar.

Diefe vier Brüder verknüpfte ein enges Band — das der gegenfeitigen Bewunderung oder beffer Heldenverehrung — wie dergleichen bei einfam lebenden Familien, in denen viel Tüchtigkeit und wenig Kultur herrfcht, nur allzu häufig ift. Selbft die Extreme bewunderten einander. Hob, in welchem etwa ebenfoviel Poefie lebte wie in einem Schürhaken, gab vor, Dandies Verfe innig zu lieben; Clem, der nicht mehr religiöfes Empfinden als Claverhoufe befaß, bezeugte eine aufrichtige oder doch zum mindeften offenmäulige Bewunderung für Gibs Frömmigkeit, und Dand verfolgte mit fichtlichem Behagen Clems Aufftieg in der Gefchäftswelt. Hand in Hand mit diefer Bewunderung ging duldfame Nachficht. Der Großbauer, Clem und Dand, die fämtlich Tories und glühende Patrioten waren, befchönigten untereinander fchüchtern und verlegen Gibs revolutionäre Ketzereien. Wiederum nahmen Hob, Glem und Gib, alle drei peinlich tugendhafte Männer, Dandies lockeren Lebenswandel fchweigend als eine Art Hemmfchuh oder Nachteil in den Kauf, wie ihn eine rätfelhafte Vorfehung den Barden zum Zeichen ihres poetifchen Genies eigens auferlegt. Um die Einfalt ihrer gegenfeitigen Bewunderung wahrhaft zu würdigen, mußte man Clem, wenn er daheim zu Befuch war, im Geifte der Ironie über die Angelegenheiten der großen Stadt Glasgow

und die Perfonen, mit denen er dort zu tun hatte, reden
hören. Diefe verfchiedenen Perfönlichkeiten — Geift-
liche, ftädtifche Beamte und Größen der Gefchäftswelt — wurden allefamt angefchwärzt; alle waren
nur dazu da, um ein fchmeichelhaftes Licht auf das
Haus in Cauldftaneslap zu werfen. Den Bürgermeifter,
dem Clem ausnahmsweife noch eine gewiffe Achtung
entgegenbrachte, pflegte er mit Hob zu vergleichen.
»Er erinnert mich an den Gutsherrn hier«, meinte
er. »Er hat etwas von Hobs großartigem, gefundem
Menfchenverftand und fchiebt auch genau wie er
die Lippe fo vor, wenn ihm was gegen den Strich
geht.« Worauf Hob völlig unbewußt die Oberlippe
herunterzog und zum Vergleich die erwähnte, furcht-
erregende Grimaffe produzierte. Der unbeliebte
Pfarrer von St. Enoch wurde mit der kurzen Bemerkung abgetan: »Ja, wenn er auch nur zwei Fingerbreit von Gibs Talent hätte, dann würde er's ihnen
fchon zeigen!« Und der ehrliche Gib fchlug befchei-
den die Augen nieder und lächelte ftill in fich hinein.
Clem war der Kundfchafter, den fie in die große
Welt gefchickt hatten. Er war mit der guten Nachricht zurückgekehrt, daß fich dort niemand mit den
vier fchwarzen Brüdern vergleichen könne; daß es
keine Stellung gäbe, der fie nicht zur Zierde gereichen würden, keinen Beamten, deffen Poften fie nicht
beffer auszufüllen vermöchten, keine Angelegenheit,
weltlicher oder geiftlicher Art, die nicht unter ihrer
Pflege fofort zur höchften Blüte gedeihen müßte.
Die Entfchuldigung für ihre Torheit läßt fich in
zwei Worte zufammenfaffen: fie unterfchieden fich

kaum um Haaresbreite von der eigentlichen Bauernfchaft. Ihre Vernunft ließ fich an der Tatfache ermeffen: diefes Sympofium ruftikaler Eitelkeit wurde
in der Familie felbft gefeiert und dort gleich einer
geheimen, ererbten Zeremonie begangen. Der Welt
gegenüber trübte auch nicht der Schatten eines felbft-
zufriedenen Lächelns den Ernft ihrer Gefichter. Trotzdem wußte die Welt davon. »Sie halten große Stücke
auf fich!« hieß es rings in der Umgegend.

Endlich gilt es, in diefer Gefchichte aus den Grenzlanden auch noch ihre Spitznamen zu erwähnen.
Hob hieß »der Gutsherr«. »Roy ne puis, prince ne
daigne«; er war der Herr über Cauldftaneslap — alfo
über rund fünfzig Acres eigenften Landes. Clemens
war einfach Mr. Elliot, wie auf feinem Türfchild
gefchrieben ftand; das ehemalige Beiwort »toll« hatte
man längft fallen laffen, da es unangebracht und obendrein nur ein Beweis für die Urteilsfchwäche und
Torheit der öffentlichen Meinung war; und der
jüngfte wurde zu Ehren feiner unftillbaren Wander-
luft der »Wander-Dandie« genannt.

Selbftverftändlich ftammten all diefe Informationen
nicht durchweg von der Tante, die felbft zu viel von den
Familienfchwächen befaß, um diefe bei den anderen
von Grund auf würdigen zu können. Mit der Zeit
jedoch wurde Archie einer Lücke in der Familien-
chronik inne.

»Aber ift denn nicht noch ein Mädchen da?« forfchte er.

»Ja: Kirftie. Sie wurde nach mir getauft oder nach
meiner Großmutter — was dasfelbe ift«, entgegnete

die Tante und fuhr fogleich fort, von Dand zu fprechen, den fie feines galanten Lebenswandels wegen
insgeheim bevorzugte.

»Und wie ift eigentlich deine Nichte?« warf Archie
bei nächfter Gelegenheit ein.

»Die? So fchwarz wie Euer Hut! Aber fo richtig
häßlich kann man fie auch nicht gerade nennen.
Nein, eigentlich ift fie ein ganz hübfches Balg — fo
'ne Art Zigeunerin«, meinte die Tante, die zwei
Maßftäbe hatte, einen für die Männer und einen
für die Frauen — oder vielleicht wäre es richtiger
von dreien zu fprechen: der dritte und ftrengfte galt
den Mädchen.

»Wie kommt es, daß ich fie niemals in der Kirche
fehe?« fragte Archie.

»Tja, ich glaube fie wohnt in Glasgow bei Clem und
feiner Frau. Viel Gutes kann auch nicht dabei raus-
fpringen! Ich würde ja nichts fagen, wenn fich's um
ein Mannsbild handelte; aber wo Weiber geboren
find, da follen fie auch bleiben! Gott fei Lob und
Dank! Ich bin mein Lebtag nicht über Crossmichael
rausgekommen!«

Allmählich begann es Archie auch aufzufallen, daß
trotzdem Kirftie ftändig das Lob ihrer Sippe fang
und deren Tugenden, ja felbft deren Lafter gleich einer
perfönlichen Auszeichnung fchätzte, dennoch keine
Spur von Herzlichkeit zwifchen den Häufern Hermifton und Cauldftaneslap zu walten fchien. Wenn
die adelige Jungfer Haushälterin den fonntäglichen
Kirchgang antrat, die Röcke dezent aufgefchlagen,
daß drei Fingerbreit ihres weißen Unterrocks her-

vorguckten, bei fchönem Wetter angetan mit ihrem beften, in ftrahlenden Farben erglänzenden Kafchmirfchal, überholte fie mitunter ihre bedächtiger einherfchreitenden Verwandten. Gib war natürlich nicht dabei; bei Tagesanbruch hatte er fich nach Crossmichael zu feinen Mitketzern begeben; aber die übrige Familie fah man in offener Marfchordnung daherkommen: voran Hob und Dand, fteifnackig, kerzengerade, fechs Fuß hoch mit ftrengen, dunklen Geſichtern, ihre Plaids um die Schultern gefchlungen: dahinter der Convoi Kinder (glänzend vor Seife und Waffer), rings am Wegrande zerftreut und nur von Zeit zu Zeit auf den fchrillen Ruf der Mutter fich fammelnd; und endlich die Mutter felbft, die — oh vielfagender Umftand, der einem erfahreneren Beobachter als Archie wohl allerlei zu denken gegeben hätte! — einen faft gleichen, aber unverkennbar neueren und um eine Schattierung grelleren Schal trug, als Kirftie felbft. Bei diefem Anblick wuchs Kirftie noch um einige Zoll — fie zeigte ihr klaffifches Profil, die Nafe in der Luft und mit leicht bebenden Nüftern, während das reine Blut in ihren Adern ihre Wangen mit einer zarten, gleichmäßigen Röte überhauchte.

»Wünfche Euch einen fchönen Tag, Miftreß Elliot«, fagte fie, und Feindfeligkeit und Vornehmheit verfchmolzen in ihrer Stimme zu einer wohlabgewogenen Mifchung. »Schön guten Tag, Madam«, pflegte des »Gutsherrn« Frau mit einem unnachahmlichen Knix zu erwidern, während fie ihre Federn — oder mit anderen Worten das Mufter ihres Kafchmir-

fchals — mit einer, dem gemeinen Mannsbild völlig
unerreichbaren Kunft fpreizte. Von nun an marfchierte das gefamte Cauldftaneslaper Kontingent
in gefchloffener Ordnung und mit einem unbefchreib-
lichen Ausdruck, der verriet, daß es fich in der
Gegenwart des Feindes befände, und während Dandie feine Tante mit der Vertraulichkeit des gern ge-
fehenen Neffen begrüßte, ftolzierte Hob in erhabener
Steifheit an ihr vorbei. Aus der Haltung aller Familien-
mitglieder mußte man auf irgendeine erbitterte Fehde
fchließen. Wahrfcheinlich waren die beiden Frauen
in dem erften Treffen die Hauptbeteiligten gewefen,
und offenbar hatte man den Gutsherrn mit Gewalt
hineingezerrt, und zwar zu fpät, um ihn in diefe
oberflächliche Verföhnung einzufchließen.

»Kirftie,« fagte Archie eines Tages, »was haft du
eigentlich gegen deine Familie?«

»Ich beklag mich ja gar nicht«, antwortete Kirftie
errötend. »Ich hab' kein Wort gefagt.«

»Das weiß ich — nicht einmal guten Tag zu deinem
eigenen Neffen.«

»Ich brauche mich nicht zu fchämen. Ich kann das
Vaterunfer mit gutem Gewiffen beten. Wäre Hob
krank oder in Not, ich tät ihn mit Freuden befuchen.
Aber Scharwenzeln und Schöntun und Herumpar-
lieren — nein danke beftens!«

Archie lächelte leife: er lehnte fich in feinen Seffel
zurück. »Ich glaube,« meinte er fchlau, »du und Mrs.
Hob feid nicht befonders gute Freunde, wenn ihr
eure Kafchmirfchals tragt.«

Sie fah ihn fchweigend an, ein rätfelhaftes Funkeln

in ihren Augen; und das war alles, was Archie je von der Schlacht der Kafchmirfchals erfahren follte.

»Kommt keiner von ihnen je, dich zu befuchen?« forfchte er weiter.

»Mr. Archie,« entgegnete fie, »ich hoffe, ich weiß, was fich für meine Stellung fchickt. Das wär mir eine fchöne Sache, wenn ich Eures Vaters Haus mit einem fchmutzigen, fchwarzhäutigen Clan vollftopfen möchte, von dem kein einziger (wenn ich's denn fchon offen fagen muß) das Biffel Seife wert ift, das man an ihn verfchwendet, mich felbft ganz allein ausgenommen! Nein, nein, die find alle miteinander durch die verdammten fchwarzen Ellwalds verdorben! Ich kann die Schwarzhaarigen nun mal nicht leiden!« Und in plötzlicher Erkenntnis Archies fügte fie haftig hinzu: »Nicht daß es bei den Mannsleuten fo viel ausmacht, aber daß es reinweg unweiblich ift, kann wohl keiner beftreiten! Langes Haar ift eine Zierde der Frauenzimmer; dafür haben wir Zeugen genug — es fteht fchon in der Bibel — und das ift doch ganz klar, daß der Apoftel irgendein blondhaariges Mädel damit gemeint hat — denn, Apoftel oder nicht — er war ja trotz allem doch nur ein Mannsbild wie Ihr felbft!«

*

SECHSTES KAPITEL

Ein Blatt aus Chriftinas Gefangbuch

*

ARCHIE WAR EIN FLEISSIGER KIRCHGÄNGER.
Sonntag für Sonntag durchmaß er mit jener kleinen
Gemeinde das Zeremoniell des Gottesdienftes, hörte
die Stimme von Mr. Torrance, einer fchlecht ge-
fpielten Klarinette gleich, fprunghaft von Tonart zu
Tonart fich fteigern und erhielt Gelegenheit, des
Geiftlichen mottenzerfreffenen Talar und fchwarze
Zwirnhandfchuhe zu ftudieren, wenn der alte Herr
die Hände im Gebet faltete oder fie beim Segen in
ehrfürchtiger Andacht zum Himmel erhob. Der Hermiftoner Kirchenftuhl war ein kleiner, viereckiger
Kaften von den gleichen zwerghaften Ausmaßen wie
die Kirche felbft und umfchloß einen Tifch, nicht
viel größer als eine Fußbank. Hier faß Archie mit
der Miene eines Prinzen, der alleinige unverkennbare
Gentleman und wohlhabende Erbe der Gemeinde,
und machte es fich bequem — fein Kirchenftuhl war
der einzige mit Türen. Von hier aus konnte er ungeftört die ganze Verfammlung überblicken: gefetzte
Männer in ihren Plaids, robufte Frauen und Töchter,
Kinder, die unter dem Drucke des Gottesdienftes feufz-
ten und unruhige Schäferhunde. Seltfam, wie fehr Archie den Eindruck des Raffigen entbehrte; die Hunde
mit ihren edlen Fuchsköpfen und wundervoll gebo-
genen Ruten waren von allen Anwefenden die einzigen,
die einen Anfpruch auf Adel erheben durften. Selbft

die Cauldſtaneslaper Geſellſchaft bildete kaum eine
Ausnahme. Dandie vielleicht, wenn er ſo daſaß und
ſich die nicht endenwollende Laſt des Gottesdienſtes
durch Verſekritzeln erleichterte, zeichnete ſich ein
wenig durch ſein leuchtendes Auge und eine gewiſſe
Lebhaftigkeit des Ausdrucks und Straffheit des Körpers aus; aber ſelbſt Dandie hatte den locker ſchlür-
fenden Schritt des Bauern. Die ganze übrige Gemeinde bedrückte Archie ähnlich dem lieben Vieh
durch das Bewußtſein ihrer erdgebundenen Routine;
ein Tag verlief wie der andere — körperliche Arbeit
in friſcher Luft, Hafergrütze, Erbsmehlpfannkuchen,
ein ſchläfriger Feierabend neben dem Kamin und
eine lange, durchſchnarchte Nacht in einem Wandbett.
Und doch kannte er viele von ihnen als ſchlaue, hu-
morvolle Menſchen: charakterfeſte Männer, tüchtige
Frauen, die ſich etwas zu ſchaffen machten und von
ihren niedrigen Hütten einen gewiſſen Einfluß aus-
ſtrahlten. Er wußte außerdem, daß ſie nicht anders
waren als andere Menſchen; unter der Kruſte der
Gewohnheit lebte Begeiſterungsfähigkeit; er hatte ſie
vor Bacchus die Zimbel ſchlagen hören — hatte ihren
lärmenden Zechgelagen über ihrem Whisky-Toddy
beigewohnt, und auch die hölzernſten und ſtrengſten
unter ihnen, ja ſelbſt jene feierlichen Kirchenälteſten
waren in Dingen der Liebe der ſeltſamſten Bock-
ſprünge fähig. Da waren Männer, deren abenteuer-
liche Lebensreiſe ſich ihrem Ende nahte — Mädchen,
die voll zitternder Neugier erſt an der Schwelle des
Lebens ſtanden — Frauen, die Kinder geboren und
vielleicht auch begraben hatten, die ſich noch der

Berührung zärtlicher, toter Händchen und des Trippelns jetzt erlahmter kleiner Füße erinnerten — er fragte fich in grenzenlofer Verwunderung, wie es käme, daß unter all diefen Gefichtern keines wäre, das Erwartung, Bewegung, den Rhythmus und die Poefie des Lebens zeigte. »Oh, ein einziges lebendiges Geficht!« feufzte er; und dann fiel ihm mitunter Lady Flora ein; ein andermal mufterte er diefe lebende Galerie vor ihm voller Verzweiflung und fah fich felbft feine unfruchtbaren Tage in jener freudlofen, ländlichen Einöde befchließen, fah den Tod herannahen und die Leute unter den Eberefchen fein Grab fchaufeln, während der Geift der Erde das riefenhafte Fiasko durch donnerndes Gelächter feierte.

An dem betreffenden Sonntag ftand es außer Frage, daß der Frühling endlich gekommen war. Es war warm; trotzdem fchlummerte Froft in der Luft, der die Wärme indes nur noch willkommener machte. Der Bach rann an den flachen Stellen plätfchernd und funkelnd zwifchen Sträußen von Himmelsfchlüffeln vorbei. Wandernde Düfte der Erde feffelten im Gehen Archies Geift; zu Momenten erfüllte ihn ätherifche Trunkenheit. Das graue, quäkerifche Tal war erft ftellenweife aus feiner nüchternen Winterfärbung erwacht; er wunderte fich über feine Schönheit; fie erfchien ihm als die Quinteffenz der Schönheit diefer alten Erde, wohnhaft nicht im einzelnen, fondern aus dem Ganzen ihm entgegenatmend. Er entdeckte in fich einen unerwarteten Impuls zum Verfefchreiben — er fchrieb mitunter wirklich — lofe, dahin-

ftürmende Vierfüßler nach der Art Scotts — und als
er fich neben einem elfenhaften Wafferfall auf einen
Stein niederließ, den ein gertenfchlanker, im erften
Frühlingsgrün ftrahlender Baum befchattete, war er
noch mehr erftaunt, daß ihm nichts einfallen wollte.
Vielleicht war es nur fein Herz, das im Einklang
mit dem ungeheuren Rhythmus des Weltalls fchlug.
Bald darauf fah er hinter einer Biegung des Tals die
Kirche liegen; er hatte fo lange gefäumt, daß bereits
der erfte Pfalm im Verklingen war. Das nafale Pfalm-
odieren, voller Schnörkel, Triller und anmutlofer
Verzierungen, fchien ihm wie die Stimme der Kirche
felbft, zum Dankgebet erhoben. »Alles lebt«, fagte
er für fich und rief plötzlich laut: »Gott fei gelobt,
alles lebt!« Er verweilte noch kurze Zeit auf dem
Friedhof. Ein Büfchel Himmelfchlüffelchen blühte
dicht neben dem Fuß einer alten, fchwarzen Grab-
tafel, und er blieb ftehen, um die weitfchweifige
Auffchrift zu ftudieren. Die Blumen ftanden da in
fchneidendem Gegenfatz zu der kalten Erde; plötzlich fiel ihm die Unfertigkeit des Tages, der Jahres-
zeit, der ihn umgebenden Schönheit auf — die Kühle
in der Wärme, die groben, fchwarzen Erdfchollen
neben den fich erfchließenden Himmelfchlüffeln,
der feuchte, erdige Geruch, der fich allfeits unter
die Düfte mifchte. Die Stimme des greifenhaften
Torrance fchwang fich in Ekftafe auf, und er fragte
fich, ob auch Torrance in feinen alten Knochen die
Luft diefes Frühlingsmorgens fpüre; Torrance oder
der Schatten deffen, was einft Torrance gewefen war
und was fo bald fchon famt feinem Rheumatismus

hier draußen in Sonne und Regen liegen mußte,
während ein neuer Prediger feinen Platz einnahm
und von feiner altvertrauten Kanzel donnerte? Der
Jammer des Ganzen und etwas von der Kälte des
Grabes ließen ihn einen Augenblick erfchauern, und
er beeilte fich, die Kirche zu betreten.

Ehrfürchtig fchritt er den Gang hinauf und ließ fich,
ohne aufzublicken, auf feinem Platze nieder; er fürchtete, er hätte den freundlichen alten Herrn auf der
Kanzel bereits gekränkt und hütete fich geflissentlich,
weiteren Anftoß zu erregen. Er vermochte dem Gebet nicht einmal in deffen Umriffen zu folgen. Strahlende Himmelsbläue, Wolken von Luft, ein Singen
fallenden Waffers und zwitfchernder Vögel ftiegen
gleich Ausftrahlungen einer tieferen, urgrundlichen
Erinnerung, die nicht ihm felbft, fondern dem Fleifch
auf feinen Knochen angehörte, in feinem Inneren
auf. Sein Körper erinnerte fich; es fchien ihm, daß
diefer Körper keineswegs plump, fondern ätherifch
und vergänglich wie eine Melodie wäre; er fühlte
für ihn eine wundervolle Zärtlichkeit wie für ein
unfchuldiges, von reinften Inftinkten bewegtes und
zu einem frühen Tode verurteiltes Kind. Und auch
für Torrance — für diefen von fo zahlreichen Gebeten überftrömenden und mit fo wenigen Tagen
befchenkten Torrance — empfand er ein Mitleid, das
ihn faft zu Tränen rührte. Das Gebet war zu Ende.
Unmittelbar über ihm war eine Tafel in die Mauer
gelaffen, der einzige Schmuck des roh verputzten
Kapellchens — denn mehr war es nicht; die Tafel
verewigte die Exiftenz — faft hätte ich gefagt die

Tugenden — irgendeines früheren Rutherfords von
Hermiſton; und Archie lehnte ſich unter jenen Beweis ſeiner alten Abſtammung und lokalen Größe in
ſeinen Stuhl zurück und ſtählte ſich, den Schatten
eines halb ſpieleriſchen, halb traurigen, aber ſeltſam
reizvollen Lächelns um den Mund, gegen einen langen
Ausblick in die Leere. Dies war der Moment, den
Dandies Schweſter, die in vollem Glasgower Staat
neben Clem ſaß, wählte, um ſich den jungen Gutsherrn anzuſehen. Ihr war die Bewegung, die bei
ſeinem Eintritt die Reihen durchlief, nicht entgangen,
aber die kleine Puritanerin hatte während des Gebets
die Augen geſenkt gehalten und ſich ihre ſittſame
Ruhe des Ausdrucks bewahrt. Das war nicht etwa
Heuchelei; es gab auf der Welt keinen Menſchen, dem
dergleichen ferner lag. Das Mädchen hatte einfach gelernt, ſich zu benehmen: gelernt, auf und nieder zu
blicken, unbefangen dreinzuſchauen, in der Kirche
ernſt und aufmerkſam und in allen Lebenslagen mög-
lichſt vorteilhaft zu erſcheinen. Das war nun mal der
Weiber Art und Vorrecht, und ſie ſpielte das Spiel ganz
unverhohlen. Archie war der einzige Menſch in der
Kirche, der ſie intereſſierte; er war ein fremdes
Weſen, dem Rufe nach ein Sonderling und jung, ein
großer Herr, den Chriſtina noch nicht kannte. Kein
Wunder, daß ihre Gedanken ſich mit ihm beſchäf-
tigten, während ſie ſtehend in einer Haltung reizen-
den Anſtands wartete. Falls er einen Blick für ſie
übrig hätte, ſollte er eine wohlerzogene junge Dame
ſehen, die ſchon in Glasgow geweſen war. Vernünf-
tigerweiſe mußte er ihren Putz bewundern, und viel-

leicht fand er fie felbft fogar hübfch. Bei diefem Gedanken klopfte ihr Herz ein klein wenig fchneller;
fogleich begann fie fich als Korrektiv eine Reihe
Bilder von dem jungen Mann, der von rechtswegen
jetzt zu ihr herüberblicken müßte, zu entwerfen und
rafch wieder zu verbannen. Schließlich entfchied fie
fich für das wenigft anziehende — einen rofigen, kurz-
beinigen Jüngling mit einem Tellergeficht und mangel-
hafter Figur, über deffen Bewunderung fie getroft
lächeln durfte; trotzdem hielt das Gefühl, daß fein
Blick auf ihr ruhe (während er in Wahrheit an
Torrance und deffen Handfchuhen haftete) fie bis
zu dem Amen in gelinder Erregung. Selbft dann war
fie noch viel zu wohlerzogen, um ihrer Neugier durch
Ungeduld zu frönen. Läffig — das war eine Glasgower Nuance — ordnete fie ihren Anzug, zupfte
ihren Strauß Himmelsfchlüffel zurecht, blickte erft
gerade vor, dann hinter fich, und geftattete ihren
Augen endlich ohne jede Haft auch nach dem Hermiftoner Kirchenftuhl hinüberzufchweifen. Einen
Augenblick hafteten fie dort wie gebannt. In der
nächften Sekunde kehrte ihr Blick zu ihr zurück,
gleich einem zahmen Vogel vor der Flucht. Möglichkeiten ftürmten auf fie ein; fchwindelnd bedachte
fie die Zukunft; das Bild diefes jungen Mannes, fchlank,
reizvoll, dunkel, mit jenem unergründlichen, fchattenhaften Lächeln zog fie an und ftieß fie ab gleich
einem Abgrund. Ob ich • wohl meinem Schickfal
begegnet bin? fragte fie fich felbft, und ihr fchwoll
das Herz in der Bruft.
Heute behandelte Torrance einen befonders heiklen

Punkt der Gottesgelahrtheit und war bereits ziemlich weit mit feinem erften Abfchnitt gediehen, wobei er im Vordringen fich eine fefte Grundlage aus Bibeltexten aufbaute, ehe Archie feinerfeits fich umfchaute. Sein Blick fiel zuerft auf Clem, der unausftehlich fatt und behäbig ausfah und Torrance großmütig durch halbe Aufmerkfamkeit begönnerte, wie jemand, der von Glasgow her Befferes gewohnt ift. Obwohl er ihn nie zuvor gefehen hatte, wußte Archie doch fofort, wer er war und fand ihn auch fogleich vulgär, den fchlimmften Typ der Familie. Clem beugte fich gerade faul vor, als Archie ihn zuerft erblickte. Schließlich lehnte er fich nonchalant in feinen Stuhl zurück, und plötzlich ward jene tödliche Waffe, das Mädchen, im Profil demaskiert. Obwohl nicht ganz auf der Höhe der Mode ftehend (wer fragte hier fchon danach), hatten gewiffe kunftgerechte Glasgower Mantillenmacherinnen und ihr eigener natürlicher Gefchmack fie fehr vorteilhaft herausgeputzt. Ja, ihr Anzug hatte in jener winzigen Gemeinde viel brennendes Herzweh und faft einen Skandal hervorgerufen. Mrs. Hob hatte ihr bereits in Cauldftaneslap die Meinung gefagt. »Verrückt!« lautete ihr Urteil. »Eine Jacke, die vorn nicht fchließt! Was für 'n Sinn hat fie denn, wenn man fie nicht zuknöpfen kann und man damit in den Regen kommt? Und wie nennt man die Dinger an deinen Füßen da? Demmi Brokins,* fagft du? Brocken werden fie fein, ehe du damit wieder nach Haufe kommft! Na, mich geht's ja nichts an — aber ich fag' nur — guter Gefchmack

---

* Demi-broquins

ift es nicht!« Clem, deffen Portemonnaie diefe Meta-
morphofe feiner Schwefter bewirkt hatte, und der
gegenüber der Reklame, die fie für ihn machte, nicht un-
empfänglich war, eilte ihr zu Hilfe. »Unfinn, Weib!
Was verftehft du fchon von Gefchmack, wo du nie in der
Stadt gewefen bift?« Und Hob, der mit wohlgefälligem
Lächeln das Mädchen mufterte, während fie ängftlich
in der dunklen Küche ihren Staat präfentierte, hatte
die Diskuffion mit den Worten beendet: »Hübfch
fieht die kleine Katze aus; und regnen wird's wahrfcheinlich auch nicht. Trag die Sachen ruhig heute
am Sonntag, Mädel; aber es ift nichts, was man zur
Gewohnheit machen foll.« Im Bufen ihrer Rivalinnen,
die im allzu deutlichen Bewußtfein weißer Unter-
röcke und mit Gefichtern, die von vieler Seife glänzten, zur Kirche gegangen waren, hatte der Anblick
von Chriftinas Toilette einen Sturm mannigfaltigfter
Gefühle entfeffelt, von einfacher, neidifcher Bewunderung angefangen, die fich in einem einzigen, lang-
gezogenen »Ah!« ausdrückte, bis zu jener zor-
nigeren und in den Worten fich Luft machenden
Empfindung: »An den Schandpfahl gehört fie!« Ihr
Kleid war aus ftrohfarbenem Seidenmuffelin, vorn tief
ausgefchnitten und unten fußfrei, um ihre Demi-
broquins aus violettem Leder zu zeigen, die mit vielen
Schnüren über einem gelben, in Spinnwebmuftern
gewirkten Strumpf befeftigt waren. Nach der hüb-
fchen Mode, der unfere Großmütter unbedenklich
folgten und mit der bewaffnet unfere Großtanten
auszogen, um unfere Großonkel zu erobern, war das
Kleid zugefchnitten, um die Formen der Brüfte her-

vortreten zu laſſen, und wurde in dem Einſchnitt
zwiſchen beiden von einer Broſche aus Rauchtopas
gehalten. Hier, ebenfalls in einer ſehr beneidenswer-
ten Lage, zitterte der Strauß Himmelsſchlüſſel. Um
die Schultern — oder auf dem Rücken vielmehr —
denn er reichte kaum darüber hinaus — trug ſie einen
Mantel aus Florentiner Taft, der auf der Bruſt mit
Margate-Bändern von der gleichen violetten Farbe
wie ihre Schuhe feſtgebunden war. Ihr Geſicht um-
rahmte eine Flut wirrer, dunkler Locken; ein zier-
licher Kranz gelber, franzöſiſcher Roſen umwand ihre
Stirn, und das Ganze krönte ein ländlicher Hut aus
grobem Stroh. Unter all den roten und wettergebräun-
ten Geſichtern ihrer Umgebung erglühte ſie gleich
einer offenen Blume: Mädchen und Kleidung, der
Rauchtopas, der die Sonnenſtrahlen auffing und
blitzend zurückwarf, ja ſelbſt die bronzenen und goldenen Fäden in ihrem Haare funkelten.
Archie fühlte ſich von dem Hellen angezogen wie
ein Kind. Er ſah ſie an, wieder und immer wieder,
und ihre Blicke kreuzten ſich. Ihre Lippen öffneten
ſich leiſe und ließen ihre kleinen Zähne frei. Er ſah
das rote Blut lebhaft unter der braungoldenen Haut
aufſteigen. Ihr Auge, groß wie bei einem Hirſch,
begegnete dem ſeinen, hielt es feſt. Er wußte, wer
ſie ſein mußte — Kirſtie, das Mädchen mit dem hart-
klingenden Rufnamen, die Nichte ſeiner Haushälterin,
die Schweſter des ruſtikalen Propheten, Gibs — und
— er fand in ihr die Antwort auf all ſeine Wünſche.
Chriſtina fühlte den elektriſchen Funken der ſich
treffenden Blicke, und es war ihr, als entſchwebe

fie, ganz in Lächeln gekleidet, in myftifch-ftrahlende
Regionen. Aber ihr Entzücken war fo kurz, wie es
vollkommen war. Haftig blickte fie weg und begann
fich fogleich ob diefer Haft zu tadeln. Sie wußte,
was fie hätte tun müffen, als es bereits zu fpät war
— langfam, die Nafe in der Luft, hätte fie fich weg-
drehen müffen. Inzwifchen aber blieb fein Blick an
ihr haften und fchien fie zu beftürmen gleich einer
Batterie trefflich gerichteter und in fortgefetzter
Tätigkeit befindlicher Gefchütze; jetzt fchien er fie
und fich völlig zu ifolieren, jetzt wieder hob er
fie vor der ganzen Gemeinde gleichfam auf den
Pranger. Archie fuhr fort, mit den Augen ihr Bild
zu trinken, ähnlich dem Wanderer, der am Berge
auf eine Quelle ftößt und fein Geficht eintaucht und
und fich nicht fatt trinken kann. Das feurige Auge
des Topas und die blaffen Blüten der Primeln in der
Kerbe ihrer kleinen Brüfte bannten ihn. Er fah, wie
diefe Brüfte fich hoben und fenkten und fragte fich
verwundert, was das Mädchen wohl fo erregen könne.
Und Chriftina fühlte wieder diefen Blick, nahm
ihn wahr — vielleicht mit dem graziöfen Spielzeug
von Ohr, das unter ihren Locken hervoräugte; fie
fühlte, wie fie die Farbe wechfelte, fühlte ihren unruhigen Atem. Gleich einem Gefchöpf der Wildnis,
das fich gehetzt, eingeholt und allfeits umftellt fieht,
fahndete fie nach einem Dutzend Auswege, um ihre
Faffung wiederzuerlangen. Sie holte ihr Tafchentuch
hervor — es war wirklich ein fehr feines — und
fteckte es erfchrocken wieder ein: »Er glaubt vielleicht, mir wäre zu heiß.« Sie fing an, in den me-

trifchen Pfalmen zu lefen und erinnerte fich plötzlich, daß ja die Predigt im Gange wäre. Endlich
fteckte fie fich eine gezuckerte Pflaume in den Mund
und bereute bereits im nächften Augenblick diefen
Schritt. Was für ein hausbackenes Benehmen! Mr.
Archie würde beftimmt niemals in der Kirche Süßig-
keiten effen; mit gewaltiger Anftrengung fchluckte
fie das Ganze hinunter, und fofort war ihr Geficht
eine einzige Flamme. Bei diefem Zeichen tödlicher
Verlegenheit erwachte Archie zum Bewußtfein feines fchlechten Benehmens. Was hatte er nur getan?
Er war in der Kirche unerhört unhöflich zu feiner
Haushälterin Nichte gewefen; er hatte gleich einem
Lakai und Libertin ein fchönes und züchtiges Mädchen angeftarrt. Es war möglich, ja fogar wahrfcheinlich, daß man ihn nach dem Gottesdienft auf dem
Friedhof vorftellen würde, und wie würde er dann
daftehen? Es gab für ihn keine Entfchuldigung. Er
hatte die Zeichen ihrer Scham, ihrer wachfenden
Empörung bemerkt, und er war ein folcher Efel,
daß er fie nicht einmal begriffen hatte. Scham laftete
jetzt auf ihm, und er blickte refolut zu Mr. Torrance
hinüber. Diefer brave, würdige Mann ahnte freilich nicht, während er fortfuhr, das Werk der
Erlöfung durch den Glauben zu erläutern, was in
Wahrheit fein momentanes Amt war: nämlich zwei
Kindern gegenüber bei dem uralten Spiel des Sich-
verliebens die Rolle des Blitzableiters zu fpielen.
Anfänglich verfpürte Chriftina eine ungeheuere Erleichterung. Es war ihr, als ginge fie plötzlich nicht
mehr nackt. Sie überdachte das Gefchehene. Alles

wäre ganz in Ordnung gewefen, wenn fie nur nicht
rot geworden wäre! Dumme Närrin! Was gab es da
zu erröten, felbft wenn fie eine Zuckerpflaume ge-
gegeffen hatte! Mrs. Mac Taggert, die Frau des
Kirchenvorftehers von St. Enoch, tat das häufig. Und
wenn er fie fchon angeblickt hatte — was war natürlicher, als daß ein junger Mann das beftangezogene
Mädchen in der Kirche fich anfah? Gleichzeitig wußte
fie ganz genau, daß dies nicht ftimmte; fie wußte,
in dem Blick hatte nichts Zufälliges, Alltägliches gelegen, und fie fchätzte fich felbft höher und den Blick
als eine Art Auszeichnung. Nun, ein Segen, daß er
jetzt etwas anderes zum Anfehen gefunden hatte! Und
bald gingen ihre Gedanken in eine neue Richtung.
Es war ihrer Anficht nach notwendig, daß fie fich
durch eine beffer geführte Wiederholung des Vor-
falls rechtfertigte. War der Wunfch Vater des Gedankens, fo wurde fie fich deffen doch nicht bewußt
oder wollte es fich nicht eingeftehen. Der Anftand —
die Notwendigkeit, die Bedeutung des Gefchehenen zu
vermindern — erheifchten, daß fie ein zweites Mal,
ohne zu erröten, feinen Augen begegnete. In Erinnerung an diefes Erröten errötete fie von neuem, und
war im nächften Augenblick eine einzige, heiße Blutwelle. Hatte jemals zuvor ein Mädchen fich fo un-
paffend, fo herausfordernd benommen? Sie hatte
hier vor der ganzen Gemeinde um nichts und wieder
nichts eine Szene aufgeführt! Heimlich warf fie einen
Blick zu ihren Nachbarn hinüber und fiehe! — alle
fchienen unerfchütterlich gleichgültig, ja Clem war
fogar eingenickt! Und doch gewann diefe eine Idee

immer mehr Macht über fie: fchon die gemeine
Klugheit erforderte, daß fie noch einmal hinüber-
blicke, ehe der Gottesdienft zu Ende wäre. Ähnliches
ging auch in Archie vor; er kämpfte mit der Laft
feiner Reue. Und fo gefchah es, daß in einem einzigen bebenden Moment, als der letzte Choral be-
kanntgegeben wurde und Torrance die Verfe las und
die Blätter fämtlicher Gefangbücher zwifchen eifrigen
Fingern rafchelten, zwei heimliche Blicke antennen-
gleich zwifchen den Kirchenftühlen und über deren
gleichgültige und gefchäftige Infaffen ausgefandt wurden und fich der geraden Linie von Archie zu Chriftina näherten. Jetzt trafen fie fich, faugten fich den
geringften Bruchteil einer Sekunde feft! Vorbei! Ein
elektrifcher Funke durchzuckte Chriftinas Körper
und fiehe! — die Seite ihres Gefangbuches war mitten
durchgeriffen!
Archie ftand draußen neben dem Friedhofstor, unterhielt fich mit Hob und dem Pfarrer und fchüttelte
allfeits der auseinandergehenden Gemeinde die Hände,
als Clem und Chriftina zur Vorftellung herangerufen
wurden. Der junge Herr lüftete den Hut und ver-
neigte fich anmutig und ehrerbietig. Chriftina machte
dem Herrn ihren Glasgower Knix und fchritt weiter
in der Richtung von Hermifton und Cauldftaneslap,
eilig, nach Atem ringend, mit erhöhter Farbe und
in jener feltfamen Verfaffung, die ihr während des
Alleinfeins ein vollkommenes Glücksgefühl vortäufchte
und fie jedes Anfprechen gleich einem Widerfpruch
verübeln hieß. Einen Teil des Weges mußte fie die
Begleitung einiger Nachbarmädchen und eines tölpel-

haften Jünglings erdulden; niemals waren fie ihr fo fade erfchienen; noch nie hatte fie fich felbft fo unfreundlich gezeigt. Aber nacheinander bogen fie alle vom Wege ab, um fich nach ihren verfchiedenen Beftimmungsorten zu begeben, oder blieben hinter der rafcher fchreitenden Chriftina zurück; und nachdem fie das angebotene Geleit einiger Neffen und Nichten mit fcharfen Worten zurückgewiefen hatte, konnte fie endlich wie auf Luft und von Wolken des Glücks umgeben, ungeftört den Hermiftoner Berg hinaufwandeln. Nahe dem Gipfel hörte fie Schritte hinter fich, eines Mannes Schritte, leicht und fehr rafch. Sie erkannte fie fofort und eilte um fo haftiger vorwärts. »Wenn er's auf mich abgefehen hat, foll er um mich laufen«, dachte fie lächelnd.

Archie überholte fie gleich einem Mann, deffen Entfchluß feftfteht.

»Miß Kirftie«, begann er.

»Miß Chriftina, bitte, Mr. Weir«, fiel fie ihm ins Wort. »Ich kann die Abkürzung nun mal nicht leiden.«

»Sie vergeffen, daß fie in meinen Ohren freundlich klingt. Ihre Tante ift eine alte Freundin von mir, und zwar eine fehr liebe. Ich hoffe, wir werden Sie häufig in Hermifton fehen?«

»Meine Tante und meine Schwägerin kommen nicht gut miteinander aus. Nicht daß es mich was anginge. Aber während ich dort wohne, würde es nicht recht rückfichtsvoll erfcheinen, falls ich meine Tante befuchte.«

»Das tut mir aber leid«, meinte Archie.

»Danke vielmals, Mr. Weir«, entgegnete fie. »Ich denke mitunter felbft, daß es recht fchade ift.«

»Ach, ficherlich ftehen Sie immer auf Seiten des Friedens!« rief er.

»Davon würde ich nicht fo ganz überzeugt fein«, fagte fie. »Ich hab’ auch meine böfen Tage, wie andere Leut.«

»Wiffen Sie, in unferer alten Kirche unter unferen grauen, alten Matronen wirkten Sie wie ein Strahl Sonnenfchein.«

»Ach, das find nur meine Glasgower Kleider.«

»Ich glaube nicht, daß ich fo ftark unter dem Einfluß hübfcher Sachen ftehe.«

Sie lächelte und warf ihm einen halben Blick zu.

»Sie wären nicht der einzige!« fagte fie. »Aber ich bin nur ein Afchenputtel, wirklich. Ich muß all diefe Dinge wieder in meinen Koffer packen; nächften Sonntag werd’ ich fo grau wie die anderen fein. Es find Glasgower Kleider, verftehen Sie, und es ginge beileibe nicht, daß man fie zu einer Gewohnheit machte. Das würde zu auffallend fein.«

Jetzt waren fie an die Stelle gelangt, an der ihre Wege fich trennten. Rings dehnten fich die alten, grauen Moore, in deren Mitte ein paar Schafe wanderten; vor ihnen fahen fie die verftreute Karawane fich den Berg nach Cauldftaneslap hinaufarbeiten, feitwärts zweigte das Hermiftoner Kontingent vom Wege ab und verfchwand gruppenweife hinter den Toren des Parks. In diefer Umgebung wandten fie fich einander zu, um Lebewohl zu fagen, und als fie fich die Hände fchüttelten, fahen fie fich

bewußt feſt in die Augen. Alles ging geſittet vor ſich,
wie es ſich gehörte; und als Chriſtina die ſteile Anhöhe nach Cauldſtaneslap hinaufklomm, verdrängte
ein befriedigendes Gefühl des Triumphes die Erinnerung an geringe Entgleiſungen und Fehler. Sie trug
jetzt ihr Kleid hochgeſchürzt, wie ſie das auf dieſem
rauhen Bergweg gewöhnlich tat; als ſie jedoch entdeckte, daß Archie ihr immer noch vom gleichen
Flecke nachſtarrte, flogen die Röcke wie durch Zauber wieder herunter. Das war eine Probe der Ge-
ſittung hier in dieſer Berggemeinde, wo die Matronen im Regen mit aufgeſteckten Röcken und die
Mädchen barfuß durch den ſommerlichen Staub
wanderten, um ſpäter vor ihrem Eintritt in die
Kirche tapfer auf einem Stein am Bachesrand öffentlich Toilette zu machen! Vielleicht war jene Geſte
ihr von Glasgow zugeweht, vielleicht bezeichnete ſie
auch nur ein Stadium jenes Rauſches befriedigter
Eitelkeit, der eine inſtinktive Handlung unbemerkt
geſchehen läßt. Er ſah ihr nach! Sie erleichterte
ihren Buſen durch einen ungeheuren Seufzer rein-
ſter Freude und hub zu laufen an. Als ſie die Nach-
zügler der Familie überholte, zog ſie jene Nichte,
die ſie eben erſt zurückgeſtoßen hatte, an ſich, küßte
ſie, gab ihr einen Klaps und trieb ſie unter anmutigem
Lachen und Rufen vor ſich her. Vielleicht, dachte ſie,
beobachte der junge Herr ſie noch immer. Zufällig jedoch ſpielte ſich die kleine Szene vor weniger wohl-
wollenden Augen ab, denn jetzt kam Chriſtina an
Mrs. Hob vorbei, die mit Clem und Dand des Weges
marſchierte.

»Wahrhaftig, bei dir fpukt's, Mädel!« meinte Dandie.
»Sollft dich was fchämen!« erklärte die ftreitbare
Mrs. Hob. »Ift das 'ne Art, fich auf dem Heimwege
von der Kirche zu benehmen? Bift wahrhaftig nicht
gefcheit, heute! Zum mindeften würd' ich achtgeben
auf meine guten Kleider!«
»Pah!« fagte Chriftina und fchritt allen voran, Kopf
in der Luft, mit dem Tritt eines wilden Rehs den
rauhen Bergpfad hinauf.
Sie war verliebt in fich felbft, in ihr Gefchick, in
die Luft der Berge, in das Gnadengefchenk der Sonne.
Auf dem ganzen Heimwege hielt fie der Raufch ihrer
himmelftürmenden Laune in Bann. Bei Tifch war fie
beherrfcht genug, um unbefangen über den jungen
Hermifton zu reden; mit lauter Stimme und ziemlich
nonchalant meinte fie, er wäre ein hübfcher, junger
Mann, mit wirklich artigen Manieren, und dazu recht
vernünftig, aber es fei doch fchade, daß er fo traurig
ausfähe. Im nächften Augenblick fetzte die Erinnerung
an feine Augen in der Kirche fie in Verlegenheit.
Das war jedoch alles. Diefe unbedeutende Hemmung
ausgenommen, entwickelte fie die Mahlzeit über einen
guten Appetit und ließ die andern aus dem Lachen
nicht herauskommen, bis Gib (der vor ihnen von
feinen feparatiftifchen Andachtsübungen in Crossmichael heimgekehrt war) fie alle ob ihrer unziem-
lichen Heiterkeit tadelte.
Im Gehen »in fich hineinfingend«, immer noch ein
Chaos froher Gedanken im Bufen, trippelte fie nach
oben in ihre enge, von vier kleinen Giebelfenftern
erhellte Dachkammer, die fie mit einer ihrer Nich-

ten teilte. Die Kleine, auf »Tantchens« gute Laune
pochend, war ihr gefolgt und wurde höchſt unzere-
moniös aus der Kammer wieder hinausexpediert, um,
brennend unter der Kränkung und halb in Tränen,
ihren Kummer auf dem Boden im Heu zu erſticken.
Immer noch ſummend, endledigte ſich Chriſtina ihres
Putzes und barg nacheinander ihre Schätze in ihrem
großen, grünen Koffer, als letztes ihr Geſangbuch.
Dieses war ein ſchönes Stück, ein Geſchenk von Mrs.
Clem, in deutlicher, altmodiſcher Schrift auf einem
Papier gedruckt, das von langem Lagern auf dem
Speicher — nicht vom Gebrauch — vergilbt war,
und Chriſtina war gewohnt, es allſonntäglich nach
dem Gottesdienſt in ein Taſchentuch zu hüllen und
es zu oberſt in ihrem Koffer wegzulegen. Als ſie es
jetzt in die Hand nahm, öffnete es ſich an der Stelle,
an der das Blatt zerriſſen war, und ſie blieb ſtehen und
betrachtete ſinnend dieſen Beweis ihrer früheren
Aufregung. Da tauchten vor ihr zwei braune Augen
auf, die ſie, leuchtend und ſehr intenſiv, aus einem
dunklen Kirchenwinkel anſtarrten. Beim Anblick des
zerfetzten Blattes ſah ſie blitzartig die ganze Erſcheinung vor ſich, die Haltung, das Lächeln, die an-
gedeutete Geſte des jungen Hermiſton. »Wahrhaftig,
bei mir hat's heute geſpukt!« ſagte ſie, Dandies
Worte wiederholend, und bei dem Gedanken an ein
unnatürliches, vorausbeſtimmtes Geſchick wich ihre
freudige Stimmung. Sie warf ſich der Länge nach
auf ihr Bett und lag dort ſtundenlang, das Geſangbuch in der Hand, die meiſte Zeit in ſtarrem, ge-
lähmtem Widerſtreit ſich ſträubender Freude und

unvernünftiger Furcht. Diefe Furcht war abergläu-
bifch; wieder und wieder ftieg die Erinnerung an
Dandies unheilvolles Wort auf, und hundert düftere,
unheimliche Gefchichten aus der nächften Nachbarfchaft beftätigten ihr dessen Sinn. Die Freude drang
nicht bis in ihr Bewußtfein vor. Vielmehr waren es
die einzelnen Glieder ihres Körpers, welche dachten
und fich erinnerten und froh waren, während ihr wah-
res Ich im Mittelpunkt ihres Bewußtfeins fieberhaft
von anderen Dingen redete, gleich einem nervöfen
Menfchen bei einem Feuer. Das Bild, bei dem fie am
liebften verweilte, war das Fräulein Chriftinas in
ihrer Eigenfchaft als hübfches Mädchen von Cauldftaneslap, das in ftrohfarbenem Kleid, violetter Man-
tille und gelben Spinnwebftrümpfen alle Herzen im
Sturm eroberte. Archies Bildnis dagegen wurde,
wenn es auftauchte, nicht willkommen geheißen, viel
weniger mit Inbrunft begrüßt; ja mitunter mußte es
erbarmungslofer Kritik ftandhalten. Im Laufe der
langen, verfchwommenen Dialoge, die fie in Gedanken häufig mit allerlei Bildern, häufig auch mit
fchattenhaften Frageftellern hielt, mußte Archie, falls
er überhaupt erwähnt wurde, die rauhefte Behandlung erdulden. Da hieß es, »daß er der reinfte Storch
wäre«, »geglotzt hätte wie ein Kalb«; »ein Geficht wie ein Gefpenft befäße« ufw. »Überhaupt,
was find das für Manieren?« fragte fie; oder: »Ich
hab' ihn aber gehörig zurechtgewiefen«. »‚Jungfer
Chriftina, bitte, Mr. Weir‘, hab' ich gefagt und meine
Röcke aufgerafft und damit gut.« Mit dergleichen
verworrenem Gefchwätz unterhielt fie fich ununter-

brochen lange Zeit; dann fiel ihr Blick auf das zerriſſene Blatt, und die Augen Archies ſprangen aus
dem Dunkel der Mauer heraus, und die geläufigen
Worte ſtockten, und ſie lag ſtill und ſtumpf und
dachte hingegeben an' nichts und ſeufzte mitunter
nur leiſe. Wäre ein Doktor der Medizin in jene
Dachkammer geſtiegen, er hätte ſie als ein geſundes,
gutentwickeltes, lebensſprühendes Mädchen diagno-
ſtiziert, das ſich in momentaner Schmollſtimmung
auf ihr Bett geworfen hatte, und durchaus nicht als
einen Menſchen, der ſoeben erſt von einer tödlichen
Krankheit des Gemüts, die ihn dem Tode und der
Verzweiflung nahebringen konnte, befallen war oder
befallen wurde. Wäre er ein Doktor der Pſychologie
geweſen, er hätte in dem Mädchen eine bis zur Leiden-
ſchaft geſteigerte, kindiſche Eitelkeit, eine Selbſtliebe
in excelsis entdeckt und auch verziehen, ſonſt aber
nichts. Es iſt jedoch zu bedenken, daß ich hier das
Chaos ſchildere, das Unfaßbare in Worte faſſe. Keine
Linie, die nicht zu deutlich, kein Ausdruck, der nicht
zu ſtark wäre. Man denke ſich einen Wegweiſer in den
Bergen an einem Tage brauender Nebel; ich habe
lediglich die Namen auf jenem Schilde kopiert, die
Namen beſtimmter, bekannter und zur Zeit vielleicht
im Sonnenſchein ſich badender Städte, während
Chriſtina all dieſe Stunden gleichſam am Fuße des
Zeigers weilte, bewegungslos und in fließende, blinde
Nebelſchwaden gehüllt.
Der Tag ging zur Neige, die Sonnenſtrahlen wurden
lang und ſchräge, als ſie ſich plötzlich aufraffte und
das Geſangbuch, das in dem erſten Kapitel ihrer

Liebesgeſchichte bereits eine ſo wichtige Rolle ge-
ſpielt, in das Taſchentuch wickelte und wegſchloß.
Es wird behauptet, daß mangels des Auges des Mes-
meriſten auch ein leuchtender Nagelkopf als Erſatz
dienen könne, vorausgeſetzt, daß man ihn nur recht
inſtändig betrachte. So hatte jene zerriſſene Seite
ihre Aufmerkſamkeit an eine Sache gefeſſelt, die ihr
anderenfalls nur unbedeutend erſchienen wäre, und
und die ſie ſonſt vielleicht bald vergeſſen hätte, während die unheilſchwangeren Worte Dandies — vernommen, doch nicht beachtet und dennoch haften
geblieben — ihren Gedanken oder beſſer ihrer Stimmung eine gewiſſe Feierlichkeit und Schickſalhaftig-
keit verliehen: das Bewußtſein heidniſchen Fatums,
keiner chriſtlichen Gottheit unterworfen, dunkel, ge-
ſetzlos, erhaben und unerbittlich in die Schickſale
der Chriſtenheit eingreifend. So läßt ſich ſelbſt das
ſeltene Phänomen der Liebe auf den erſten Blick,
das ſo einfach und ſo zwingend, ja einer Erſchütte-
rung unſerer Lebensfundamente vergleichbar erſcheint, in eine Folge zufälliger Ereigniſſe auflöſen.
Sie legte ein graues Kleid mit roſa Fichu an,
betrachtete ſich einen Augenblick wohlgefällig in
dem kleinen, viereckigen Glas, das ihr als Toilette-
ſpiegel diente, und ſchlich ſich leiſe die Treppe hinunter und durch das ſchlafende Haus, das von nach-
mittäglichem Schnarchen widerhallte. Unmittelbar
vor der Tür ſaß Dandie mit einem Buch in der
Hand; er las jedoch nicht, ſondern ehrte den Sabbath
lediglich durch vollkommene Gedankenleere. Sie
trat zu ihm und blieb ſtehen.

»Ich will ins Moor hinaus, Dandie«, fagte fie.
Ihr Ton war ungewöhnlich weich, und er blickte
auf. Sie war blaß, ihre Augen ftrahlten dunkel; nirgends mehr eine Spur von ihrer früheren Ausgelaf-
fenheit.

»Ift's wahr, Mädel? Bei dir geht's auch immer berg-
auf und bergab, akkurat wie bei mir«, bemerkte er.

»Was meinft du damit?« erkundigte fie fich.

»Oh, nichts befonderes«, fagte Dandie. »Ich meine
nur, du bift mir ähnlicher als die andern alle. Haft
mehr von dem poetifchen Temperament, wenn auch
nichts von der Begabung, weiß der liebe Herrgott.
Nun, 's ift im beften Fall ein heikles Gefchenk. Sieh
dich felber an. Beim Effen warft du ganz Sonnenfchein und Blumen und Lachen, und jetzt bift du
wie der Abendftern über einem See.«

Sie trank das abgedrofchene Kompliment gleich Wein;
es glühte in ihren Adern.

»Ich fagte fchon, Dand« — fie trat näher — »ich
will hinaus ins Moor. Ich muß mal Luft fchöpfen.
Wenn Clem nach mir fragt, ftopf ihm den Mund, nicht
wahr?«

»Wie denn?« fragte Dandie. »Ich kenn' nur eine
Methode und die heißt lügen. Ich werd' ihm fagen,
daß du Kopffchmerzen gehabt hätteft, wenn du willft.«

»Ich hab' aber keine«, wand fie ein.

»Schon recht,« entgegnete er, »ich fagte ja auch nur,
ich würde behaupten, daß du welche gehabt hätteft;
und wenn du's mir hinterher abftreiten willft, bleibt's
auch fo ziemlich gleich; mein Ruf ift fowiefo ein
für allemal hin.«

»Oh Dand, bift du denn ein Lügner?« fragte fie und zögerte noch immer.

»Die Leut' behaupten es«, entgegnete der Barde.

»Wer behauptet es?« fuhr fie fort.

»Die, welche mich am beften kennen«, erwiderte er. »Die Mädels, zum Beifpiel.«

»Aber Dand, mich würdeft du doch nie belügen?« forfchte fie.

»Das will ich dir überlaffen, Katzel«, meinte er. »Wirft mich fchon rafch genug befchwindeln, wenn du erft einen Schatz haft. Das fag' ich dir, und es ift die Wahrheit; wenn du erft 'n Schatz haft, haft du ihn für gute und fchlechte Tage, komme, was da will. Ich kenn' mich aus: war auch einmal fo, aber der Teufel hat mit reingepatzt. Und jetzt mach', daß du fortkommft und laß mich in Ruh; bift akkurat in meine poetifche Stunde reingefahren, du unruhiger Aff.« Aber fie klammerte fich an ihres Bruders Gefellfchaft, weshalb wußte fie felbft nicht.

»Willft mir nicht einen Kuß geben, Dand?« bat fie.

»Hab' dich immer fo gern gehabt.«

Er küßte fie und mufterte fie einen Augenblick; etwas an ihr mutete ihn fremd an. Aber er war durch und durch Frauenjäger, hegte für das ganze Weibervolk nur Verachtung, gleichmäßig mit Argwohn gepaart, und erkaufte fich feinen Weg unter ihnen gewohnheitsmäßig durch müßige Komplimente.

»So, und jetzt lauf!« fagte er. »Bift ein appetitlicher Fratz; damit gib dich zufrieden!«

So war Dandie: ein Kuß und ein Zuckerplätzchen für die Hanne — billigen Tand und feinen Segen für

Marie — und dann gute Nacht und auf Nimmer-
wiederfehen der ganzen Bande! Dinge, die ans Ernfte ftreiften, waren Männerangelegenheiten: das dachte und fagte er offen. Frauen durften einen nicht
gefangen nehmen; fie waren Kinder, die man ge-
gebenenfalls fortfcheuchte. Lediglich in feiner Eigenfchaft als Connoiffeur blickte er feiner Schwefter
flüchtig nach, als fie über die Wiefe fchritt. »Der
Balg ift gar nicht fo übel!« dachte er überrafcht,
denn obwohl er ihr eben erft ein Kompliment ge-
zollt, hatte er fie doch nicht wirklich angefehen.
»Nanu? Was foll das heißen?« Das graue Kleid hatte
kurze Ärmel und einen fußfreien Rock und enthüllte ein paar fefte, fchlanke Beine in rofa Strümpfen
von der gleichen Farbe wie das Tuch, das fie um
die Schultern trug, und die Strümpfe glänzten im
Gehen. Das war nicht das richtige Werkelstaggewand;
er kannte ihre Gepflogenheiten und die aller Weiber
hierzulande, keiner kannte fie beffer; wenn fie nicht
barfuß gingen, trugen fie dicke, wollene Strümpfe
meift von faft unfichtbarem Blau, wenn nicht gar
Schwarz; und beim Anblick diefes Putzes rechnete
Dandie zwei und zwei zufammen. Das Bufentuch
war aus Seide, folglich würden die Strümpfe gleichfalls aus Seide fein; fie paßten zueinander — ergo
war der ganze Anzug ein Gefchenk Clems, ein koft-
bares Gefchenk, keines, das man fpät an Sonntagnach-
mittagen durch Sumpf und Dornen fpazieren trug. Er
ftieß einen Pfiff aus. »Mein fauberes Püppchen, entweder du bift ganz verdreht, oder es geht hier was vor«, bemerkte er und ließ damit den Gegenftand fallen.

Sie ging anfänglich langfam, dann immer rafcher und in geraderer Linie auf Cauldftaneslap zu, einem Paß zwifchen den Bergen, dem der Hof feinen Namen verdankte. Der Paß öffnete fich gleich einer Tür zwifchen zwei runden Hügelkuppen; durch ihn führte der Abkürzungsweg nach Hermifton. Auf der anderen Seite fiel er ftracks ab in das Teufelsmoor, ein ziemlich großes, moraftiges Tal zwifchen den Höhen, voller Quellen, verkrüppeltem Wachholder und Tümpeln, in denen das fchwarze Torfwaffer fchlummerte. Hier gab es keine Ausficht. Man hätte ein halbes Jahrhundert lang auf des Betenden Webers Stein fitzen können, ohne ein einziges Lebewefen zu fehen, außer zweimal alle vierundzwanzig Stunden die Kinder von Cauldftaneslap auf dem Schulwege und gelegentlich einen Schäfer famt feinem Clan Schafe, oder die Vögel, die fchreiend und fchrill pfeifend die Quellen belagerten. Sowie Kirftie daher den Eingang des Paffes durchfchritten hatte, fah fie fich von Einfamkeit umfangen. Sie blickte ein letztes Mal nach dem Hofe zurück. Immer noch lag er verlaffen, mit Ausnahme von Dandie, den man jetzt etwas in feinen Schoß kritzeln fah, denn endlich war der Mufe erfehnte Stunde gekommen. Von dort kreuzte fie in rafchem Schritt das Moor und erreichte das andere Ende, wo ein träger Bach entfpringt, den der Weg nach Hermifton in feinem erften Abfchnitt zu Tal geleitet. Von diefer Seite aus gewann fie einen umfaffenden Rundblick über die ganze Heidefläche, die ftellenweife vom Winterfroft immer noch gelblich und rotbraun fchimmerte,

mit dem kühn fie durchfchneidenden Pfad famt einzelnen Birkengruppen am Bachesrand und — zwei
Meilen fern im Vogelflug, von jungen Pflanzungen
und Einfriedungen umgeben — die in der Abend-
fonne blitzenden Fenfter von Hermifton.

Hier fetzte fie fich und wartete und fpähte lange Zeit
nach den fernen, hellen Scheiben hinüber. Es freute
fie, einen fo weiten Blick zu haben, fchoß es ihr
durch den Kopf. Es freute fie, das Hermiftoner
Herrenhaus zu fehen. »Menfchen, Nachbarn«; und
in der Tat unterfchied fie eine menfchliche Einheit,
vielleicht den Gärtner, der dort den Kiesweg her-
unterfchlenderte.

Als die Sonne untergegangen war und die öftliche
Moorfläche ganz in klarem Schatten lag, gewahrte
fie eine männliche Geftalt mit äußerft unregelmäßigen
Schritten, jetzt laufend, dann wieder innehaltend und
unverhohlen zögernd, den Pfad hinaufkommen. Sie
beobachtete ihn anfänglich in völliger Gedankenleere.
Sie hielt ihre Gedanken an, wie ein Menfch den
Atem anhält. Dann, endlich, geftattete fie fich, ihn
zu erkennen. »Er wird nicht hierherkommen, es
kann nicht fein; es ift unmöglich.« Und eine unter-
drückte, würgende Spannung bemächtigte fich langfam ihrer. Aber er kam wirklich; fein Zaudern war
völlig dahin, fein Schritt wurde feft und rafch;
es blieb kein Raum für Zweifel. Statt deffen erhob
fich fogleich die Frage: Was sollte fie tun? Was
nützte es fchon, daß ihr Bruder felbft ein Grundbe-
fitzer war, daß man von gelegentlichen Zwifchen-
heiraten fprach und auf die Verwandtfchaft pochte,

wie Tante Kirftie? Der Unterfchied in ihrer fozia-
len Stellung war fchneidend; Schicklichkeit, Klugheit, alles, was fie je gelernt hatte, was fie wußte,
hieß fie fliehen. Allein der Becher des Lebens, der
fich ihr bot, war gar zu köftlich. Einen kurzen Augenblick erkannte fie deutlich die Frage und traf endgiltig
ihre Wahl. Sie ftand auf und zeigte ihre Umriffe eine
Sekunde lang klar gegen den Himmel in dem Berg-
einfchnitt; in der nächften Sekunde floh fie zitternd
und fetzte fich, glühend vor Aufregung, auf des Betenden Webers Stein. Sie fchloß die Augen und rang,
betete um Faffung. Die Hand in ihrem Schoß bebte,
finnlofe, nichtige Reden drängten fich in ihrem Hirn.
Was gab es nur, fich fo anzuftellen! Sie war fich
felber doch Schutz genug! Was konnte es fchaden,
mit dem jungen Herrn zufammenzutreffen? Es war
im Gegenteil das Befte, was gefchehen konnte. Sie
würde ein für allemal die richtige Entfernung zwifchen ihnen abftecken. Mählich, ganz allmählich
hörten die Räder ihres Seins auf, wie toll zu kreifen,
und fie faß in paffiver Erwartung, eine ftille, ein-
fame Geftalt mitten im grauen Moos. Ich fagte, fie
fei keine Heuchlerin gewefen, aber darin tat ich unrecht. Nicht einen Augenblick geftand fie fich felber
zu, daß fie den Berg hinaufgekommen wäre, um
Archie zu treffen. Und vielleicht wußte fie es wirklich nicht, vielleicht gefchah es einfach wie der Stein
zur Erde fällt. Denn die Schritte der Jugend find in
der Liebe, befonders bei Mädchen, inftinktiv und
unbewußt.
Inzwifchen kam Archie eilig näher; er zum minde-

ften fuchte bewußt ihre Nähe. Der Nachmittag war
zu Afche geworden in feinem Munde; die Erinnerung an das Mädchen hatte ihn am Lefen verhindert
und ihn wie mit Stricken gezogen, und endlich bei
beginnender Abendkühle hatte er mit erfticktem Aus-
ruf nach feinem Hut gegriffen und fich auf den Heide-
weg nach Cauldftaneslap gemacht. Er erwartete nicht,
fie hier zu treffen; er wählte diefe blaffe Möglichkeit ohne Hoffnung auf Erfolg, lediglich um feine
eigene Unruhe zu bekämpfen. Um fo größer war daher feine Überrafchung, als er den Hang hinaufklomm und das Teufelsmoor erreichte, hier auf des
Toten Webers verwittertem Stein als Erfüllung all
feiner Wünfche die zierliche, frauliche Geftalt in dem
grauen Kleide und dem rofa Brufttuch zu finden,
klein, hingekauert, verloren und grenzenlos einfam
in diefer Öde. Was noch vom Winter fprach, umgab
fie rings mit roftigbraunem Schimmer, und alle Früh-
lingsverheißungen hatten die zarten, frifchen Farben
der kommenden Zeit angelegt. Selbft das unwandel-
bare Antlitz des Grabfteins verriet den Wandel des
Jahres: das Moos in der geritzten Infchrift erneuerte
fich in funkelnden Juwelen von Grün. Dank eines nach-
träglichen, echt künftlerifchen Einfalls hatte das Mädchen den rückwärtigen Zipfel ihres Tuches über den
Kopf gezogen, daß es jetzt eine kleidfame Folie für ihr
lebhaftes und doch nachdenkliches Geficht bot. Sie
faß, die Füße hochgezogen, und ftützte fich auf den
rechten Arm, der kräftig und rund in einer fchlanken
Handfeffel auslief und im fchwindenden Lichte glänzte.
Ein kühler Schauer überlief den jungen Hermifton.

Ihm kam der Gedanke, daß er fich jetzt auf eine ernfte, um Tod und Leben gehende Angelegenheit einlaffe. Es war ein erwachfenes Weib, dem er fich hier näherte, begabt mit geheimnisvollen Kräften und Reizen, mit dem ewigen Schatz ihres Gefchlechts und er war nicht beffer und nicht fchlechter als der Durchfchnitt feines Alters und feiner Art. Eine gewiffe Zartheit war ihm eigen, die ihn bisher rein erhalten und die ihn (ohne daß er oder fie es ahnten) nur um fo gefährlicher machte, fobald fein Herz ernftlich gefprochen hatte. Seine Kehle war trocken, als er fich ihr näherte, aber die bittende Süße ihres Lächelns ftand, ein Schutzengel, zwifchen ihnen beiden.

Denn fie wandte fich ihm zu und lächelte, jedoch ohne fich zu erheben. In diefer Art, ihn als Kavalier zu begrüßen, lag eine Nuance, die beiden entging, ihm fowohl, der ihren Gruß einfach liebenswürdig und anmutig wie fie felbft fand, als auch ihr, die fie trotz ihres rafchen Denkens den Unterfchied zwifchen dem Aufftehen, um den jungen Herrn zu begrüßen, und dem fitzenden Gruß an den erwarteten Verehrer nicht erfaßte.

»Geht Ihr nach Weften, Hermifton?« fragte fie, indem fie ihm nach der herrfchenden Sitte den Titel feines Guts verlieh.

»Jawohl,« fagte er ein wenig heißer, »aber ich glaube, mein kleiner Spaziergang ift jetzt zu Ende. Geht es Ihnen wie mir, Fräulein Chriftina? Mich duldete es nicht zu Haufe. Ich kam hierher, um Luft zu fchöpfen.«

Er ließ ſich auf dem anderen Ende des Grabſteins nieder und betrachtete ſie, forſchend, was wohl hinter ihr ſtecke. Dieſe Frage war unendlich wichtig für ſie beide. »Ja,« meinte ſie, »auch ich konnte kein Dach über dem Kopf vertragen. Es iſt ſo eine Gewohnheit von mir, wenn's dämmert und es ruhig und kühl iſt, hierherzukommen.«

»Das war auch meiner Mutter Gewohnheit«, ſagte er ernſt. Halb ſchreckte ihn die Erinnerung, als er ihr Worte verlieh. Er blickte ſich um. »Seither bin ich kaum hier geweſen. Es iſt friedlich hier«, ſagte er, tief Atem ſchöpfend.

»Ja, ganz anders als in Glasgow«, entgegnete ſie. »Ein trauriger Ort, Glasgow? Aber was für einen Tag und welch herrlichen Abend hab' ich mir für mein Heimkommen ausgeſucht!«

»Ja, es war wahrhaftig ein wunderbarer Tag«, ſagte Archie. »Ich glaube, ich werde ihn nicht vergeſſen, bis ich ſterbe. An Tagen wie heute — ich weiß nicht, ob es Ihnen auch ſo geht — erſcheint alles ſo flüchtig, ſo gebrechlich und ſo wundervoll, daß ich Angſt habe, mit dem Leben in Berührung zu kommen. Wir ſind gar ſo kurze Zeit hier auf Erden — und all die alten Leute vor uns — die Rutherfords von Hermiſton, die Elliotts von Cauldſtaneslap —, alle, die vor kurzem erſt hier herumritten und viel Geſchrei in dieſem ſtillen Winkel machten — und liebten und heirateten —, wo ſind ſie jetzt? Es iſt eine tödliche Banalität, die ich da ſage, aber ſchließlich ſind auch die großen poetiſchen Wahrheiten Banalitäten.«

Er war am Werk, fie zu prüfen, halb unbewußt, ob fie ihn wohl verftehen würde, um zu erfahren, ob fie nur ein Tier wäre, in die Farben der Blumen gekleidet, oder auch eine Seele befäße, ihr unvergänglichen Liebreiz zu verleihen. Sie, ihrerfeits, wartete beherrfcht und frauengleich auf eine Gelegenheit, fich auszuzeichnen und feine Stimmung widerzufpiegeln, wie immer diefe auch fein mochte. Der dramatifche Künftler, der fchlummernd oder nur halb wach in faft allen Menfchen ruht, war in ihr zu göttlicher Raferei erweckt, und der Zufall war ihr günftig. Sie warf ihm einen zurückhaltenden, dämmrigen Blick zu, wie er zu diefer Stunde und zu feinem Gedankengang paßte; heiliger Ernft leuchtete aus ihr gleich den Sternen im purpurnen Weften; und von der ftarken, aber gebändigten Erfchütterung ihres ganzen Wefens ging ein Schauer in ihre Stimme über, der auch in ihren nebenfächlichften Worten widerklang.

»Erinnert Ihr Euch an Dandies Lied?« fragte fie. »Ich glaube, er hat damit ausdrücken wollen, was Ihr foeben dachtet.«

»Nein, ich habe es niemals gehört«, meinte er.

»Wollen Sie es mir nicht auffagen?«

»Es ift aber gar nichts ohne die Melodie«, entgegnete Kirftie.

»Dann fingen Sie's mir doch vor«, bat er.

»Am heiligen Sonntag? Das ginge doch beileibe nicht, Mr. Weir.«

»Ich fürchte, ich nehm' es mit dem Sonntag nicht gar zu ernft, und hier ift ja auch niemand, zuzuhören, höchstens der arme Tote dort unter dem Stein.«

»Nicht daß ich das wirklich so meine«, fuhr sie fort.
»Meiner Ansicht nach ist das Lied genau so ernst wie
ein Psalm. Soll ich's Ihnen also vorsummen?«
»Ich bitte darum«, sagte er und rückte näher an sie
heran, ganz Ohr.

Sie setzte sich aufrecht, wie um zu singen. »Ich kann
es Ihnen doch nur vorsummen«, lächelte sie. »Ich
möchte am Sonntag nicht laut singen. Ich glaube,
die Vögel würden es Gilbert zutragen. Es handelt
von den Elliotts,« fuhr sie fort, »und ich meine, es gibt
in all den Gedichtbüchern nur wenige Dinge, die schö-
ner sind, obwohl Dand niemals gedruckt worden ist.«
Und sie hub in den weichen klaren Schwingungen ihrer
gedämpften Stimme zu singen an; jetzt sank die Stimme
fast zu einem Flüstern herab, jetzt wieder, bei den
Tönen, die ihr besonders gut lagen und auf die Archie
bald mit wachsender Bewegung wartete, schwoll sie an:

> Sie ritten im Regen in den Zeiten, die gewesen,
> In Regen und Wind und Luft;
> Sie schrieen beim Gelage und schlugen sich im Hage,
> Jetzt ruhen sie stumm in der Gruft.
> Die alten, alten Elliots, todeskalten Elliots,
> Harten, heißen Elliots alter Zeit.

Während dieser ganzen Zeit blickte sie fest vor sich hin,
mit graden Knien, die Hände im Schoß und den Kopf
hoch aufgerichtet. Ihr Vortrag war durchweg bewun-
dernswert; hatte sie ihn nicht unter des Autors Fuch-
tel von ihm selbst gelernt? Als sie schwieg, wandte
sie Archie ein weiches, strahlendes Gesicht zu, Augen,
die im Dämmerlicht matt leuchteten und verschwam-
men, und sein Herz schlug heftig und flog ihr in
Mitleid und grenzenloser Sympathie entgegen. Dies

war die Antwort auf feine Frage. Sie war ein menfch-
liches Wefen, empfänglich auch für die Tragik des
Lebens; ja, Tragik, Mufik und ein großes Herz lebten in diefem Mädchen.

Inftinktiv erhob er fich; fie folgte, denn fie fah, fie
hatte einen Sieg davongetragen, wollte den Eindruck
verftärken und war klug genug, nach einem Erfolge
zu fliehen. Jetzt gab es nur noch Nichtigkeiten aus-
zutaufchen, aber ihre leifen, bewegten Stimmen hei-
ligten auch diefe in ihrem Gedächtnis. In dem wachfenden Grau des Abends fah er ihre Geftalt auf dem
gewundenen Pfad durch das Moor entfchwinden, fah
fie ein letztes Mal fich umdrehen und ihm winken,
dann hatte der Einfchnitt der Berge fie verfchluckt,
und es war ihm, als habe fie etwas aus der Tiefe
feines Herzens mitgenommen. Doch wahrlich, er hatte
dafür eine Gegengabe empfangen, etwas, das dauern
follte. Aus den Tagen feiner Kindheit war ihm ein Bild
feiner Mutter haften geblieben, halb verblaßt durch
die Zeit und durch ein Heer neuer Eindrücke, das Bild,
wie fie ihm mit zittrigem Ernft und häufig unter
ftrömenden Tränen des Betenden Webers Gefchichte
erzählte, hier auf dem Schauplatz feiner kurzen Tragödie und langen Raft. Und jetzt gab es ein Gegen-
bild dazu; er fah und würde bis in alle Ewigkeit
Chriftina fehen, wie fie in den grauen Farben des
Abends auf dem nämlichen Grabmal hockte, anmutig, zierlich, vollkommen wie eine Blume, und
auch fie fang

>*Vom Unglück ferner Zeiten,*
Von Schlachten, altersgrau«,

von ihren gemeinfamen, längft verftorbenen Ahnen,
von deren rohen Kriegen und Waffen, mit ihnen ver-
fcharrt, von jenen feltfamen Wechfelbälgen, ihren
Nachkommen, die noch eine kleine Spanne Zeit
hier verweilen würden, um dann wie jene zu
vergehen und vielleicht auch von Fremden zur Dämmerftunde befungen zu werden. Dank einer unbe-
wußten, zärtlichen Gefühlsaufwallung ftellte er die
beiden Frauen Seite an Seite in den Heiligenfchrein
feines Gedächtniffes. Ja, in jener empfindfamen
Stunde fchoffen ihm Tränen in die Augen, wenn er
der einen oder der anderen gedachte; und das Mädchen rückte aus der Kategorie der leuchtenden und
reizvollen Erfcheinungen in die Region der Dinge auf,
die fo ernft waren wie das Leben felbft und der Tod
oder das Bild feiner verftorbenen Mutter. So fpielte
allfeits und in jeder Richtung das Schickfal mit diefen armen Kindern fein kunftvolles Spiel. Die Generationen waren vorbereitet, die Schmerzen vorher-
beftimmt, ehe noch der Vorhang fich über dem
dunklen Drama hob.

Im nämlichen Augenblick, da fie feinen Blicken ent-
fchwand, öffnete fich vor Kirfties Augen das becher-
gleiche Tal, in dem ihres Bruders Hof lag. Sie fah in einer
Tiefe von etwa fünfhundert Fuß, wie fich das Haus
mit Kerzen fchmückte — ein deutlicher Wink, daß
fie fich beeilen müffe. Denn Kerzen wurden an Sonntagabenden nur zu jener Familienandacht entzündet,
welche die unvergleichliche Langeweile des Tages befchloß und die Entfpannung des Abendeffens heran-
rückte. Sie wußte, Robert würde jetzt fchon am

Kopfende des Tifches fitzen und den Text auswählen; denn es war Robert in feiner Eigenfchaft als Familienpriefter und -richter und nicht der begabte Gilbert, der bei diefen Gelegenheiten amtierte. Sie eilte daher fo rafch wie möglich den fteilen Abhang hinunter und kam atemlos vor der Tür an, gerade als die drei jüngeren Brüder, frifch ihrem Schlummer entriffen und umgeben von einer Horde kleiner Neffen und Nichten, in der Abendkühle fchwatzend auf das Zeichen zur Andacht warteten. Sie hielt fich zurück; fie hatte wenig Luft, deren Aufmerkfamkeit auf ihr verfpätetes Eintreffen und ihren keuchenden Atem zu lenken.

»Kirftie, diesmal bift grad noch zurecht gekommen«, meinte Clem. »Wo warft du nur?«

»Ach, nur fo'n bischen fpazieren«, fagte Kirftie.

Und fie fuhren fort, über den amerikanifchen Krieg zu fprechen, ohne der Ausreißerin zu achten, die zitternd vor Glück und im Bewußtfein ihrer Schuld neben ihnen im Schutze der Dunkelheit fich verkroch.

Das Zeichen ertönte, und die Brüder gingen, umdrängt von Hobs Kinderfchwarm, einzeln ins Haus.

Aber Dandie blieb als letzter zurück und ergriff Kirfties Arm. »Seit wann geht Ihr in rofa Strümpfen fpazieren, Mamfell Elliott?« fragte er fchlau.

Sie blickte an fich herab, von Kopf bis zu Fuß eine einzige Blutwelle. »Ich muß reinweg vergeffen haben, fie zu wechfeln«, fagte fie und begab fich jetzt ihrerfeits voller Unruhe zum Gottesdienft, hin- und

hergeriſſen zwiſchen Sorge, ob Dandie auch nicht
in der Kirche ihre gelben Strümpfe bemerkt und ſie
über einer greifbaren Lüge ertappt hätte, und Scham,
daß ſie ſobald ſeine Prophezeihung wahr gemacht.
Sie erinnerte ſich ſeiner Worte; wie es ihr ergehen
würde, wenn ſie erſt einen Schatz hätte und daß ſie
ihm dann in guten und ſchlechten Zeiten anhängen
würde. »Habe ich denn jetzt wirklich einen Schatz?«
dachte ſie mit heimlichem Glücksſchauer.
Und im Verlaufe der Andacht, bei der es ihr
Hauptbeſtreben war, vor der gleichgültigen Madam
Hob ihre roſa Strümpfe zu verbergen — und beim
Abendbrot, während ſie lediglich zu eſſen vorgab
und ſtrahlend und verlegen bei Tiſche ſaß — und
ſpäter, als ſie die anderen verlaſſen und ſich in ihr
Zimmer begeben hatte, wo ſie mit ihrer ſchlafenden
Nichte allein war und endlich den Panzer geſell-
ſchaftlicher Formen ablegen konnte — klangen die
gleichen Worte in ihr nach: das nämliche, tiefe Glück,
das Bewußtſein einer völlig veränderten, wieder-
geborenen Welt, eines Tages, den ſie im Paradies
verbracht und einer Nacht, in der ſich ihr der Himmel erſchließen ſollte. Diefe ganze Nacht war es ihr,
als glitte ſie auf einem ſeichten Strom des Schlafens
und Wachens zwiſchen den Grotten Elyſiums dahin;
dieſe ganze Nacht pflegte ſie in ihrem Herzen jene
köſtliche Hoffnung; und als ſie dieſe gegen Morgen
in tieferer Bewußtloſigkeit begrub, geſchah es nur,
um im erſten Augenblick des Erwachens von neuem
nach jenem Regenbogen des Gedankens zu greifen.

*

SIEBENTES KAPITEL

Eintritt Mephiſtopheles

*

ZWEI TAGE SPÄTER SETZTE EIN GIG AUS GROSS-
michael Frank Innes vor den Toren Hermiſtons ab. Einmal im vergangenen Winter während eines beſonders
heftigen Anfalls von Langeweile, hatte ihm Archie
einen Brief geſchrieben. Dieſer hatte eine Art Ein-
ladung enthalten, oder eine Anſpielung auf eine Ein-
ladung — Innes wie er ſelbſt erinnerten ſich nicht mehr
genau daran. Als Innes ihn empfing, hatte ihm nichts
ferner gelegen, als ſich mit Archie zuſammen im Moor
zu vergraben; allein ſelbſt die ſcharfſinnigſten politiſchen Köpfe wandeln nicht immer mit untrüglicher
Zielbewußtheit durchs Leben. Das würde eine Gabe
der Vorausſicht erheiſchen, die den Menſchen ab-
geht. Wer hätte ſich zum Beiſpiel denken können,
daß noch nicht einen Monat nach Empfang jenes
Briefes, den er verſpottet, deſſen Beantwortung er
verſchoben, ja den er zuguterletzt gar verloren hatte,
Mißgeſchicke düſterſter Natur ſich um Franks Laufbahn ſammeln würden? Der Fall läßt ſich mit wenigen Worten ſchildern. Sein Vater, ein kleiner Guts-
beſitzer in Morayſhire mit einer zahlreichen Familie,
wurde widerſpenſtig und ſperrte plötzlich den Wech-
ſel; Frank hatte ſich die Anfänge einer recht anſtän-
digen Bibliothek zugelegt, die er ſich genötigt ſah,
nach einigen unerwarteten Verluſten auf dem Rennplatz wieder zu verkaufen, noch ehe ſie bezahlt wa-

ren; feinem Buchhändler kam diefe Tat zu Ohren,
und er erließ gegen Innes einen Haftbefehl.
Frank hörte noch rechtzeitig davon und war imftande,
feine Vorfichtsmaßregeln zu treffen. Bei diefem Wirr-
warr feiner Angelegenheiten und angefichts der drohenden Klage hielt er es• für das klügfte, fofort zu
verfchwinden; er fchrieb daher einen glühenden
Brief an feinen Vater und beftieg die Poftkutfche
nach Crossmichael. Jeder Hafen war ihm recht in
diefem Sturm! Mit männlicher Entfchloffenheit
kehrte er dem Parlamentshaus und feinem heiteren
Klatfch, kehrte Porter und Auftern, dem Rennplatz
und der Arena den Rücken, kühn entfchloffen, mit
Archie Weir in Hermifton ein lebendes Grab zu tei-
len, bis die Wolken fich zerftreut hätten.

Um ihm Gerechtigkeit widerfahren zu laffen: er
felbft war über feine Abreife nicht weniger erftaunt
als Archie über feine Ankunft; nur verbarg er feine
Verwunderung mit unendlich viel größerer Gewandt-
heit.

»Ja, hier bin ich!« fagte er, als er ausftieg. »Endlich
ift Pylades zu feinem Oreft gekommen. Übrigens,
haben Sie meine Antwort erhalten? Nein? Wie är-
gerlich! Ja, jetzt bringe ich die Antwort felbft; um
fo beffer!«

»Ich freue mich natürlich fehr, Sie zu fehen«, fagte
Archie. »Sie find natürlich herzlich willkommen.
Aber Sie haben doch nicht die Abficht zu bleiben,
folange das Gericht noch tagt? Wäre das nicht äußerft
unvernünftig?«

»Der Teufel hole das Gericht!« meinte Frank. »Was

ist die Jurisprudenz gegen die Freundschaft und ein
bischen Fischen?«

Und so kamen sie überein, daß er bleiben solle ohne
jeden anderen Termin für seine Abreise als den, welchen er sich privatim stellte — nämlich den Tag, an
dem sein Vater mit dem Gelde herausrücken würde
und er imstande wäre, seinen Buchhändler zu be-
friedigen. Unter so unklaren Verhältnissen begann
für diese beiden jungen Männer (die nicht einmal
Freunde waren) ein Leben größter räumlicher Nähe
und ständig schwindender Vertraulichkeit. Sie sahen
sich bei den Mahlzeiten sowie des Abends, wenn die
Stunde des Wisky-Toddys sich nahte; allein es war
auffallend (wäre jemand dagewesen, es zu beobach-
ten), daß sie bei Tage nur selten zusammenkamen.
Archie hatte Hermiston zu verwalten; die mannig-
fachsten Obliegenheiten führten ihn in die Berge,
wo Franks Begleitung überflüssig war und Archie
sie mitunter auch ablehnte. Manchmal ging er in
aller Frühe von Hause fort und ließ dem anderen
auf dem Frühstückstisch lediglich einen Zettel zurück, um ihn von dieser Tatsache in Kenntnis zu
setzen; dann und wann kehrte er auch ohne jede
vorherige Ankündigung erst lang nach der Essens-
zeit heim. Innes seufzte unter dieser Fahnen-
flucht; er brauchte seine ganze Philosophie, um
sich gelassen an den einsamen Frühstückstisch zu
setzen und mußte die echte Gutmütigkeit seiner Natur zu Hilfe rufen, um Archie bei den seltenen Gelegenheiten, wenn er verspätet zum Essen heimkehrte, freundlich zu begrüßen.

»Was in aller Welt macht ihm nur fo viel zu fchaffen, Madame Elliott?« fragte er eines Morgens, nachdem er foeben eines diefer flüchtig hingekritzelten Billette gelefen und fich zu Tifch gefetzt hatte.

»Gefchäftliche Angelegenheiten vermutlich, Sir«, entgegnete trocken die Haushälterin und wies ihn durch die Andeutung eines Knixes auf den zwifchen ihnen herrfchenden Abftand hin.

»Was für Angelegenheiten?« wiederholte er.

»Seine Angelegenheiten, vermutlich«, wiederholte die unerbittliche Kirftie.

Er wandte fich ihr mit jener ftrahlend guten Laune zu, die fein gewinnendfter Zug war, und brach in fchallendes, gefundes und natürliches Gelächter aus.

»Gut pariert, Madame Elliott!« rief er, und der Haushälterin Geficht löfte fich in den Schatten eines eifernen Lächelns auf. »Wahrhaftig, gut pariert! Aber Sie müffen mich nicht fo als Fremden behandeln! Archie und ich find doch auf der gleichen Schule und gemeinfam auf der Univerfität gewefen und wollten auch beide in den Anwaltsftand eintreten, als — na, Sie wiffen ja! Liebe Zeit, liebe Zeit! Welch ein Jammer! Ein ganzes Leben ruiniert, ein junger Menfch hier in der Wildnis unter lauter Bauern begraben, und weswegen nur? Nur wegen eines dummen, törichten Streichs, nichts weiter. Gott, wie prachtvoll Ihre Haferkuchen fchmecken, Madame Elliott!«

»Es find nicht meine, das Mädel hat fie gebacken,« antwortete Kirftie, »und mit Eurer Erlaubnis: es hat wenig Sinn, des Herrn Name nur um etlicher

eitler Brocken willen, die man fich in den Bauch
ftopft, in den Mund zu nehmen.«

»Wahrfcheinlich haben Sie recht, Madame«, entgegnete der unerfchütterliche Frank. »Aber was ich
gerade fagen wollte: die Sache mit dem armen Archie
ift doch ewig fchade, und Sie und ich könnten
Schlimmeres tun, als die Köpfe zufammenftecken und
wie zwei vernünftige Leute überlegen, wie man ihr
ein Ende machen könnte. Ich fage Ihnen, Madame,
Archie galt wirklich als ein äußerft vielverfprechen-
der junger Mann, und ich bin durchaus der Anficht,
daß er's als Anwalt noch weit gebracht hätte. Und
was feinen Vater anbetrifft, fo kann ja zwar keiner
feine Tüchtigkeit leugnen, ebenfowenig wie man beftreiten kann, daß er des Teufels eigene Laune geerbt hat — «

»Wenn Ihr gütigft entfchuldigen wollt, Mr. Innes,
ich glaube, die Dirn' hat nach mir gerufen«, fagte
Kirftie und fegte aus dem Zimmer.

»Der verdammte, haarige, alte Befen!« rief Innes.
Inzwifchen war Kirftie in die Küche geflohen und
machte vor ihrer Vafallin ihren Gefühlen Luft.

»Hier, Nichtsnutz! Marfch hinein und warte dem
Innes auf! Ich hab' mich nicht mehr in der Gewalt.
,Armer Archie!' Ich würd's ihm zeigen, mit feinem
,armen Archie', wenn's nach mir ginge! Und Hermifton mit des Leibhaftigen eigener Laune? Herrgott, zuvor gib, daß er ihm Hermiftons Haferkuchen
aus dem Maule rausholt. Nicht ein Haar an den beiden Weirs, das nicht mehr Schneid und Kraft hätte,
als jener an feinem ganzen elenden Leibe! Und aus-

gerechnet mir kommt er mit feinen Schimpfereien! Er foll fich zurück in feine fchmutzige Stadt trollen, wo fie ihn vielleicht brauchen können — und in feinen Kabriolets rumfaufen — er mit feiner Pomade im Haar — und fich mit liederlichen Frauenzimmern gemein machen — Schande, die er ift!« Unmöglich konnte man ohne Bewunderung vernehmen, wie Kirfties wachfender Ekel fich entlud, während fie nacheinander diefe ein wenig unbegründeten Anfchuldigungen vorbrachte. Da erinnerte fie fich ihres augenblicklichen Vorhabens und wandte fich noch einmal an ihre fafzinierte Zuhörerin. »Haft mich nicht verftanden, Schlafmütze? Haft nicht verftanden, was ich dir fagte? Muß ich dich zu ihm hineinjagen? Ich werde Ihr Beine machen, Mamfell!« Und die Magd floh aus der jetzt unficher gewordenen Küche nach vorn, um Innes zu bedienen.

Tantaene irae? Hat man den Grund noch nicht erraten? Seit Franks Kommen hatte es ein Ende mit den vertraulichen Gefprächen über dem Abendbrottablett! Franks ganze Schmeicheleien waren umfonft; er hatte das Rennen um Madame Elliotts Gunft mit einem Handicap angetreten.

Seltfam jedoch war, wie hartnäckig der Mißerfolg fich bei all feinen Verfuchen, Freundfchaft zu fchließen, an feine Ferfen heftete. Ich muß den Lefer warnen, Kirfties Epithetha für bare Münze zu nehmen; ihr lag mehr an deren Kraft als Wahrheit. Da war das Wort »elend« zum Beifpiel; nichts hätte verleumderifcher fein können. Frank war der Inbegriff fchöner, gutgelaunter, kraftvoller männ-

licher Jugend. Er hatte ftrahlende, vergnügt funkelnde
Augen, lockiges Haar, ein einnehmendes Lächeln,
blendend weiße Zähne, eine bewundernswerte Kopf-
haltung, das Ausfehen eines Gentleman und die
Sicherheit eines Menfchen, der gewohnt ift, auf den
erften Blick zu gefallen und bei näherer Bekanntfchaft noch zu gewinnen. Und trotz all diefer Vor-
züge fcheiterte er bei allen Menfchen auf Hermifton;
bei dem fchweigfamen Schäfer, dem unterwürfigen
Verwalter, dem Pferdeburfchen, der gleichzeitig der
Ackerknecht war, dem Gärtner und bei des Gärtners Schwefter — einer frömmelnden, gedrückten
Frau, die ftändig einen Schal um die Ohren trug — ,
bei allen fiel er gleichmäßig und gründlich durch.
Sie mochten ihn nicht und zeigten es ihm deutlich.
Das kleine Hausmädchen war die einzige Ausnahme;
fie bewunderte ihn inbrünftig, ja wahrfcheinlich
träumte fie von ihm in ihren Mußeftunden; aber fie
war gewohnt, bei Kirfties Tiraden die Rolle der
ftummen Zuhörerin zu fpielen und auch fchweigend
Kirfties Ohrfeigen hinzunehmen und hatte gelernt,
in Anbetracht ihrer Jahre fowohl ein fehr tüchtiges
als auch ein fchweigfames und vorfichtiges Mädchen
zu fein. Frank war fich daher bewußt, der gefchlof-
fenen Mißbilligung gegenüber, die ihn allfeits auf Hermifton umgab, beobachtete und bediente, eine einzige Verbündete und mitfühlende Seele zu befitzen;
allein er gewann nur geringen Troft aus diefer Gefellfchaft und Unterftützung; die gefetzte kleine Magd
(bei ihrem letzten Geburtstag eben erft zwölf geworden) hielt ihren Mund und trippelte hurtig, ftumm

mitfühlend aber unerbittlich wortkarg in fein^{en} Dienften hin und her. Alle anderen waren hoffnungslos und völlig unleidlich. Noch nie war ein junger Apollo derart unter ruftikalen Barbaren geftrandet. Vielleicht jedoch lag die Urfache all feines Mißerfolgs in einem einzigen Zug, den er fich, ohne es zu wiffen, angeeignet hatte und der für den ganzen Burfchen charakteriftifch war. Das war feine Gewohnheit, fich einem Menfchen ftets auf Koften irgendeines anderen zu nähern. Er bot dem Betreffenden ein Bündnis gegen einen dritten an; er fchmeichelte dem einen durch Vernachläffigung des anderen; ehe man es wußte, war man in irgendeine kleine Intrigue verwickelt. Im allgemeinen ift ein derartiges Verhalten ganz wunderbar wirkfam; Franks Mißgriff lag nur in der Wahl diefes dritten. Darin war er nicht diplomatifch; er laufchte der Stimme feines Ärgers. Archie hatte ihn gleich zu Anfang durch einen, feiner Meinung nach ziemlich trockenen Empfang gekränkt, feither durch häufige Abwefenheit. Außerdem war Archie der einzige, der ihm ftändig vor Augen ftand, und Archies unmittelbaren Untergebenen waren gerade diejenigen, denen Frank den Köder feiner Sympathie auswerfen konnte. Jedoch um die beiden Weirs, Vater und Sohn, fcharte fich ein ganzer Clan eingefleifchter Anhänger. Auf Mylord waren fie alle ungeheuer ftolz. Es war eine Auszeichnung, des »Henker-Richters« Vafall zu fein, und feine grobe, furchteinflößende Jovialität war in der unmittelbaren Umgebung feines Haufes durchaus nicht unpopulär. Archie dagegen brachten fie alle bis auf

den letzten Mann feinfühlige Liebe und einen Refpekt entgegen, die auch vor dem geringften ab-
fprechenden Wort zurückfchreckten.

Ebenfowenig Erfolg hatte Frank, als er fich weiter
hinauswagte. Den Vier Schwarzen Brüdern, zum
Beifpiel, war er im höchften Grade antipathifch.
Hob fand ihn zu frivol, Gib ihn zu weltlich, Clem, der
ihn erft ein, zwei Tage vor feiner Abreife nach
Glasgow kennenlernte, wollte wiffen, was der Hans-
narr eigentlich hier draußen zu tun hätte, und ob
er die ganze Seffionszeit hier zu verbringen gedächte.
»Das ift 'ne Drohne«, erklärte er. Und was gar
Dandie anbetrifft, fo wird es genügen, ihre erfte Zu-
fammenkunft zu fchildern. Frank war gerade beim
Fifchen, als jene ländliche Berühmtheit zufällig des
Weges kam.

»Ich höre, daß Sie ein richtiger Dichter find«, fagte Frank.

»Und wer hat Ihnen das gefagt, mein Bürfchchen?«
lautete die nicht fehr entgegenkommende Antwort.

»Ach, alle!« entgegnete Frank.

»Gott, das nenn ich mir Ruhm!« meinte der far-
donifche Dichter und ging feiner Wege.

Wenn man es fich recht überlegt, bietet fich hier vielleicht die wahre Erklärung für Franks Mißerfolge.
Wäre er dem Herrn Sheriff Scott begegnet, er hätte
ficherlich ein gefchickteres Kompliment gedrechfelt,
denn es würde fich ja auch gelohnt haben, mit Mr.
Scott Freundfchaft zu fchließen. Dandie dagegen war
ihm keinen Sixpence wert, und er zeigte das, felbft
während er ihm zu fchmeicheln fuchte. Herablaffung

ift eine vortreffliche Sache; merkwürdig ift nur, welch
einfeitiges Vergnügen fie gewährt! Und wer unter
der fchottifchen Bauernfchaft mit Herablaffung als
Köder angeln geht, wird am Abend mit leerem Korbe
heimkehren.

Als Beweis für diefe Theorie erzielte Frank große
Erfolge im Dienstagklub zu Crossmichael, wo ihn
Archie gleich nach feiner Ankunft einführte: fein
letztes eigenes Auftreten an diefer Stätte der Luftbarkeit. Frank wurde dort fogleich willkommen geheißen,
fuhr fort, regelmäßig hinzugehen und befuchte noch
am Vorabend feines Todes (wie die Mitglieder ftets
mit Vorliebe erzählten) eine diefer Verfammlungen.
Der junge Hay und der junge Pringle tauchten plötzlich wieder auf. Es gab wieder einmal ein Souper
in Windielaws und ein Diner auf Driffel; die Folge
war, daß der Landadel der Graffchaft Frank ebenfo
rückhaltlos in feine Mitte aufnahm, wie die Bauernfchaft ihn ablehnte. Er haufte zu Hermifton gleich
einem Eroberer in einer befiegten Hauptftadt. Er
unternahm auch ftändig Ausfälle von dort, wie von
einer großen Operationsbafis, um Toddy-Gelage,
Ausflüge zum Fifchen und Abendgefellfchaften zu
befuchen, zu denen Archie nicht geladen wurde, oder
zu denen er nicht hinging. Dies war auch die Zeit,
in der die Bezeichnung »Der Einfiedler« fich ein-
bürgerte. Manche behaupteten fogar, Innes hätte fie
erfunden; zum mindeften forgte Innes für ihre Ver-
breitung.

»Was macht Ihr Einfiedler heute?« erkundigten fich
die Leute.

»Ach, er einfiedelt weiter!« pflegte Innes dann mit
ftrahlendem Ausdruck zu erklären, als habe er etwas
Geiftreiches gefagt, um dann fofort das allgemeine
Gelächter, das viel eher durch feine Art als durch
feine Worte hervorgerufen wurde, mit der Bemerkung zu unterbrechen: »Wiffen Sie, Sie haben gut
lachen, aber mir gefällt die Sache gar nicht. Der arme
Archie ift ja ein recht guter Kerl, den ich immer
habe leiden mögen. Ich finde es aber kleinlich von
ihm, die geringfügige Dummheit, die er fich hat zu-
fchulden kommen laffen, fo fchwer zu nehmen und
fich derart vor den Menfchen zu verfchließen. ‚Zugegeben, daß es eine lächerliche Sache war, eine
peinlich lächerliche Sache‘, fag’ ich ihm immer.
‚Aber feien Sie ein Mann! Stellen Sie fich der Welt
wie ein Mann!‘ Aber er denkt gar nicht daran! Natürlich ift nur die Einfamkeit und die Schande und
dergleichen daran fchuld. Aber, Sie verftehen, ich
beginne, mich vor den Folgen zu fürchten. Es wäre
doch unfäglich fchade, wenn ein wirklich vielver-
fprechender Menfch wie Weir ein fchlechtes Ende
nähme. Ich fühle mich allen Ernftes verfucht, einmal Lord Hermifton zu fchreiben und ihm die Sache
klarzulegen.«
»Das würde ich an Ihrer Stelle tun«, pflegten dann
einige feiner Zuhörer zu erwidern, kopffchüttelnd,
erfchrocken und verwirrt durch diefe neue und fo
gefchickt durch ein einziges Wort beleuchtete Auffaffung der Angelegenheit. »Eine ausgezeichnete Idee!«
fügten fie meift hinzu und wunderten fich über den
Aplomb und die Pofition diefes jungen Mannes, der als

etwas Selbſtverſtändliches davon ſprach, Hermiſton
zu ſchreiben und ihn in ſeinen Privatangelegenheiten
zurechtzuweiſen.

Und Frank fügte mit gewinnendem Vertrauen hinzu: »Ich will Ihnen was ſagen: Er nimmt es ſich tatſächlich zu Herzen, daß ich hier ſo gut aufgenommen
werde, und daß er in der Grafſchaft keine Rolle ſpielt
— er iſt wahrhaftig eiferſüchtig und nimmt es ſich
zu Herzen. Ich habe ihn geneckt, und ich habe ihm
zugeredet; ich habe ihm erklärt, daß alle ihm wirklich wohlgeſinnt wären, ja, ich hab' ihm ſogar weis-
gemacht, daß ich lediglich ſo aufgenommen würde,
weil ich ſein Gaſt ſei. Aber es nützt alles nichts. Er
nimmt weder die Einladungen an, die man ihm
ſchickt, noch hört er auf, über diejenigen nachzugrübeln, die man ihm nicht ſchickt. Wovor ich mich
fürchte, iſt, daß die Wunde allmählich zu ſchwären
anfangen könnte. Er gehörte von jeher zu den dunklen, verſchloſſenen, zornigen Naturen — ein wenig
hinterliſtig mit einer tüchtigen Portion Galle — Sie
kennen ja die Art. Er muß es wohl von den Weirs
geerbt haben, die vermutlich irgendwo von einer
ehrbaren Weberfamilie abſtammen; wie heißt doch
der landläufige Ausdruck? — ſitzende Lebensweiſe.
Das gerade ſind die Naturen, die in einer falſchen
Stellung, wie ſie ſein Vater für ihn geſchaffen hat,
oder wie er ſie ſich jetzt ſelbſt ſchafft — das können
Sie halten, wie's Ihnen beliebt — auf Abwege geraten. Ich für meinen Teil finde es eine Schmach«,
fügte Frank edelmütig hinzu.

Allmählich nahmen der Kummer und die Sorge die

fes uneigennützigen Freundes festere Gestalt an. Er fing an, im Vertrauen, unter vier Augen, unklar von allerlei schlechten und gemeinen Gewohnheiten Archies zu sprechen. »Ich muß sagen, ich fürchte tatsächlich, daß er völlig auf Abwege geraten ist«, meinte er alsdann. »Ich sag' es Ihnen offen heraus und ganz unter uns: ich mag eigentlich nicht länger hier bleiben; aber verstehen Sie, ich fürchte mich einfach, ihn allein zu lassen. Mir wird man natürlich später die ganze Schuld in die Schuhe schieben. Ich bringe ein großes Opfer, wenn ich bleibe. Ich schade meiner Karriere als Advokat: dagegen kann ich meine Augen nun mal nicht verschließen. Ich fürchte wirklich, ich werde noch von allen Seiten Fußtritte bekommen, ehe die Sache vorbei ist. Sehen Sie, keiner glaubt ja heutzutage noch an Freundschaft.«

»Ja, Innes, das ist aber kolossal anständig von Ihnen«, pflegte der Fragesteller dann zu erwidern. »Ich muß schon sagen, wenn man je was gegen Sie vorbringt, können Sie natürlich zum mindesten auf mich rechnen.«

»Ja,« fuhr Frank fort, »offen gestanden, man kann es nicht als angenehm bezeichnen. Er hat eine furchtbar ungehobelte Art; seines Vaters Sohn, verstehen Sie? Ich sag' ja nicht, daß er geradezu unhöflich ist — natürlich kann man nicht von mir erwarten, daß ich mir auch das noch bieten lasse — aber er segelt schon hart an den Wind. Nein, angenehm ist es nicht; doch ich sage Ihnen, Mann, ich halte es auf mein Gewissen nicht für fair, ihn im Stich zu lassen. Verstehen Sie mich ja nicht falsch: ich sag'

nicht, daß wirklich etwas nicht im Lote ift. Was
ich fage, ift nur, daß mir die ganze Sache nicht gefällt.« Und er preßte den Arm feines jeweiligen Vertrauten.

Ich bin überzeugt, daß er anfänglich nichts Böfes
beabfichtigte. Er redete lediglich um des Vergnügens
willen, fich reden zu hören. Er befaß von Natur
eine flinke Zunge, wie fich das für einen jungen Advokaten fchickt, und nahm es ebenfo natürlich mit
der Wahrheit nicht fehr genau — was das Zeichen
eines jungen Efels ift. So redete er drauflos. Einen
befonderen Zweck verfolgte er dabei nicht, außer dem
allgemeinen, ihm angeborenen, fich felbft zu fchmeicheln und dem Freund des Augenblicks zu gefallen
und ihn zu intereffieren. Und dank diefer Gewohnheit, Wind zu drefchen, baute er allmählich von
Archie ein Bild auf, das in allen Winkeln und Ecken
des Landes bekannt und beredet wurde. Wo immer
ein Herrenhaus inmitten feines ummauerten Gartens
lag, wo immer ein zwerghaftes Schloß in feinem
Parke fich erhob, wo immer ein vierfach vergrößertes
Cottage neben einem alten Wachtturm den Nieder-
gang einer alten Familie anzeigte oder eine ftattliche
Villa mit Wagenauffahrt und Strauchwerk den Auf-
fchwung einer neuen — auf den Rädern der Mafchine
vermutlich — da wurde Archie im Licht eines
düfteren, vielleicht gar lafterhaften Geheimniffes be-
trachtet und die weitere Entwicklung feiner Laufbahn mit Unruhe und vertraulichem Geraune erwartet. »Er hat irgend etwas Unehrenhaftes begangen, meine Liebe! Was, ift nicht ganz klar, aber

jener reizende, freundliche junge Mann, Mr. Innes,
hat fein Beſtes getan, es auf die leichte Achſel zu
nehmen.« Da war es nun einmal. Und Mr. Innes
machte fich um ihn jetzt große Sorgen. »Er iſt wirklich ganz beunruhigt, mein Beſter; er ruiniert fich
tatſächlich feine Laufbahn, weil er es nicht wagt,
ihn allein zu laſſen.« Wie reſtlos find wir alle doch
einem einzigen Schwätzer ausgeliefert, der nicht
einmal böſen Willens zu fein braucht! Wenn ein
Mann nur im richtigen Geiſte von fich ſelbſt redet
und feine Tugenden beiläufig erwähnt, ohne fie
je als Tugenden zu bezeichnen, wie leichtfertig wird
dann fein Zeugnis im Gerichtsſaal der öffentlichen
Meinung angenommen!

Während dieſer ganzen Zeit gärte ein noch giftigeres
Ferment zwiſchen dieſen beiden jungen Burſchen,
eines, das erſt ſpät an die Oberfläche gekommen war,
das ihre Unſtimmigkeiten jedoch von Anfang an beein-
flußt und vergrößert hatte. Für einen müßigen, ober-
flächlichen, leichtlebigen Kunden wie Frank bot die
Witterung eines Geheimniſſes einen beſonderen Reiz.
Es beſchäftigte feinen Geiſt wie ein neues Spielzeug
ein Kind beſchäftigt, und es packte ihn an feiner
ſchwachen Seite; denn wie viele junge Männer, die fich
den Anwaltsberuf gewählt haben, ſchmeichelte er fich
ſelber, bevor er noch gewogen und zu leicht befunden war, daß er ein beſonders raſches Auffaſſungs-
vermögen und einen hervorragenden Scharfblick be-
ſäße. In jenen Tagen wußte man noch nichts von
Sherlock Holmes, aber man ſprach viel über Talleyrand. Und hätte man Frank in einer ſchwachen Mi-

nute überrafcht, er würde mit verlegenem Schmun-
zeln geftanden haben, daß er, wenn überhaupt, dem
Marquis de Talleyrand-Périgord ähnelte. Es war
gelegentlich der erften Abwefenheit Archies, daß
diefes Intereffe Wurzel fchlug. Es wurde noch ungeheuer vertieft, als Kirftie beim Frühftück feine
Neugier hart zurückwies, und am gleichen Nachmittag
ereignete fich ein Vorfall, der die Krifis herbeiführte.
Frank war dabei, in Begleitung Archies im Swingle-
Bach zu fifchen, als Archie auf feine Uhr fchaute.
»Alfo, leben Sie wohl«, fagte Archie. »Ich habe zu
tun. Ich feh' Sie dann fpäter beim Effen.«
»Wozu diefe Eile?« rief Frank. »Warten Sie doch,
bis ich meine Angel eingeholt habe. Ich gehe mit
Ihnen; ich hab' es fatt, diefen Graben zu belagern.«
Und er begann, die Leine aufzuwinden.
Archie ftand fprachlos. Er brauchte eine ganze Weile,
bis er nach diefem direkten Angriff feine fünf Sinne
wieder beifammen hatte; als er aber die Antwort
endlich fand und das Aufwickeln der Leine faft beendet war, hatte er fich gänzlich in Weir verwandelt:
das Henkergeficht thronte finfter auf feinen jungen
Schultern. Er fprach mit erzwungener Ruhe, mit
erzwungener Freundlichkeit fogar, allein felbft ein
Kind hätte erkannt, daß fein Entfchluß feftftand.
»Bitte um Verzeihung, Innes: ich möchte nicht
fchroff erfcheinen, aber wir wollen uns doch von
Anfang an richtig verftehen. Wenn ich Ihre Gefellfchaft wünfche, werde ich es Sie wiffen laffen.«
»Oh«, rief Frank. »Sie wollen alfo meine Gefellfchaft
nicht, was?«

»Jetzt im Augenblick offenbar nicht«, entgegnete Archie. »Ich ließ jedoch durchblicken, wann fie mir genehm fein würde, falls Sie fich erinnern — und zwar beim Effen. Falls wir beide reibungslos zufammenleben wollen — und ich fehe nicht ein, weshalb das nicht der Fall fein follte — , kann das nur gefchehen, wenn einer des anderen Bedürfnis, allein zu fein, refpektiert. Fangen wir gleich zu Anfang an, uns einander aufzudrängen —«

»Hören Sie auf! Das laff ich mir von niemandem gefallen! Ift das die Art, einen Gaft und alten Freund zu behandeln?« fchrie Innes.

»Jetzt gehen Sie nach Haufe und denken Sie allein über das nach, was ich Ihnen fagte,« fuhr Archie fort, »ob es vernünftig oder ob es in Wahrheit beleidigend ift, und wir wollen beim Effen zufammenkommen, als wäre nichts gefchehen. Ich will mich fogar folgendermaßen ausdrücken: Ich kenne meinen eigenen Charakter, ich freue mich im voraus (und zwar aufrichtig) auf einen langen Befuch von Ihnen und treffe von vornherein meine Vorfichtsmaßregeln. Ich erkenne den Punkt, über den wir — über den ich meinetwegen — mich zanken werde, und ich beuge vor und obsto principiis. Ich wette mit Ihnen fünf Pfund, Sie werden fchließlich einfehen, daß ich aus lauter Freundfchaft fo handle, und das tue ich auch wirklich, glauben Sie mir, Francie«, fchloß er nachgebend.

Berftend vor Zorn, nicht eines Wortes mächtig, fchulterte Innes feine Angel, verabfchiedete fich mit

einer Gefte und ging mit langen Schritten den Fluß-
pfad hinab. Archie fah ihm regungslos nach. Er be-
dauerte das Vorgefallene, aber er fchämte fich durchaus nicht. Er haßte es, ungaftlich zu erfcheinen,
aber in einem Punkte war er feines Vaters Sohn.
Er war von dem Bewußtfein durchdrungen, daß
fein Haus fein Haus fei und niemandes anderen;
und fich auf Gnade' und Ungnade einem Gaft aus-
liefern, das zu tun, weigerte er fich ftrikte. Er haßte
es, fchroff zu erfcheinen, aber fchuld daran war
Franks Standpunkt. Hätte Frank nur das gewöhnliche Maß Diskretion gezeigt, er wäre felbft anftändig
höflich geblieben. Dann gab es auch noch ein weiteres Bedenken. Das Geheimnis, das er jetzt hütete,
gehörte nicht ihm allein; es war genau fo Chriftines;
es gehörte zugleich jenem unfaßlichen Wefen, das
mit Macht von feiner Seele Befitz zu ergreifen begann, und das zu verteidigen er bald bereit fein würde, ganze Städte einzuäfchern. Er blickte Frank nach,
der haftig und mit großen Schritten weiterging, hin und
wieder in der verfärbten Heide untertauchend und
allmählich zu weniger als Liliputgröße zufammen-
fchrumpfend, und als diefer das Ende des Baches er-
reicht hatte, vermochte Archie bereits über den Vorfall zu lächeln. Entweder würde Frank abreifen —
das würde an fich eine Befriedigung bedeuten —,
oder er würde bleiben, und fein Wirt mußte fich
weiterhin mit ihm abfinden. Jetzt aber hinderte
Archie nichts mehr daran, auf verfchlungenen Wegen hinter Hügeln und über Bachbette dem Stelldichein zuzueilen, wo Kirftie, von Moorhuhn und

Kiebitz umfchrien, auf des Puritaners Stein feiner
harrte und ihm entgegenbrannte.

Innes fchritt währenddeffen in einem Sturm haß-
erfüllter Empörung, der fehr natürlich war, fich allmählich jedoch dem Gebot der Lage anpaßte, den
Hügel hinunter. Er befchimpfte Archie als einen
kaltherzigen, unfreundfchaftlichen, fackfiedegroben
Hund und fich felbft noch leidenfchaftlicher als einen
Narren, hierher nach Hermifton gekommen zu fein,
da ihm faft jedes andere Haus in Schottland als Zu-
fluchtsftätte offen geftanden haben würde. Aber der
Schritt war, einmal getan, fo gut wie unwideruflich. Er
befaß kein Geld mehr, fich anderswo hinzubegeben;
er würde fowiefo zum nächften Klubabend Archie
anpumpen müffen; und fo niedrig er auch feines
Gaftgebers Manieren einfchätzte, fo überzeugt war
er von deffen Freigebigkeit. Franks Ähnlichkeit mit
Talleyrand erfcheint mir zwar als ziemlich illufo-
rifch, aber Talleyrand felbft hätte fich nicht gehor-
famer den Tatfachen unterwerfen können. Frank
begegnete Archie beim Effen ohne jede Feindfchaft,
ja faft mit Herzlichkeit. Seine Erklärung würde gelautet haben, daß man feine Freunde nehmen müffe,
wie fie nun mal wären. Archie könne ja nichts dafür, daß er feines Vaters Sohn oder feines Groß-
vaters, des hypothetifchen Webers, Enkel fei. Als
Sohn eines groben Klotzes war er eben felber im
Herzen ein grober Klotz geblieben, unfähig wahrer
Großmut und Rückfichtnahme: aber er befaß andere
Eigenfchaften, die Frank fich mittlerweile zunutze
machen konnte, und die zu genießen es notwendig

war, daß Frank feine fchlechte Laune meiftere.

So vorzüglich war feine Selbftbeherrfchung, daß er am folgenden Morgen ganz erfüllt von einem neuen, aber verwandten Gedanken aufwachte. Was war es eigentlich, das Archie im Schilde führte? Weshalb mied er Franks Gefellfchaft? Was verbarg er vor ihm? Hatte er mit irgend jemandem ein Rendez-vouz gehabt — mit einer Frau? Es wäre doch ein prachtvoller Witz und zugleich eine gerechte Rache, wenn er, Frank, dahinterkäme. Diefem Ziele wandte er fich mit ziemlicher Ausdauer zu, wie fie feine Freunde fogar in Erftaunen verfetzt hätte, denn Frank hatte von jeher eher als geiftreich und klug denn als zäh gegolten; und fo, ganz allmählich, Stück für Stück, gelang es ihm, ein Bild der Lage zufammenzutragen. Zuerft beobachtete er, daß Archie, obwohl er im Weggehen die verfchiedenften Richtungen einfchlug, doch ftets aus Südweften heimkehrte. Das Studium einer Landkarte und die Tatfache, daß fich in diefer Richtung bis zu der Mündung des Clyde eine weite Fläche unbewohnten Heidelandes erftreckte, führten ihn gar bald nach Cauldftaneslap und nach zwei anderen benachbarten Höfen: Kingsmuir und Polintarf. Von dort aus war jedes Weiterkommen fchwierig. Mit feiner Angel als Vorwand fuchte er vergeblich jeden diefer drei Punkte auf; nirgends fand fich in der Nachbarfchaft der Heidehöfe etwas Verdächtiges. Er würde verfucht haben, Archie nachzugehen, wäre das überhaupt möglich gewefen, allein die Bodenbefchaffenheit fchloß diefen Gedanken ein für allemal aus. Alfo tat er das Nächftbefte: er verbarg fich

an irgendeinem ftillen Winkel und verfolgte Archies
Bewegungen mit dem Fernglas. Auch das führte zu
nichts, und bald bekam er feine vergebliche Wach-
famkeit fatt, ließ das Fernglas zu Haufe und hatte
die ganze Sache bereits aufgegeben, als er fich ganz
plötzlich, am fiebenundzwanzigften Tage feines Auf-
enthalts, dem Menfchen, den er fuchte, gegenüber
fah. Den erften Sonntag war es Kirftie unter irgendeinem Vorwand der Unpäßlichkeit, in Wahrheit jedoch aus Anftandsgefühl, gelungen, der Kirche fern-
zubleiben; die Freude, Archie dort zu fehen, fchien
ihr zu heilig, zu lebendig für einen fo öffentlichen
Ort. An den folgenden beiden Sonntagen war Frank
felbft auf irgendwelchen Ausflügen zu benachbarten
Familien von Hermifton abwefend gewefen. So gefchah es, daß Frank erft am vierten Sonntag die
Zauberin zu Geficht bekam. Schon bei dem erften
Blick war aller Zweifel gefchwunden. Sie kam mit der
Gefellfchaft aus Cauldftaneslap, folglich wohnte fie
dort. Hier war Archies Geheimnis, hier war die
Frau, die jener befuchte, ja mehr noch — fchon auf
den erften Blick empfand er fich felbft als Rivale.
Beteiligt dabei waren ein gut Teil Ehrgeiz, ein klein
wenig Rache und viel ehrliche Bewunderung: der
Teufel mag die genauen Maße beftimmen. Ich kann
es nicht, und wahrfcheinlich würde auch Frank es
nicht gekonnt haben.

»Ein ungemein reizvolles Milchmädchen«, bemerkte
er auf dem Heimwege.

»Wer?« fragte Archie.

»Na, das Mädel, das Sie jetzt anftarren — nicht

wahr? Dort auf der Landſtraße vor uns. Sie kam in
Begleitung des ruſtikalen Barden, gehört daher vermutlich zu der berühmten Familie. Das einzige Bedenken! Die vier ſchwarzen Brüder dürften unangenehme Kunden ſein. Falls da was ſchief ginge,
würde der Weber wohl wabern und Clem einen in
die Klemme bringen und Dand einen Tanz aufführen
und Hob ſich als etwas ungehobelt entpuppen. Kurz,
die Elliottaffaire dürfte eine wahre Höllenaffaire
werden!

»Außerordentlich witzig, wahrhaftig«, meinte Archie.

»Na, ich geb' mir aber auch Mühe. Und es fällt
mir nicht einmal leicht, an dieſem Orte in Ihrer
feierlichen Geſellſchaft, mein Lieber. Aber geſtehen
Sie nur, das Milchmädchen hat in Ihren Augen Gnade
gefunden, oder verzichten Sie ein für allemal darauf,
als Mann von Geſchmack zu gelten.«

»Es iſt ja auch ganz gleichgültig«, entgegnete Archie.
Allein der andere fuhr fort, ihn feſt und ſpöttiſch
anzublicken, und das Blut ſtieg langſam, dann immer
raſcher in Archies Wangen, bis ſelbſt die größte Un-
verfrorenheit nicht mehr hätte leugnen können, daß
er errötete. Im nämlichen Augenblick verlor Archie
einen Teil ſeiner Selbſtbeherrſchung. Er wechſelte
den Stock von einer Hand zur anderen und rief:
»Um Gottes willen, ſeien Sie doch kein Eſel!«

»Eſel? Eine zartfühlende Erwiderung, ohne Zweifel«, ſagte Frank. »Aber hüten Sie ſich vor den
hausbackenen Brüdern, Liebſter. Wenn die in den
Tanz eingreifen, werden Sie ja ſehen, wer der Eſel

ift. Überlegen Sie fich mal, falls jene Burfchen —
na, fagen wir auch nur ein Viertel der Begabung, die
ich drangefetzt habe, auf die Frage verwenden, wo
Mr. Archie feine Abendftunden zubringt, und weshalb er fo herzerfrifchend widerborftig ift, jedesmal
wenn jenes Thema berührt wird — «
»Sie berühren es auch jetzt in diefem Augenblick«,
unterbrach ihn Archie zuckend.
»Danke fchön. Mehr wollte ich nicht. Das ift ein
offenes Geftändnis«, fagte Frank.
»Ich möchte Sie daran erinnern — «, begann Archie.
Aber jetzt war er an der Reihe, unterbrochen zu
werden. »Aber mein lieber Junge, laffen Sie das
doch. Es ift gänzlich überflüffig. Das Thema ift tot
und begraben.«
Und Frank fing in aller Eile an, von anderen Dingen zu reden, eine Kunft, in der er Meifter war,
denn es war feine befondere Begabung, über alles
und nichts fließend fprechen zu können. Allein obwohl Archie die Zuvorkommenheit oder die Feigheit befaß, ihn fchwatzen zu laffen, war Frank durchaus noch nicht mit dem Thema fertig. Als Archie
zum Abendeffen nach Haufe kam, begrüßte ihn Frank
mit der fchlauen Frage, wie es unten in Cauldftaneslap ftünde. Nach dem Effen leerte Frank fein erftes
Glas Portwein auf Kirfties Wohl und fpäter am Abend
ritt er abermals zur Attacke.
»Hören Sie mal, Weir, Sie müffen entfchuldigen,
daß ich auf jene Sache zurückgreife. Aber ich
hab' fie mir durch den Kopf gehen laffen und
möchte Sie doch allen Ernftes drum bitten, vorfich-

tiger zu fein. Die Gefchichte ift nicht ungefährlich. Nicht ungefährlich, mein Junge.«

»Welche Gefchichte?« fragte Archie.

»Ja, dann ift's ihre eigene Schuld, wenn Sie mich zwingen, die Sache bei ihrem Namen zu nennen; aber ich kann wahrhaftig als Freund nicht einfach ftillfitzen und zufchauen, wie Sie fich kopfüber in diefe Gefahren ftürzen. Mein lieber Junge,« fuhr er fort und hielt warnend die Zigarre hoch, »denken Sie einmal nach! Wie foll denn das Ende fein?»

»Welches Ende?« In hilflofem Ärger hielt Archie an feiner gefährlichen und unliebenswürdigen Verteidigung feft.

»Das Ende des Milchmädchens, oder, um mich formeller auszudrücken, das Ende der Jungfer Chriftina Elliott von Cauldftaneslap?«

»Ich verfichere Sie,« brach Archie aus, »das Ganze ift lediglich eine Frucht ihrer blühenden Phantafie. Es läßt fich nicht das Geringfte gegen die junge Dame fagen, und Sie haben kein Recht, ihren Namen in unfer Gefpräch zu zerren.«

»Ich werde es mir merken«, fagte Frank. »Von jetzt ab fei fie namenlos, namenlos, namenlos! Ich werde mir außerdem noch das glänzende Leumundszeugnis merken, das Sie ihr ausgeftellt haben. Ich wünfche diefe Sache ja lediglich als Mann von Welt zu betrachten. Zugegeben, daß fie ein Engel ift — aber, mein lieber Junge, ift fie auch eine Dame?«

Dies war für Archie die reinfte Folter. »Ich bitte um Verzeihung,« bemerkte er, nach Faffung ringend,

»da Sie fich aber in mein Vertrauen eingefchlichen haben — «

»Pah, pah!« rief Frank. »Ihr Vertrauen? Es wurde zwar keufch errötend, aber doch nur fehr widerwillig gefchenkt. Vertrauen? Wahrhaftig! Nun hören Sie aber mal zu. Ich habe Ihnen folgendes zu fagen, Weir, denn es betrifft Ihre perfönliche Sicherheit und Ihren guten Ruf und daher auch meine eigene Ehre als Ihr Freund. ,Eingefchlichen' ift gut! Was habe ich eigentlich getan? Ich habe zwei und zwei zufammengerechnet, wie das morgen die ganze Gemeinde tun wird und in zwei Wochen das gefamte Tweedtal und die vier fchwarzen Brüder — aber da will ich kein Datum feftlegen; jedenfalls dürfte es ein dunkler und ftürmifcher Morgen werden! Kurz, Ihr Geheimnis liegt auf der Gaffe! Und ich frage Sie als Freund: gefällt Ihnen die Ausficht? Aus Ihrem Dilemma gibt es zwei Auswege, und ich muß fagen, beide würde ich perfönlich nur fehr ungern in Erwägung ziehen. Beabfichtigen Sie, den vier fchwarzen Brüdern eine Erklärung zu geben? Oder wollen Sie das Milchmädchen als künftige Herrin von Hermifton dem Papa vorführen? Ich fage Ihnen offen: ich kann's mir nicht vorftellen!«

Archie erhob fich. »Ich will nichts mehr von diefen Dingen hören«, fagte er mit bebender Stimme.

Allein Frank hielt abermals die Zigarre hoch. »Sagen Sie mir vor allem das eine. Sagen Sie mir, ob ich nicht wirklich als Freund an Ihnen handle?«

»Ich glaube, daß Sie davon überzeugt find«, lautete Archies Antwort. »Soweit kann ich gehen. Ich kann

Ihren Motiven diefe Gerechtigkeit widerfahren laffen. Aber ich will nichts mehr hiervon hören. Ich
gehe jetzt zu Bett.«

»So ift's recht, Weir«, meinte Frank herzlich. »Gehen
Sie zu Bett und überfchlafen Sie die Sache. Und
noch eins: vergeffen Sie Ihr Abendgebet nicht! Ich
bin nicht häufig für's Moralifche — dergleichen
Dinge liegen mir nicht —, aber wenn ich mich dafür einfetze, dann mein' ich's auch ehrlich.«

Alfo marfchierte Archie in's Bett, und Frank faß noch
eine gute Stunde allein bei Tifch, mit ungemein felbft-
zufriedenem, fatten Lächeln. An fich lag nichts Rach-
füchtiges in feiner Natur; aber wenn die Rache ihm
in den Weg lief, fo follte fie auch gründlich fein, und
der Gedanke an Archies einfam nächtliche Betrach-
tungen war ihm unbefchreiblich füß. Er fpürte ein
angenehmes Gefühl der Macht. Er blickte auf Archie
herab, wie auf einen fehr kleinen Jungen, den er
am Gängelband führte — wie auf ein Pferd, das er
ritt, und das er durch fchiere Intolligenz im Zaume
hielt, ein Pferd, das er nach Belieben zu Grabe oder
zum Ruhme reiten konnte. Welches von beiden follte es fein? Er verweilte noch lange und koftete die
Einzelheiten der Pläne aus, die durchzuführen er
viel zu träge war. Armer Kork auf reißenden Stro-
mes Oberfläche! In jener Nacht fog er die Süße der
Allmacht ein und brütete, einer Gottheit gleich, über
den Fäden einer Intrigue, die ihn felbft vernichten
follte, noch ehe der Sommer fchwand.

*

ACHTES KAPITEL

Ein nächtlicher Befuch

*

KIRSTIE HATTE VIELES, DAS SIE UNGLÜCKLICH
machte. Je älter wir werden — insbefondere wenn
wir älter werden und Frauen find, welche die eifige
Furcht vor dem Alter anhaucht — defto mehr verlaffen
wir uns auf die Stimme als das Ausdrucksmittel der
Seele. Nur fo vermögen wir bei der Verarmung unferer Mittel dem geknebelten Schrei der Leidenfchaft Raum zu geben; nur fo können wir in der
bitteren und empfindfamen Schüchternheit reiferer
Jahre den Verkehr mit jenen lebensftrotzenden Geftalten der Jugend aufrechterhalten, die uns allfeits
noch umgeben, und die doch täglich mehr zur beweg-
lichen Tapete des Lebens zufammenfchrumpfen. Das
Wort ift das letzte verbindende Glied, die letzte Beziehung. Jedoch mit Beendigung der Unterhaltung,
wenn die Stimme fchweigt und das helle Geficht
des Zuhörers fich wegkehrt, fenkt fich von neuem
Einfamkeit auf das verwundete Herz. Kirftie hatte
ihre geruhfame, abendliche Plauderftunde verloren;
vorbei war es mit ihren Wanderungen — als Geift,
wenn man will, aber als feliger Geift — an Archies
Seite in den Feldern Elyfiums. Ihr war es, als sei
die ganze Welt verftummt; für ihn dagegen bedeutete diefer Wegfall lediglich eine belanglofe Abwechfe-
lung in der Art feiner Kurzweil. Kirftie rafte bei diefer
Erkenntnis. Der braufende Quell ihrer leidenfchaft-

lichen, reizbaren Natur fprudelte mitunter fo un-
bändig, daß eine Eruption drohte.

Dies ift der Preis, den wir für unzeitige Glut des
Empfindens zahlen müffen. Sie hätte ihn zahlen
müffen, wann immer die Umftände es erforderten;
fo aber gefchah es, daß fie jener Wonne beraubt
wurde gerade in der Stunde, da fie ihrer am meiften
bedurfte, da fie am meiften zu reden und zu fragen
hatte und vor der Erkenntnis zitterte, daß ihre Ober-
hoheit nicht nur im Schwinden, nein, am Ende gar
aufgehoben fei. Denn mit der Hellfichtigkeit wahrer
Liebe durchfchaute fie das Geheimnis, das Frank fo
viel Kopfzerbrechen verurfacht hatte. Sie ward fich,
noch vor dem eigentlichen Eintreten des Falles, ja
bereits an jenem Sonntagabend, da die Sache ihren
Anfang nahm, einer Invafion ihrer Rechte bewußt,
und eine innere Stimme verriet ihr den Namen der
Siegerin. Seither hatte fie fich durch kleine Kniffe,
durch Zufälligkeiten, durch Beobachtungen von neben-
fächlichen Dingen und durch die allgemeine Färbung
von Archies Laune Gewißheit, über allen Zweifel
erhaben, verfchafft. Mit einem Gerechtigkeitsfinn,
um den Lord Hermifton fie hätte beneiden können,
hatte fie an jenem Tage in der Kirche die Reize der
jüngeren Kirftie abgefchätzt und gewürdigt, und mit
der tiefen Menfchlichkeit und Sentimentalität ihrer
Natur vernahm fie den Schritt des Schickfals. Nicht
fo hätte fie gewählt. Sie hatte Archie in ihrer Phantafie mit irgendeiner hochgewachfenen, ftolzen und
rofigen Heldin mit goldenen Locken vermählt, gefchaffen nach ihrem eigenen Bilde, der fie mit Ent-

zücken das Brautbett beftreut haben würde; und fie
hätte über das Scheitern ihrer ehrgeizigen Träume
weinen mögen. Jedoch die Götter hatten gefprochen;
das Urteil lautete anders.

Unruhig, von fieberhaften Gedanken beftürmt, wand
fie fich in jener Nacht auf ihrem Lager. Gefährliche
Dinge ftanden bevor, eine Schlacht, über deren Aus-
gang fie mit Sympathie, Furcht und wechfelnder
Parteinahme für die eine oder die andere Seite eifer-
füchtig brütete. Jetzt fühlte fie fich wiedergeboren
in ihrer Nichte, jetzt in Archie. Jetzt fah fie durch
des Mädchens Augen den Jüngling vor fich knien,
vernahm in tödlicher Schwäche fein hartnäckiges
Flehen und empfing feine überwältigenden Liebkofungen. Und im nächften Augenblick, in plötzlicher
Umkehr ihrer Natur, rafte fie bei dem Gedanken,
jene höchften Gaben des Gefchicks und der Liebe
an ein Balg von einem Mädchen verfchwendet zu
fehen, an ein Wefen ihres eigenen Haufes, das ihren
eigenen Namen fich anmaßte — dies war eine tödliche Kränkung — an jemand, »die felbft nicht wußte,
was fie wollte, und die fo fchwarz war wie ihr eigener Hut!« Und wieder zitterte fie vor Angft, daß
ihr Idol vergeblich flehen könnte, denn fie fehnte den
Erfolg als eine Art Triumph der Natur für ihn her-
bei; und im darauffolgenden Moment, mit wiederauf-
lebender Treue für ihre eigene Familie und ihr Gefchlecht, zitterte fie um Kirftie und um den guten
Ruf der Elliotts. Endlich erblickte fie vifionär fich
felbft; die Zeit für ihre altmodifchen Gefchichten, für ihren Dorfklatfch war vorüber, auf ewig

fagte fie dem Glanz der Liebe und des Lebens Lebewohl und dahinter, in der Ferne, kroch fie, um zu
fterben, dem düfteren, allmächtigen Ende zu. Hatte
fie den Becher wirklich bis zur Neige geleert, fie, die
fie fo groß, fo fchön war, mit einem Herzen frifch
wie das eines Mädchens und ftark wie bei einem
Weibe? Es konnte nicht fein, und doch war es fo;
einen Augenblick lang war ihr Bett ihr furchtbar wie die Mauern des Grabes. Vor ihr dehnte
fich die Wüfte der Stunden, in der fie rafen und
zittern würde, bis der Tag anbräche und die Arbeit
des Tages erneuert werden müßte.
Plötzlich hörte fie Schritte auf der Treppe — feinen
Schritt; bald danach wurde ein Fenfter aufgeftoßen.
Sie fetzte fich klopfenden Herzens aufrecht. Er war
allein in feinem Zimmer, und er war nicht zu Bett
gegangen. Eines ihrer nächtlichen Gefpräche winkte
ihr, und bei diefem bezaubernden Ausblick ging eine
Veränderung in ihr vor; mit dem Nahen jener Hoffnung auf Freude fchwand auch fogleich alles Nied-
rige aus ihren Gedanken. Sie erhob fich, ganz
Weib, das Weib in feiner reinften Geftalt, zärtlich,
mitfühlend, voller Haß gegen alles Böfe und treu
ihrem eigenen Gefchlecht — und doch mit allen
Schwächen diefes geliebten und komplizierten Wefens, mit Hoffnungen, wortlos und fchmeichelnd,
die fich eng an ihr weiches Herz fchmiegten und
an ihm zehrten, Hoffnungen, die fie fich felbft niemals zugeftanden hätte, und wäre es um ihr Leben
gegangen. Sie riß ihre Haube herunter, und ihr Haar
fiel in üppiger Fülle um ihre Schultern. Unfterbliche

Koketterie erwachte. Im matten Schein der nächtlichen Kerze ftand fie vor ihrem Spiegel, die edlen Arme über dem Haupte erhoben und fammelte den Schatz ihrer Flechten ein. Sie war nie zimperlich in ihrer Bewunderung von fich felbft; jene Art Befcheidenheit war ihr fremd, und fie hielt erfreut und überrafcht bei diesem Anblick inne. »Du verrücktes, altes Frauenzimmer!« fagte fie zu fich felbft, damit einen Gedanken beantwortend, der doch nicht wirklich war, und fie errötete mit der Unfchuld eines Kindes. Haftig band fie die fchweren, leuchtenden Flechten auf, haftig zog fie einen Morgenrock an und ftahl fich, Kerze in der Hand, in den Korridor. Von unten hörte fie die Uhr ihre gemeffenen Sekunden ticken und Frank mit den Karaffen im Speifezimmer klirren. Feindfchaft, bitter und jäh, ftieg in ihr auf. »Ekliger, verfoffener kleiner Köter!« dachte fie; im nächften Moment hatte fie vorfichtig an Archies Zimmertür geklopft und die Aufforderung, einzutreten, erhalten.

Archie hatte hinaus in die uralte Nacht geftarrt, hier und dort von einem glanzlofen Stern erhellt; tief fog er die füßduftende Luft der Heide ein, fuchte und fand vielleicht auch den Frieden der Unglücklichen. Er wandte fich bei ihrem Eintritt um und zeigte gegen den Fenfterrahmen fein bleiches Geficht.

»Bift du es, Kirftie?« fragte er. »Tritt nur näher!«

»Es ift fchon unheimlich fpät, Kind«, erklärte Kirftie mit erheucheltem Widerftreben.

»Nein, nein,« antwortete er, »durchaus nicht. Komm

nur herein, wenn du einen Schwatz halten willſt.
Ich bin, weiß Gott, nicht ſchläfrig!«

Sie kam näher, nahm einen Stuhl neben dem Toi-
lettetiſch und ſtellte die Kerze vor ſich auf den Boden. Etwas — vielleicht ihre zwangloſe Kleidung,
vielleicht die Erregung in ihrer Bruſt — hatte ſie
mit dem Zauberſtab der Verwandlung berührt; ſie
ſchien jung, von der Jugend der Göttinnen.

»Mr. Archie,« hub ſie an, »was iſt Ihnen nur?«

»Ich wüßte nicht, daß mir irgendetwas wäre«,
entgegnete Archie errötend und bereute ſogleich
bitterlich, ſie eingelaſſen zu haben.

»Ach, liebes Kind, ſo geht es nicht!« ſagte Kirſtie.
»Wer liebt, den kann man nur ſchwer täuſchen.
Ach, Mr. Archie, überlegen Sie's wohl, eh es zu
ſpät iſt. Sie ſollten nicht gierig ſein nach den guten
Dingen des Lebens; die werden alle kommen, jedes
zu ſeiner Zeit, wie die Sonne und der Regen. Sie
ſind ja noch ſo jung; Sie haben eine hübſche Anzahl Jahre vor ſich. Achten Sie drauf, daß Sie nicht
gleich zu Anfang, wie ſo viele andere, Schiffbruch er-
leiden! Haben Sie nur Geduld — mir hat man immer geſagt, das wäre die Hauptſache im Leben —
nur Geduld, der Sonnenſchein kommt noch. Gott
weiß es, mir iſt er nie gekommen; hier ſitze ich
ohne Mann oder Kind, das ich mein eigen nennen
könnte, und plage die Leute mit meiner giftigen
Zunge. Sie vor allen anderen, Mr. Archie!«

»Ich weiß wirklich nicht, was du willſt«, meinte
Archie.

»So will ich's denn ſagen«, erklärte ſie. »Es iſt dies

und nichts weiter: ich fürchte mich. Ich fürchte für Euch, Lieber. Vergeßt nicht, Euer Vater ift ein harter Mann, der erntet, wo er nicht gefät, und einfammelt, wo er nicht gepflanzt hat. Reden ift leicht, aber hütet Euch! Ihr werdet eines Tages in fein finfteres Geficht fchauen, wohin fchwer und vergeblich blicken ift auf der Suche nach Erbarmen. Ihr erinnert mich an ein fchönes Schiff weit draußen auf dem fchwarzen und ftürmifchen Meer — es kann Euch nichts gefchehen, folange Ihr ftill mit Kirftie in Eurer Kammer fchwatzt; aber wo werdet Ihr am Morgen fein, in welch fürchterlichem Ungewitter, darinnen Ihr die Berge anflehen werdet, Euch zu bedecken?«

»Aber Kirftie, du fprichft heute nacht ja in Rätfeln, und fehr beredt obendrein«, warf Archie dazwifchen.

»Mein lieber Mr. Archie,« fuhr fie mit veränderter Stimme fort, »Ihr müßt nicht denken, daß ich nicht mit Euch fühle. Ihr müßt nicht denken, daß ich nicht felbft mal jung gewefen bin. Vor langer Zeit, als ich noch ein dummes Ding war, noch keine zwanzig —« fie fchwieg und feufzte — , »fauber und frifch, mit einem Fuß fo leicht wie eine Biene, war ich auch fchon groß und ftattlich, glaubt mir; ein anfehnliches Frauenzimmer, obwohl mir's nicht zukommt, Euch das zu fagen — gebaut fürs Kindertragen — und fchöne Kinder wären es geworden, und großartig hätte es mir gefallen! Aber ich war jung, Lieber, mit dem hellen Jugendlicht in den Augen, und ließ mir's wahrhaft nicht träumen, daß

ich dereinſt als einſames, runzeliges, altes Weib Euch
all dies erzählen würde. Und dann, Mr. Archie, iſt
da ein Burſch um mich freien gekommen, wie's ganz
natürlich war. Viele hatten ſich vor ihm gemeldet,
aber ich mochte ſie alle nicht! Doch dieſer hier, der
hatte eine Zunge, um die Vögel aus der Luft und
die Bienen von den Glockenblumen zu locken. Liebe
Zeit, liebe Zeit, iſt das lang her! Die Leut' ſind ſeither
geſtorben und begraben und vergeſſen worden, und
Kinder ſind zur Welt gekommen und haben geheiratet und haben ſelbſt Kinder bekommen. Und Wälder ſind gepflanzt worden ſeither und ſind gewach-
ſen und zu ſtattlichen Bäumen geworden, und die
Mädels mit ihren Schätzen ſitzen jetzt darunter im
Schatten; und alte Güter haben die Herren gewech-
ſelt, und es hat Krieg und den Lärm des Krieges
hier auf der Erde Angeſicht gegeben. Und ich bin
immer noch hier — eine alte, elende Krähe — die
zuguckt und krächzt! Aber Ihr müßt nicht denken,
Mr. Archie, daß ich mich nicht noch gut an alles
erinnere! Ich lebte damals in meines Vaters Haus;
und recht ſonderbar iſt, daß wir uns in Teufelsmoor
trafen. Und glaubt ja nicht, daß ich die ſchönen
Sommertage und die langen Meilen blutroter Heide,
das Schreien der Brachvögel und das Mädel bei jenem Stelldichein vergeſſen habe! Wißt Ihr, daß ich
jetzt noch die Süße der Berge ſpüre, die damals um
mein Herze rann? Ach, Mr. Archie, ich weiß ja,
wie's iſt — ich weiß es genau — wie Gott in ſeiner
Gnade die beiden nimmt, gleich Paulus von Tarſus,
grad wenn ſie ſich's am wenigſten verſehen, und in

ein Land treibt, das wie ein Traum ist; und die
Welt und die Leute darinnen find für das arme Mädel nicht mehr als die Wolken, und die Himmel
felbft find nur ein paar Grashalme, wenn fie ihm nur
gefällt! Bis Tom ftarb — ja, das ift meine Gefchichte«,
brach fie ab; »er ftarb, und ich war nicht einmal bei
dem Begräbnis. Doch folang er am Leben war, hatte
ich mich feft in der Hand. Aber kann jenes arme
Mädel das?«

Und Kirftie ftreckte, die Augen hellfchimmernd von
ungeweinten Tränen, ihm flehend die Hand hin; das
leuchtende Gold und das matte Gold ihres Haares
flammte und glomm in Windungen um ihr fchönes
Haupt gleich den Strahlen der ewigen Jugend felbft;
reine Röte war ihr in die Wangen geftiegen, und
Archie war beftürzt und betreten angefichts ihrer
Schönheit und ihrer Gefchichte. Er trat vom Fenfter
auf fie zu, ergriff ihre Hand und küßte fie.

»Kirftie,« fagte er heifer, »du haft mir bitter unrecht
getan. Der Gedanke an fie hat mich nie verlaffen;
ich würde ihr um die Welt nicht fchaden, Liebe!«
»Ach Junge, das ift leicht gefagt,« rief Kirftie, »aber
nicht fo leicht getan! Junge, verftehft du denn nicht?
Es ift Gottes Wille, daß wir geblendet und betäubt
fein follen und keine Gewalt mehr haben über unfere eigenen Glieder in jener Zeit. Mein Kind,« rief
fie, immer noch feine Hand haltend, »denk' an die
arme Dirn! Hab' Mitleid mit ihr, Archie! Oh fei
klug für zwei! Denk' an die Gefahr, die fie läuft!
Ich habe euch beide gefehen — und wer hindert es,
daß andere euch gleichfalls fehen? Ich fah euch das

eine Mal im Teufelsmoor, in meinem eigenen Tal, und fchrecklich war mir dahei zumute — teils wegen der Vorbedeutung, denn es ift etwas Unheimliches um den Ort — und teils aus fchierer, nackter Mißgunft und Bitterkeit des Herzens. Sonderbar ift, daß ihr beide euch gleichfalls dort trefft! Gott! Und wenn auch der arme, alte, querköpfige Puritaner bei Lebzeiten nichts von der menfchlichen Natur wußte — feit er in feinem Todesftündlein in die Musketenrohre gefchaut, hat er eine gehörige Portion davon gefehen!« Dies fügte fie hinzu mit einer Art Verwunderung in ihren Augen.

»Ich fchwöre bei meiner Ehre, daß ich ihr nie unrecht getan«, fagte Archie. »Und ich fchwöre bei meiner Ehre und bei meiner Seele Seeligkeit, daß ich ihr auch in Zukunft keins tun werde. Ich habe das alles fchon einmal gehört. Ich bin töricht gewefen, Kirftie, aber nicht ungut, und vor allen Dingen nicht gemein.«

»Da fpricht mein Kind«, fagte Kirftie, fich erhebend. »Ich kann dir jetzt vertrauen, ich gehe leichten Herzens fchlafen.« Und dann erkannte fie blitzartig die nackte Unfruchtbarkeit ihres Sieges. Archie hatte verfprochen, das Mädchen zu fchonen, und er würde fein Verfprechen halten; wer aber hatte verfprochen, Archie zu fchonen? Wie follte das alles enden? Sie überfchaute ein Labyrinth von Schwierigkeiten, aus der ihr von jedem Kreuzweg das eiferne Geficht Hermiftons entgegenftarrte. Und eine Art Grauen vor ihrer eigenen Tat fiel fie an. Sie trug jetzt eine tragifche Maske. »Archie, der Herr erbarme fich

deiner und meiner, mein Liebſtes du! Ich habe hier
auf dieſem Grunde gebaut —« ſie legte ihre Hand
ſchwer auf ſeine Schulter — »ich habe hoch gebaut
und mein Herz in den Bau hineingelegt. Sollte das
ganze Gebäude zuſammenſtürzen, ich glaube, Kind,
ich würde drüber ſterben. Verzeih einem tollen alten
Weibsbild, das dich liebt und das ſchon deine Mutter
gekannt hat. Und um des lieben Herrgotts willen,
halte dich frei von unmäßigem Verlangen; halte dein
Herz in beiden Händen, trage es ſicher und leicht;
laß es nicht wie die Kinder ihre Drachen in die
wilden Winde aufſteigen! Denk' daran, Archie, mein
lieber Archie, daß dies Leben eine einzige Enttäu-
ſchung iſt und ein Mundvoll Erde das uns beſtimmte
Ende.«

»Aber Kirſtie, liebe, gute Kirſtie, du verlangſt jetzt
zu viel«, ſagte Archie, tief erſchüttert und nun auch
ſeinerſeits in breites Schottiſch verfallend. »Du verlangſt, was ich dir nicht geben kann, was nur der
Herrgott im Himmel gewähren kann, wenn er es für
gut befindet. Und vermag er es am Ende wirklich? Ich
kann dir nur verſprechen, was ich tun werde, und
du magſt dich darauf verlaſſen. Aber wie ich fühlen
werde — das, Kirſtie, ſteht ſchon längſt nicht mehr
in meiner Macht!«

Sie ſtanden jetzt beide Angeſicht zu Angeſicht. Archies trug den elenden Schatten eines Lächelns; das
ihre verzerrte ſich einen Augenblick.

»Verſprich mir das eine«, rief ſie mit ſcharfer Stimme. »Verſprich, daß du nie etwas unternehmen
wirſt, ohne es mir vorher zu ſagen.«

»Nein, Kirſtie, auch das kann ich dir nicht verſprechen«, entgegnete er. »Ich habe ſo ſchon genug
verſprochen, Gott weiß es!«

»Der Segen des Herrn ſtütze und tröſte dich, mein
Herz!« ſagte ſie.

Und er entgegnete: »Gott ſchütze dich, meine alte
Freundin!«

*

NEUNTES KAPITEL

Neben des Webers Stein

*

ES WAR SPÄT AM NACHMITTAGE, ALS ARCHIE
fich dem Bergpfad nach des Betenden Webers Stein
näherte. Die Moore lagen im Schatten. Aber noch
immer fandte die Sonne durch den Paßeinfchnitt
einen letzten Pfeil, der lang und gerade über der Moos-
fläche fchwebte, hier und dort eine Erderhöhung
berührte und erhellte und endlich auf dem Grabftein und der kleinen, dort wartenden Geftalt zur
Erde niederging. Die ganze Leere und Einfamkeit
der großen Moore fchien fich dort zu fammeln, und
jener Sonnenfleck wies auf Kirftie als auf den einzigen lebenden Menfchen. Der erfte Anblick, den
Archie von ihr gewann, war daher über die Maßen
traurig, wie ein Blick in eine Welt, aus der alles
Licht, aller Troft und alle menfchliche Gemeinfchaft
zu fchwinden drohten. Im nächften Augenblick, als
fie ihm ihr Geficht zuwandte und ein rafches Lächeln
es erhellte, lächelte ihm auch die ganze Natur zum
Willkomm entgegen. Archies langfamer Schritt wurde
fchneller; fein Körper haftete, obwohl fein Herz ihn
zurückhielt. Das Mädchen ihrerfeits richtete fich
langfam auf und ftand dort erwartungsvoll; fie war
ein einziges Verlangen, aus ihrem Geficht war alle
Farbe gewichen, ihre Arme fchmerzten, ihn zu um-
fchlingen, ihre Seele ftand auf Zehenfpitzen. Aber er
enttäufchte fie; wenige Schritte vor ihr blieb er

ſtehen, nicht weniger bleich als ſie ſelbſt, und hielt, eine Geſte des Verzichts, die Hand hoch.

»Nein, Chriſtina, heute nicht«, ſagte er. »Heute muß ich ernſt mit dir reden. Setz' dich bitte wieder hin, wo du eben ſaßeſt; bitte«, wiederholte er.

Der Rückſchlag der Gefühle in Chriſtinas Herz war erſchütternd. Das Warten und Sehnen dieſer langen, ermüdenden Stunden, in denen ſie ſich alle ſeine Liebkosungen wiederholt hatte —, ihn endlich, endlich kommen zu ſehen — für ihn da zu ſein, atemlos, ganz hingegeben, ſein Eigentum, mit dem er ſchalten und walten konnte — und plötzlich einen bleichgeſichtigen, harten Schulmeiſter vor ſich zu haben — der Schlag war furchtbar. Sie hätte weinen mögen, aber Stolz hielt ſie aufrecht. Sie ſetzte ſich wieder auf den Stein, von dem ſie ſich ſoeben erhoben, teils mit dem Inſtinkt des Gehorſams, teils als hätte man ſie gewaltſam niedergedrückt. Was hatte das zu bedeuten? Weshalb war ſie verſtoßen? Hatte ſie aufgehört, ihm zu gefallen? Hier ſtand ſie und bot ihre Waren feil, und er wollte ſie nicht! Und doch waren ſie ganz ſein! Sein, ſie zu hegen und zu pflegen, nicht ſie zurückzuweiſen! In ihrer heißblütigen, leidenſchaftlichen Natur, die eine Sekunde zuvor noch in Flammen der Erwartung geſtanden, rangen durchkreuzte Liebe und verwundete Eitelkeit. Der Schulmeiſter, der zur Verzweiflung aller Mädchen und der Mehrzahl der Frauen in jedem Manne lebt, beherrſchte Archie jetzt vollſtändig. Er hatte eine Nacht der Predigten, einen Tag der Grübelei durchlebt; er war gekommen, innerlich für die Pflicht geſtählt, und fein entfchloffener Mund, bei ihm lediglich ein Zeichen der Willensanftrengung, erfchien ihr als der Ausdruck eines erkalteten Herzens. Nicht anders ging es ihr mit feiner gepreßten Stimme, der verlegenen Sprache; und war es wirklich fo — war alles vorbei — der Gedanke fchmerzte fo, daß er fie jeglicher Fähigkeit zum Denken beraubte.

Er ftand da, in einiger Entfernung. »Kirftie, wir haben es zu arg getrieben. Wir haben einander zu oft gefehen.« Sie blickte haftig auf, und ihre Augen verengten fich. »Es kann nichts Gutes aus diefen geheimen Zufammenkünften kommen. Sie find nicht offen, nicht wahrhaft ehrlich, und ich hätte es einfehen follen. Die Leute haben angefangen, zu reden; es ift nicht recht von mir. Verftehft du mich?«

»Ich verftehe, daß jemand mit dir gefprochen hat«, antwortete fie dumpf trotzig.

»Das hat man auch — mehr als einer.«

»Wer war es denn?« rief fie. »Und was ift das für eine Art Liebe, die wie ein Hampelmann hin und her zappelt, je nachdem wie die Leute reden? Meinft du etwa, fie haben nicht auch mit mir geredet?«

»Haben fie das wirklich?« fragte Archie und fog haftig den Atem ein. »Das eben hatte ich ja gefürchtet. Wer tat es? Wer hat gewagt —?«

Er war nahe daran, fehr zornig zu werden.

In Wahrheit hatte niemand in diefer Angelegenheit mit Chriftina geredet, aber in der Panik ihrer Selbftverteidigung hielt fie krampfhaft an ihrer erften Frage feft.

»Gut, gut! Das ift ja auch ganz gleich!« fagte er.

»Es waren brave Leute, die es gut mit uns meinten;
das fchlimme ift, daß die Leute überhaupt reden.
Mein liebes Mädchen, wir müffen vorfichtig fein.
Wir dürfen nicht gleich zu Anfang unfer Leben ruinieren. Es wird vielleicht noch ein langes und fchönes Leben werden, und wir müffen darauf achten,
daß wir uns wie vernünftige Gefchöpfe Gottes und
nicht wie törichte Kinder benehmen. Auf das eine
müffen wir vor allem achten. Du bift wert, daß
man auf dich wartet, Kirftie! Wert, daß man eine
Generation wartet; das wäre an fich Lohn genug.« —
Hier erinnerte er fich wieder des Schulmeifters, und
fchlug, äußerft unklug, die Bahn der Klugheit ein.
»Vor allem müffen wir darauf achten, daß es keinen
Skandal gibt — um meines Vaters willen. Das würde alles ruinieren; fiehft du das nicht ein?«
Ein wenig war Kirftie befänftigt, denn in Archies
letzten Worten hatte ein Anflug von Wärme gelegen.
Aber dumpfer Zorn hielt fie immer noch gefangen,
und dem alten Urinftinkt folgend, wünfchte fie, da
fie felbft gelitten hatte, daß auch Archie leide.
Außerdem war das Wort gefallen, das fie fich von
Anfang an gefürchtet hatte von feinen Lippen zu
vernehmen: der Name feines Vaters. Es wäre falfch,
anzunehmen, daß in all den Tagen, feitdem fie fich
ihre Liebe geftanden, nicht auch ihrer beider Zukunft erwähnt worden wäre. Sie hatten im Gegenteil das Thema häufig berührt, und es war vom erften Tage an der wunde Punkt gewefen. Kirftie
fchloß mit Gewalt ihre Augen davor; fie wollte
nicht einmal zu fich felbft darüber fprechen. Tap-

feres, verzweifeltes kleines Herz, das fie war, hatte
fie dem gebieterifchen Ruf des höchften Entzückens
gehorcht, wie dem Rufe des Schickfals felbft, und
war blind in ihr Verhängnis gefchritten. Allein
Archie, mit dem Verantwortungsgefühl des Mannes,
mußte logifch denken und folgern; er verweilte bei
ihrem künftigen Glück, während für Kirftie die
Gegenwart die ganze Welt bedeutete; er hatte reden
müffen, und — da die Notwendigkeit ihn trieb —
recht lahm geredet, von dem, was werden follte.
Wieder und wieder hatte er das Wort Ehe geftreift;
und wieder und wieder hatte der Gedanke an Lord
Hermifton ihn veranlaßt, fich unklar und unbeftimmt
auszudrücken. Und Kirftie hatte fofort verftanden
und eiligft diefes Verftehen heruntergewürgt und
erftickt; eiligft hatte die Flamme in ihr emporgelo-
dert, fobald fie die Hoffnung, eines Tages Mrs. Weir
von Hermifton zu werden, auch nur erwähnen hörte, eine Hoffnung, die ihre Liebe und Eitelkeit
aufs tieffte berührte; doch ebenfo eilig hatte fie
aus feinen ftotternden, gequälten Äußerungen das
Todesurteil für all diefe Ausfichten herausgelefen.
Und, treu und unerfchütterlich in ihrem groß-
herzigen Wahn, war fie ihren Weg gegangen,
ohne jede Rückficht auf die Zukunft. Allein diefe
unvollkommenen Anfpielungen, diefe flüchtigen Momente, in denen fein Herz fprach und die feine Erinnerung und feine Vernunft gebieterifch zumSchwei-
gen brachten, noch ehe er das eigentliche Wort gefagt, taten ihr unfagbar weh. Sie fühlte fich erhoben
und fogleich wieder blutend zu Boden gefchmettert.

Jede Wiederkehr des Themas zwang fie, wenn auch
auf noch fo kurze Zeit, ihre Augen dem zu erfchließen,
was fie nicht zu fehen wünfchte und endete regelmäßig mit einer neuen Enttäufchung. So kam es,
daß fie auch jetzt, bei der Andeutung des Kommenden, fchon bei Nennung von feines Vaters Namen —
wahrhaftig, faft fchien es, als fei die furchtbare Geftalt in der Perrücke mit dem ironifchen und bitteren Lächeln, allgegenwärtig dem fchuldigen Gewiffen,
ihrer Liebe hinaus in die Heide gefolgt — den Kopf
in den Sand vergrub.

»Du haft mir noch nicht gefagt, wer mit dir redete?«
forfchte fie.

»Deine Tante, zum Beifpiel!«

»Tante Kirftie?« rief fie. »Was frage ich fchon nach
Tante Kirftie!«

»Sie fragt fehr viel nach ihrer Nichte«, lautete Archies freundlich tadelnde Bemerkung.

»Wahrhaftig, das ift das erfte, was ich davon höre»,
erwiderte das Mädchen.

»Die Frage ift ja auch nicht, wer geredet hat, fondern was geredet wird, und was die Leute bemerkt
haben«, fuhr der ungemein logifche Schulmeifter
fort. »Das ift's, woran wir aus Selbfterhaltungstrieb
denken müffen.«

»Tante Kirftie, wahrhaftig! Eine bittere, verfchro-
bene alte Jungfer, die Unfrieden im Lande fäte, noch
ehe ich zur Welt kam, und es wahrfcheinlich bis an
ihr Lebensende fo weitertreiben wird! Es liegt in
ihrer Natur; es kommt ihr fo natürlich wie den
Schafen das Freffen.«

»Verzeihung, Kirftie, fie war nicht die einzige«, warf Archie ein. »Ich bin zweimal gewarnt, zweimal ermahnt worden geftern abend, beidemal in der freundfchaftlichften und rückfichtsvollften Weife. Wäreft du dabei gewefen, ich fchwöre dir, du hätteft geweint, liebes Kind! Und das hat mir die Augen geöffnet. Ich erkannte, daß wir einen falfchen Weg gegangen find.«

»Und wer war der andere?« forfchte Kirftie.

Jetzt befand fich Archie im Zuftand eines gehetzten Tieres. Er war hergekommen, gewappnet mit einem feften Entfchluß; es galt, für fie beide in wenigen kalten, überzeugenden Sätzen Verhaltungsmaßregeln feftzulegen; jetzt war er fchon eine ganze Weile hier und immer noch ftolperte er an den Außenwerken der Feftung herum, während man ihn, das fühlte er, gleichzeitig einem fcharfen Kreuzverhör unterzog. »Mr. Frank!« rief fie. »Wer fonft noch, möchte ich wiffen?«

»Er fprach ungemein freundlich und zutreffend.«

»Was hat er denn gefagt?«

»Ich werde es dir nicht wiederholen; das geht dich nichts an«, rief Archie, erfchreckt, daß er bereits foviel zugegeben.

»So, das geht mich nichts an«, wiederholte fie, auffpringend. »Jedem in Hermifton fteht es alfo frei, feine Anfichten über mich zu äußern, aber mich geht es nichts an. War es vielleicht gar bei der Hausandacht? Habt Ihr auch noch den Verwalter zu Rate gezogen? Kein Wunder, daß fie alle reden, wenn man fie alle in's Vertrauen zieht! Aber, wie Sie foeben bemerkten, Mr. Weir — ohne Zweifel fehr rückfichtsvoll, fehr treffend bemerkten —, mich geht es ja nichts an. Ich glaube, es ift wohl Zeit, daß ich gehe. Ich habe die Ehre, Ihnen guten Abend zu wünfchen, Mr. Weir.« Und fie machte ihm, bebend von Kopf bis zu Fuß vor nacktem, heillofem Zorn, eine majeftätifche Verbeugung.

Der arme Archie ftand fprachlos. Sie hatte fich bereits einige Schritte entfernt, bevor er die Sprache zurückgewann.

»Kirftie!« rief er. »O Kirftie, Kind!«

Ein Flehen lag in feiner Stimme und unverhohlenes Erftaunen, welches deutlich zeigte, daß der Schulmeifter verfchwunden war.

Sie wandte fich gegen ihn. »Was haben Sie mich Kirftie zu nennen? Was haben Sie überhaupt mit mir zu fchaffen? Gehen Sie zu Ihren Freunden und fchwatzen Sie denen die Ohren voll!«

Er konnte nur flehend wiederholen: »Kirftie!«

»Kirftie, in der Tat!« rief das Mädchen mit flammenden Augen und fchneeweißem Geficht. »Mein Name ift Fräulein Chriftina Elliott, gebe ich Ihnen zu verftehen, und ich verbiete Ihnen, mich irgendwie anders zu nennen. Kann ich nicht Liebe haben, fo verlange ich wenigftens Refpekt, Mr. Weir. Ich ftamme von anftändigen Leuten ab, und ich verlange Refpekt. Was habe ich denn getan, daß Sie mich fo leichtfertig behandeln? Was habe ich nur getan? Was habe ich getan? Oh, was habe ich überhaupt getan?« Ihre Stimme überfchlug fich bei der dritten Wiederholung. »Ich glaubte — ich glaubte — ich

glaubte, ich wäre so glücklich!« Das erste Schluch-
zen brach aus ihr hervor, krampfartig, gleich einer
tödlichen Krankheit.

Archie lief auf sie zu. Er nahm das arme Kind in
seine Arme und sie schmiegte sich an seine Brust wie
an die einer Mutter und packte ihn mit Händen, fest
wie Schraubstöcke. Er fühlte, wie ihr ganzer Körper
in verzweifeltem Schmerz kreiste, und Mitleid, stär-
ker als Worte, erfaßte ihn: Mitleid und Furcht zugleich vor diesem explosiven Etwas, das er da in den
Armen hielt, das er nicht verstand und in dessen
Maschinerie er dennoch eingegriffen. Der Vorhang seiner Knabenzeit ward plötzlich vor ihm hochgezogen, und zum erstenmal erschaute er das rätsel-
volle Gesicht des Weibes in seiner wahren Gestalt.
Vergebens überdachte er ihre Unterredung; er wußte nicht, worin er gefehlt. Das Ganze schien schuld-
los über ihn hereingebrochen — eine willkürliche
Erschütterung der brutalen Natur —.

*

NACHWORT
DES ENGLISCHEN HERAUSGEBERS

*

MIT DEN LETZTEN GEDRUCKTEN WORTEN
»eine willkürliche Erschütterung der brutalen Natur«
endet der Roman »Die Herren von Hermiston«. Jene
Worte wurden, soviel ich weiß, noch am nämlichen
Morgen diktiert, da der letzte, jähe Anfall den Autor da-
hinraffte. »Die Herren von Hermiston« nimmt somit in
den Werken Stevensons den Platz ein, den Edwin Drood
in der Lebensarbeit Dickens oder Denis Duval in der
Thakerays inne haben: oder vielmehr, unser Roman
bedeutet relativ mehr, denn während jenen anderen
beiden Fragmenten ein ehrenvoller Platz in ihrer
Verfasser Werken gebührt, nimmt Hermiston in
Stevensons Schaffen zweifellos den Ehrenplatz ein.
Die Leser werden in der Frage, ob sie weiteres über
den geplanten Verlauf der Geschichte und das Schick-
sal ihrer Charaktere zu erfahren wünschen, geteilter
Meinung sein. Einigen wird Schweigen und die Möglichkeit, selbst mit Hilfe solcher Fingerzeige, wie
der vorliegende Text sie bietet, sich die Fortsetzung
auszuspinnen, als das Beste erscheinen. Ich gestehe,
daß dies auch die Auffassung ist, zu der ich persön-
lich neige. Da andere jedoch — und zweifellos die
Mehrzahl der Leser — durchaus alles wissen möch-
ten, was es darüber zu sagen gibt, und da Heraus-
geber und Verleger ihre Stimmen mit ihnen verei-
nen, kann ich wohl nicht umhin, ihren Wünschen
entgegenzukommen. Der geplante Vorwurf verläuft,

soweit er bei des Autors Tode seiner Stieftochter und treuen Gehilfin, Mrs. Strong, bekannt war, etwa wie folgt:

Archie hält an seinem guten Vorsatz fest, weitere Schritte zu vermeiden, die die jüngere Kirstie kompromittieren könnten. Frank Innes macht den Vorteil, der ihm aus des Mädchens Unglück und verletzter Eitelkeit erwächst, seiner Absicht, sie zu verführen, dienstbar, und Kirstie, obwohl im Herzen immer noch Archie treu, fällt Frank zum Opfer. Die ältere Kirstie bemerkt als erste, daß etwas nicht im Lote ist; sie hält Archie für den Schuldigen und klagt ihn an, wodurch er erst von seiner Liebsten Unglück erfährt. Er leugnet nicht sofort, der Schuldige zu sein, sondern sucht die junge Kirstie auf, die ihm die Wahrheit gesteht, und er, der sie immer noch liebt, verspricht in ihrer Not, sie zu schützen und ihr beizustehen. Anschließend daran hat er mit Frank Innes eine Unterredung, die damit endet, daß Archie Frank im Streit neben des betenden Webers Stein tötet. Inzwischen haben die vier schwarzen Brüder von dem Verrat an ihrer Schwester erfahren und beschließen, an Archie, als dem vermeintlichen Verführer, Rache zu nehmen. Sie sind im Begriff, ihn zu stellen, als die Polizei ihn wegen des Mordes an Frank verhaftet. Er wird vor seinen Vater, den Lord Oberrichter geführt, schuldig gesprochen und zum Tode verurteilt. Inzwischen jedoch hat die ältere Kirstie von ihrer Nichte die Wahrheit erfahren und ihre Neffen benachrichtigt, und diese greifen in einem ungeheuren Rückschlag der Gefühle zu Archies Gunsten nach

der uralten Tradition ihres Haufes zur Selbfthilfe.
Sie fammeln eine Schar von Anhängern, brechen
nach einem harten Kampf in das Gefängnis ein, darin Archie gefangen liegt und fetzen ihn frei. Er und
die junge Kirftie fliehen zufammen nach Amerika.
Allein die Qual der Gerichtsverhandlung gegen den
eigenen Sohn ift für den Lord Oberrichter zu ftark
gewefen; er ftirbt am Schlagfluß. »Ich weiß nicht,«
fügt Stevenfons Amanuenfis hinzu, »was aus der älteren Kirftie wird, jedoch diefe Geftalt wuchs und er-
ftarkte derart unter feiner Feder, daß ich überzeugt
bin, er hatte ihr irgendein dramatifches Gefchick
zugedacht.«
Der Plan jedes fchöpferifchen Werks ift felbftver-
ftändlich während feiner Ausführung Veränderungen
von des Künftlers Hand ausgefetzt; und nicht nur
der Charakter der älteren Kirftie, nein auch noch andere Elemente der Erzählung mögen fehr wohl eine
Abweichung von dem urfprünglichen Entwurf erfahren haben. Es scheint indes gewiß, daß die nächfte Entwicklung der Beziehungen zwifchen Archie
und der jüngeren Kirftie dem oben Skizzierten ent-
fprochen haben würde; diefe unkonventionelle Auffaffung von des Liebhabers Ritterlichkeit und unerfchütterliche Treue gegenüber der Geliebten auch nach
deren Fehltritt ift für den Autor ungemein charak-
teriftisch. Die Rache, die den Verführer neben des
betenden Webers Stein ereilen follte, ift bereits in
den erften Worten der Einleitung angedeutet worden, während die Lage und das Schickfal des Richters, der fich, einem Brutus ähnlich, der Pflicht ge-

genüberfieht, den eigenen Sohn an den Galgen zu
fchicken, offenbar den Höhepunkt und das tragifche
Moment des Romans bilden follten.

Wie diefer letzte Umftand fich innerhalb des Rah-
mens juriftifcher Möglichkeiten hätte verwirklichen
laffen, ift nur fchwer zu erraten; er bildet jedoch
einen der Punkte, denen der Autor die forgfältigfte
Aufmerkfamkeit widmete. Mrs. Strong fagt ganz einfach, der Lord Oberrichter verurteile, einem alten
Römer gleich, feinen Sohn zum Tode; allein die erfte
juriftifche Autorität Schottlands verfichert mir, daß
keinem Richter, wenn auch noch fo mächtig von
Charakter oder Amt, geftattet worden wäre, bei der
Verhandlung gegen einen fo nahen Verwandten den
Vorfitz zu führen. Der Lord Oberrichter war das
Haupt der Krimminaljuftiz des Landes; er hätte vielleicht darauf beftehen können, während der Ver-
handlungen gegen feinen Sohn auf dem Richterftuhl
anwefend zu fein, aber niemals hätte man ihm er-
laubt, den Vorfitz zu führen oder das Urteil zu fprechen. In einem Briefe Stevenfons an Mr. Baxter
vom Oktober 1892 findet fich auch eine Stelle, an
der er in Ausdrücken, die darauf fchließen laffen,
daß er dies genau wußte, um Material bittet: —
»Ich brauche Pitcairns ,Kriminalprozeffe‘ quam pri-
mum. Gleichfalls einen abfolut einwandfreien Text
des fchottifchen Richtereids. Ferner, falls Pitcairn
nicht bis in die gewünfchte Zeit reicht, einen möglichft vollftändigen Bericht eines fchottifchen Mord-
prozeffes zwifchen 1790 und 1820. Verftehe mich
recht: fo vollftändig wie nur möglich. Gibt es

ein Buch, das mir den folgenden Tatfachen gegenüber als Anleitung dienen könnte? Der Lord Oberrichter muß auf feiner Rundreife bei den Affifen gewiffe Perfonen eines Kapitalverbrechens wegen aburteilen. Auf beftimmte Beweife hin wird die Anklage auf des Lord Oberrichters eigenen Sohn gewälzt. Natürlich wird bei der nächften Verhandlung der Lord Oberrichter ausgefchaltet und der Fall dem Vorfitzenden des fchottifchen Gerichtswefens überwiefen. Wo müßte alsdann die Verhandlung ftattfinden? Ich fürchte, in Edinburg, und das würde mir nicht paffen. Könnte es abermals in einer Kreisftadt fein?« Die aufgeworfene Frage wurde einem ehemaligen Gefährten Stevenfons von der Edinburger Speculative Society, Mr. Graham Murray, jetzigen Generalanwalt für Schottland, vorgelegt, deffen Antwort dahin lautete, daß es keine Schwierigkeit bieten würde, die neue Verhandlung in eine Kreisftadt zu verlegen; fie müßte dort im Frühling oder im Herbft unter zwei Mitgliedern des oberften Kriminalgerichtshofes ftattfinden; der Vorfitzende des fchottifchen Juftizwefens würde nichts damit zu tun haben, da fein Amt zu der damaligen Zeit nur nominal gewefen und von einem Laien ausgefüllt worden fei (was heute nicht mehr der Fall ift). Daraufhin fchrieb Stevenfon: »Graham Murrays Notiz über das formelle Verfahren war äußerft befriedigend und hat mir über die Maßen gut getan.« Die Formulierung feiner Nachfrage fcheint darauf hinzuweifen, daß er beabfichtigte, den Verdacht, bevor er auf Archie fiel, erft auf andere Perfonen zu lenken; ferner, daß ihm daran gelegen war — zweifellos, um die Befreiung durch die Schwarzen Brüder möglich zu machen —, Archie nicht in Edinburg, fondern in einer Kreisftadt gefangen zu wiffen. Allein die Bemerkung deutet nicht an, wie er die Hauptfchwierigkeit, die er trotzdem vollauf erkannte, zu löfen gedachte. Beabfichtigte er vielleicht, Lord Hermiftons Rolle auf den Vorfitz bei der erften Verhandlung zu befchränken, wo die inkriminierenden Beweife gegen Archie unerwartet auftauchen follten, und den Richter lediglich die Anweifung geben zu laffen, daß die Juftiz ihren Lauf nehmen folle?

Ob die endgültige Flucht und Vereinigung Archies und Chriftinas für den Gang der Handlung gleich unerläßlich gewefen wären, wird manchen Lefern vielleicht zweifelhaft erfcheinen. Sie werden vermutlich empfinden, daß ein tragifches Gefchick allen Beteiligten von Anfang an beftimmt war, ja, daß es in den Bedingungen diefer Erzählung felbft verankert ift. Über diefen Punkt fowie über andere Fragen der allgemeinen Kritik finde ich eine intereffante Diskuffion feitens des Autors felbft in deffen Korrefpondenz. In einem Brief vom 1. November 1892 an Mr. J. M. Barrie anläßlich einer Kritik feines berühmten Romans "The Little Minister" fchreibt Stevenfon:

»Ihre Schilderung der Beziehungen zu Lord Rintoul ift entfetzlich gewiffenlos — "The Little Minister" hätte ein fchlechtes Ende nehmen müffen; wir alle wiffen, daß er es in Wahrheit tat und find Ihnen unendlich dankbar für die Anmut und den Takt, mit

dem Sie darüber lügen. Hätten Sie die Wahrheit gefagt, ich perfönlich würde Ihnen nie verziehen haben.
So wie Sie die Anfänge des Buches konzipiert und gefchrieben haben, wäre die Wahrheit über das Ende
obwohl den Tatfachen abfolut entfprechend, dennoch
eine Lüge, oder, was fchlimmer ift, ein künftlerifcher
Mißklang gewefen. Will man, daß ein Buch unglücklich endet, fo muß es von Anfang an unglücklich
enden. Ihr Buch jedoch hat gleich zu Anfang fchon
ein glückliches Ende. Sie duldeten es, daß Sie fich
felbft in Ihre Figuren verliebten, fie liebkoften und
anlächelten. Sobald Sie das taten, war Ihre Ehre ver-
pfändet —. Sie waren verpflichtet, fie auf Koften der
Lebenstreue zu retten. Das gerade ift der Flecken
an ‚Richard Feverel‘, zum Beifpiel; das Buch ift auf
ein glückliches Ende hin angelegt und hält dann den
Lefer durch ein unglückliches Ende zum Narren.
In diefem Falle fteckt fogar noch Schlimmeres dahinter, denn das unglückliche Ende folgt nicht logifch
aus der ganzen Handlung — die Erzahlung hatte in
Wahrheit nach der großen Unterredung zwifchen
Richard und Lucy bereits ein glückliches Ende er-
reicht —, die blinde, unlogifche Kugel, die alles zer-
trümmert, hat auf dem Schauplatz der Handlung nicht
mehr zu fuchen, als eine Fliege, die fummend durch
ein offenes Fenfter ins Zimmer fliegt. Es hätte fo
kommen können; es hätte aber auch nicht fo kommen
können; und wo keine Notwendigkeit vorliegt, haben
wir auch kein Recht, unferen Lefern wehe zu tun. Ich
erlebe gerade einen fchweren Gewiffenskonflikt anläßlich meines Braxfield-Romans. Braxfield — nur lautet

fein Name Hermifton — befitzt einen Sohn, der zum
Tode verurteilt ift; offenbar liegt in den gegebenen Tatfachen eine große Verfuchung — und ich beabfichtigte auch, ihn henken zu laffen. Bei Betrachtung
meiner Nebenfiguren jedoch erkannte ich, daß es
fünf Perfonen gab, die dazu neigen — ja gewiffer-
maßen fogar fich gezwungen fühlen würden — in das
Gefängnis einzubrechen und ihn zu retten. Es find
tüchtige, energifche Leute obendrein, die fehr gut
Erfolg haben könnten. Weshalb follten fie's alfo nicht?
Weshalb follte der junge Hermifton nicht außer Landes fliehen? Und, wenn möglich, glücklich werden
mit feiner — jetzt aber halt! Ich will weder mein
Geheimnis noch meine Heldin verraten . . .«
Gehen wir jedoch von der Frage, wie der Roman
geendet haben würde, zu der Frage über, wie der
Gedanke dazu in dem Autor Wurzel fchlug und reifte.
Der Charakter des Helden, Weir von Hermifton,
fußt eingeftandenermaßen auf der hiftorifchen Per·
fönlichkeit Robert Macqueens, Lord Braxfields.
Diefer berühmte Richter ift Generationen hindurch
Gegenftand von hundert Edinburger Gefchichten und
Anekdoten gewefen. Wer Stevensons Effay über die
Raeburn-Ausftellung in »Virginibus Puerisque« ge-
lefen hat, wird fich erinnern, wie fehr ihn Raeburns
Portrait Braxfields feffellte, fo wie Lockhart fechzig
Jahre zuvor durch ein anderes Portrait des nämlichen
Ehrenmannes (f. Peter's Letters to his Kinsfolk) fafzi-
niert wurde; und das Intereffe, das er an jener Perfön-
lichkeit nahm, ließ auch in fpäteren Jahren nicht nach.
Wiederum hatte der Fall des Richters, der durch die

Gebote feines Amts in einen ftarken Konflikt zwifchen feiner Pflicht gegenüber der Öffentlichkeit und feinen privaten Intereffen und Neigungen geriffen wird, von jeher Stevenfons Phantafie gefeffelt und angeregt. In den Tagen, als er und Mr. Henley noch zufammen Bühnenftücke verfaßten, fchlug Mr. Henley einmal ein Stück vor, das fich auf die Gefchichte des Richters Harbottle in Sheridan Le Fanus' "In a Glass Darkly" aufbaute, darin der böfe Richter blindlings per fas et nefas das Ziel verfolgt, den Gatten feiner Maitreffe an den Galgen zu bringen. Etwas fpäter fchrieb Stevenfon zufammen mit feiner Frau ein Stück, genannt »Der Henker-Richter«. Hierin fühlt fich der Titelheld zum erftenmal in feinem Leben verfucht, in den Gang der Juftiz einzugreifen, um feine Frau vor den Verfolgungen eines früheren Gatten, der, totgeglaubt, unerwartet wieder auftaucht, zu fchützen. Bulwers Roman »Paul Clifford«, mit der entfcheidenden Situation, in welcher der weltlich gefinnte Richter, Sir William Brandon, über der Nachricht ftirbt, daß der Straßenräuber, den er zu Tode verurteilt, fein eigener Sohn ift, war Stevenfon ebenfalls bekannt und hat zweifellos dazu beigetragen, das vorliegende Buch zu beeinfluffen.

Wiederum hatten die Schwierigkeiten, die häufig auch im wirklichen Leben aus den Beziehungen zwifchen Vater und Sohn erwachfen, in feiner Jugend Stevenfons Gewiffen und Gemüt fchwer bedrückt, als er, dem Gefetz feiner eigenen Natur folgend, feinem eigenen Vater, den er mit Recht aus tiefftem Herzen liebte und bewunderte, Enttäufchung und Kummer be-

reiten mußte und von ihm felbſt eine Zeitlang miß-
verſtanden wurde. Schwierigkeiten dieſer Art hatte
er bereits ein- oder zweimal in humoriſtiſcherem
Tone behandelt — wie z. B. in der »Geſchichte einer
Lüge« und in »The Wrecker«, bevor er ſich mit
ihnen in dem akuten und tragiſchen Stadium wie
in der vorliegenden Erzählung auseinanderſetzte.
Dieſe drei Elemente: das Intereſſe an der hiſtoriſchen
Perſönlichkeit Lord Braxfields, die Probleme und
Gefühle, die einem Richter aus einem heftigen Konflikt zwiſchen Pflicht und Natur erwachſen, und die
Differenzen, die der Verſchiedenheit der Veranlagung
ſowie Mißverſtändniſſen zwiſchen Vater und Sohn
entſpringen, liegen unſerem Roman zugrunde. Um
geringe Faktoren nicht außer acht zu laſſen, lohnt
es ſich, vielleicht noch auf eine Tatſache hinzuweiſen,
an die Mr. Henley mich erinnert hat, nämlich daß
der Name Weir für Stevenſons Phantaſie einen ganz
beſonderen Klang beſaß dank der berüchtigten hiſtoriſchen Edinburger Perſönlichkeit von Major Weir,
der ſamt ſeiner Schweſter unter beſonders grauſigen
Umſtänden als Zauberer verbrannt wurde. Ein anderer
Name — der einer epiſodiſch auftretenden Figur, des
Geiſtlichen Mr. Torrance — iſt, wie die ganze Geſtalt
überhaupt, ſamt ihrer Umgebung: Kirchhof, Kirche
und Pfarrhaus, bis hinab zu den ſchwarzen Zwirn-
handſchuhen — direkt dem Leben entlehnt. Als Beweis diene folgende Stelle eines Briefes aus dem Anfang der ſiebziger Jahre: — »Ich war in der Kirche
und nicht einmal deprimiert — ein großer Schritt
vorwärts. Es war jene wunderſchöne Kirche zu

Glencorfe in den Pentlands« (drei Meilen abfeits von feines Vaters Landhaus in Swanfton). »Sie ift ein winziger, in Kreuzform aufgeführter Bau mit einem fteilen Schieferdach. Der kleine Friedhof ift voll alter Grabfteine; darunter befindet fich einer eines Franzofen aus Dünkirchen, der wahrfcheinlich als Gefangener des in der Nähe befindlichen Militärgefängniffes geftorben ift. Ein anderer ift wohl das rührendfte Grabmonument, das ich je gefehen: eine alte Schulfchiefertafel in einem hölzernen Rahmen mit einer Infchrift, offenbar von des Vaters eigener Hand. In der Kirche predigte der alte Mr. Torrance, ein Greis über achtzig, eine Reliquie vergangener Zeiten, mit fchwarzen Zwirnhandfchuhen und einem milden, alten Geficht.« Ein Seitenlicht auf einen befonderen Charakterzug Mrs. Weirs werfen gewiffe Familientraditionen des Autors, laut denen feine eigene Großmutter bei ihren Dienftboten mehr Wert auf Frömmigkeit als auf Tüchtigkeit gelegt haben foll. Die anderen weiblichen Charaktere find meines Wiffens nach rein aus der fchöpferifchen Phantafie geboren, insbefondere die neue und vorzüglich gelungene Verkörperung des ewig Weiblichen in der älteren Kirftie. Das Wenige, das er felbft über fie fagt, fteht in einem Brief, den er einige Tage vor feinem Tode an Mr. Goffe richtete. Er fpricht bei diefer Gelegenheit von den Stimmungen und Standpunkten verfchiedener Menfchen gegenüber dem nahenden Alter, eine Anregung, die er durch Mr. Goffes Gedichtband „In Russet and Silver" erhielt. »Es ift doch recht komifch,« fchreibt er, »daß jene Angelegenheit gerade in diefem Augen-

blick zur Sprache kommt, da ich felbft im Begriff
bin, in einer meiner Erzählungen, ‚Der Lord-Ober-
richter‘, einen ziemlich harten Fall von herannahen-
dem Alter zu behandeln. Es ift der einer Frau, und
ich glaube, ich werde ihr gerecht. Es wird Sie vermutlich interelfieren, den Unterfchied in der Art
unferer Behandlung zu fehen. ‚Secreta Vitae‘ (der
Titel eines Gedichtes von Mr. Goffe) kommt dem
Fall meiner armen Kirftie fchon näher.« Aus der
wunderbaren mitternächtlichen Szene zwifchen ihr
und Archie vermögen wir zu fchließen, was uns in
jenen fpäteren Szenen verlorengegangen ift, in denen
fie ihm feine vermeintliche Schuld vorwerfen follte
— nur um feine Unfchuld von den Lippen feines an-
geblichen Opfers zu erfahren— ihn ihrer Sippe gegenüber rechtfertigt und diefe zu feiner Rettung an-
feuert und begeiftert. Die von Stevenfon geplante
Szene der Gefängniserftürmung hätte (wie die Lefer
ohne Zweifel felbft fchon erkannt haben werden) durch
den Vergleich mit zwei berühmten Präzedenzfällen:
dem Porteous-Mob und der Erftürmung des Potanferry-
Gefängniffes bei Scott, noch an Intereffe gewonnen.
Die befte Schilderung von Stevenfons Schaffens-
methoden findet fich in den folgenden Sätzen eines
Briefes von ihm an Mr. W. Craibe Angus aus Glasgow: »Ich bin immer noch ein langfamer Arbeiter
und brüte ftets längere Zeit fchweigend über meinen
Eiern. Unbewußtes Denken, das ift die einzige Methode: erft zerfafere man gründlich feinen Stoff, dann
laffe man ihn langfam kochen und zuletzt nehme
man den Deckel ab und werfe einen Blick hinein—

da hat man fein Zeugs — gut oder fchlecht.« Nachdem die einzelnen, oben gefchilderten Elemente ihn lange Jahre hindurch befchäftigt hatten, trieb es ihn im Herbft 1892 dazu, »den Deckel abzunehmen« — dies gefchah, foviel ich weiß, unter dem Zwange einer befonders mächtigen Gefühlsaufwallung zu Gunften der Romantik fchottifcher Szenerie und fchottifcher Charaktere, ein Gefühl, das ftets in ihm lebendig war und das fein Aufenthalt in der Fremde noch verftärkte. Ich zitiere abermals aus feinem Brief an Mr. Barrie vom 1. November jenes Jahres: »Es ift doch eine feltfame Sache, daß ich hier in der Südfee unter fo neuen und ungewöhnlichen Verhältniffen lebe, und daß meine Phantafie trotzdem fortwährend in der kalten, alten Gruppe grauer, gedrängter Hügel weilt, aus der wir beide ftammen. Ich habe ‚David Balfour‘ beendet und bereits ein neues Buch auf dem Repertoir: ‚Der junge Chevalier‘, das teils in Frankreich, teils in Schottland fpielt und von Prinz Charlie um das Jahr 1749 handelt; und jetzt habe ich tatfächlich noch ein drittes angefangen, das von Anfang bis zu Ende nur Heide fein foll und deffen Mittelpunkt eine Geftalt bilden wird, die Sie, glaube ich, richtig würdigen werden: die des unfterblichen Braxfield. Braxfield felbft ift bei mir der führende Politikus — oder, da Sie fo ftark an dem britifchen Drama intereffiert find — mein Hauptcharakterdarfteller.«
In einem Briefe an mich vom gleichen Tage übermittelt er die nämliche Nachricht in knapperer Form zufammen mit einer Lifte der Charaktere und einem Hinweis auf Ort und Zeit der Handlung. An Mr.

Baxter fchreibt er einen Monat fpäter: »Ich habe einen Roman auf dem Repertoir, welcher ‚Der Lord Oberrichter‘ heißen foll. Er ift ziemlich fchottifch; der Haupthandelnde hat Braxfield zum Vorbild (à propos, fchick mir doch Cockburns ‚Memorials‘), und einiges an der Gefchichte ift — nun, fagen wir, fonderbar. Die Heldin wird von dem einen Manne verführt und verfchwindet fchließlich mit dem anderen, der jenen erfchoffen hat — Merk dir’s, ich will, daß ‚Der Lord Oberrichter‘ mein Meifter-werk wird. Mein Braxfield ift bereits „a thing of beauty and a joy for ever“. Soweit er gediehen, ift er bei weitem meine befte Geftalt.« Aus diefem Aus-zug geht hervor, daß er zu jener Zeit bereits die erften Kapitel des Buches entworfen hatte. Etwa um die gleiche Zeit verfaßte er auch die Widmung an feine Frau; fie fand den Zettel eines Morgens beim Erwachen an ihre Bettgardinen befeftigt. Es war von jeher feine Gewohnheit, gleichzeitig an verfchiedenen Büchern zu arbeiten, wobei er, ganz wie die Stim-mung ihn trieb, fich bald dem einen, bald dem ande-ren zuwandte und fo in der Abwechflung Erholung fand; und viele Monate lang nach diefem Briefe be-hinderten erft Krankheit — dann eine Reife nach Auckland — dann die Arbeiten an »Ebb-tide« und an einem neuen Roman »St. Ives«, den er während eines Anfalls von Influenza begann, fowie die Vor-bereitungen für ein Buch Familiengefchichte — den Fortfchritt des »Hermifton«. Im Auguft 1893 läßt er durchblicken, daß er den Anfang umgearbeitet hätte. Ein Jahr fpäter find immer noch lediglich die erften vier oder fünf Kapitel in ihren Umriffen vorhanden. Dann, während der letzten Wochen feines Lebens, macht er fich in einem ftarken Anfall von poetifcher Begeifterung noch einmal an jene Aufgabe, an der er mit voller Hingabe ohne Unterbrechung bis zu feinem Tode weiterarbeitet. Kein Wunder, daß er fich während diefer Wochen mitunter einer nur fchwer zu ertragenden Anfpannung all feiner Kräfte bewußt wurde. »Wie foll ich nur diefes Tempo aufrechterhalten?« So foll er fich nach Beendigung eines der Kapitel geäußert haben, und alle Welt weiß ja, wie ihn fein zarter Organismus inmitten diefer Verfuche im Stich ließ. Die Größe des Verluftes für die Literatur feines Landes läßt fich vollauf erft an den vorangegangenen Seiten ermeffen.

Bleibt nur noch ein Hinweis auf die Reden und Manieren des »Henker-Richters« felbft. Daß diefe in keiner Hinficht übertrieben find im Vergleich zu dem, was wir von feinem hiftorifchen Prototyp, Lord Braxfield, wiffen, ift ganz gewiß. Der locus classicus betreffs diefer Perfönlichkeit findet fich in Lord Cockburns »Memorials of his Time«. »Kräftig von Statur und dunkel, mit ftruppigen Augenbrauen, gewaltig feffelnden Augen und drohenden Lippen, befaß er die tiefe, knurrende Stimme eines mächtigen Schmieds. Sein Akzent und feine Ausdrücke waren übertrieben fchottifch; feine Sprache war wie fein Denken kurz, ftark und entfchieden. Ungebildet und ohne jeden Gefchmack an verfeinerten Genüffen, fchöpfte er aus feinem durchdringenden Verftand, der ihn in feiner Verachtung aller weniger groben

Naturen noch beßärkte. Macht ohne jede Kultur. Es ißt zu bezweifeln, ob er ßich je ßo ßehr in ßeinem Elemente fühlte, wie wenn er hohnvoll die letzten verzweifelten Verteidigungsverßuche eines armen, elenden Verbrechers zu Boden ßchmetterte und den Betreffenden mit irgendeinem beleidigendem Witz nach Botany Bay oder an den Galgen ßchickte. Und doch geßchah dies nicht aus Graußamkeit, für die er zu ßtark und zu jovial war, ßondern aus ßeiner ausgeßprochenen Vorliebe für alles Grobe.« Trotzdem werden diejenigen Leßer, die mit ßchottißcher Kulturgeßchichte vertraut ßind, ohne Zweifel erkannt haben, daß Braxfield in ßeinem Auftreten einen extremen Fall des achtzehnten Jahrhunderts darßtellt, ebenßo wie er durchaus dem achtzehnten Jahrhundert angehört (er ßtarb 1799 im achtundßiebzigßten Lebensjahr); für die Zeit, in die der Roman verlegt ißt (1814), ßtreift ein derartiges Auftreten an einen Anachronismus. Während des Zeitalters der Franzößißchen Revolution und der napoleonißchen Kriege — oder, um es anders auszudrücken — während der Generation, die in den Tagen lebte, da Walter Scott als Schüler der High School und Student der Edinburger Univerßität in jener Gegend umherßtreifte, bis zu der Zeit, da er auf dem Gipfelpunkt ßeines Ruhmes und ßeines Wohlßtands ßich in Abbotsford niederließ — war eine erhebliche Milderung der Sitten ganz Schottlands, insbeßondere aber des Advokaten- und Richterßtandes eingetreten. »Seit dem Tode des Lord Oberrichters Macqueen von Braxfield« ßchreibt Lockhart etwa um 1817, »hat ßich das ganze Auftreten

der Richter von Grund auf geändert.« Eine ähnliche
Kritik dürfte auf das Gemälde von dem Leben in
den Grenzlanden zutreffen, wie es in dem Kapitel
über die Vier Schwarzen Brüder von Cauldſtaneslap
entworfen iſt: auch das erinnert eher an die Sitten
und Gebräuche einer früheren Generation; ich wüßte
auch keinen Grund anzuführen, weshalb Stevenſon
dieſen beſonderen Zeitpunkt, nämlich das Jahr vor
Waterloo, für eine Geſchichte wählte, von denen einige
Züge zum mindeſtens beſſer in eine fünfundzwanzig
bis dreißig Jahre frühere Epoche hineingepaßt hätten.
Sollte der Leſer außerdem noch zu erfahren wün-
ſchen, ob die Szenerie von Hermiſton mit irgendeinem anderen, dem Verfaſſer aus ſeiner Jugendzeit
bekannten Ort identiſch ſei, ſo muß ich ihm, glaube
ich, verneinend antworten. Vielmehr iſt ſie zuſam-
mengetragen aus den verſchiedenſten Plätzen und
Eindrücken der großen Moore Süd-Schottlands. In
der Widmung ſowie in einem Brief an mich bezeichnet Stevenſon die Lammermuirs als den Schauplatz
der Tragödie. Jedoch Mrs. Stevenſon (ſeine Mutter)
ſagte mir, daß er ihrer Meinung nach von Erinne-
rungen an einen Beſuch angeregt wurde, den er in
ſeiner Kindheit einem Onkel auf deſſen ſehr entle-
genem Gehöft in dem Diſtrikt Overshiels in der Gemeinde Stow abſtattete. Allein wenn ihm urſprüng-
lich auch die Lammermuirs vorgeſchwebt haben
mögen, ſahen wir doch bereits, daß er ſeine Schilderung der Kirche und des Pfarrhauſes einem anderen Ort ſeiner Knabenzeit, nämlich Glencorſe in
den Pentland-Hügeln, entlehnte, während Stellen im

fünften und fiebenten Kapitel ganz deutlich auf eine dritte Gegend, das Obere Tweedtal famt der von dort bis an den Urfprung des Clyde fich erftreckenden Landfchaft hinweifen. Diefe Gegend hatte er außerdem als Knabe fchon zur Ferienzeit auf Ritten und Ausflügen von Peebles aus kennengelernt: fie ift zweifellos auch der natürlichfte Schauplatz unferer Gefchichte fchon aus dem Grunde, daß dort, im Herzen der Grenzlande, vor allem im Teviot-Tale und in Ettrick, die wahre Heimat der Elliotts liegt. Einige der geographifchen Namen find ganz offenbar nicht als Fingerzeige gedacht. Der Spango, zum Beifpiel, ift ein Flüßchen, das, foviel ich weiß, nicht in den Tweed, fondern in den Nith mündet, und Crossmichael ift der Name eines Städtchens in Galloway. Allein den Künftler geht immer nur das Wefentliche und Allgemeine an, und Fragen ftreng hiftorifcher Perfpektive und lokaler Umgrenzung haben nichts mit der Wertung feiner Arbeit zu tun. Ebenfo wenig werden die Lefer ein Kommentar zu wichtigeren Dingen von mir verlangen oder mir deffentwegen Dank wiffen, ein Kommentar zu der ergreifenden und packkend reifen Kunft des Verfaffers, die fich uns in den vorhergehenden Seiten enthüllt, zu den vielfältigen Charakteren und Gefühlen, die er mit ficherer Hand fchildert und zu feinem lebendigen, poetifchen Scharfbick und Zauber der Darftellung. Wahrlich, kein Sohn Schottlands zollte je dem Land, das er liebte, vor feinem Tode, ja noch mit feinem letzten Atemzuge einen würdigeren Tribut.

S. C.

*

Wie Stevensons reifstes Werk entstand

BIOGRAPHISCHE AUFZEICHNUNGEN
VON
FRAU FRANCIS STEVENSON

*

UNSER HAUS IN VAILIMA IST ABWECHSELND
als ein Palast geschildert worden, in dem der Herr und
Meister inmitten einer Schar unterwürfiger Skla-
ven thronte, und als ein enges, armseliges Hüttchen
im Dschungel, darin Nahrungsmangel herrschte und
Armut dem erschöpften Romanschreiber zur Seite
saß und ihn unabläſſig zu neuen, fieberhaften An-
strengungen trieb. Beides ist unwahr. Das Haus in
Vailima war ein schlichtes, weitläufiges, hölzernes
Gebäude mit breiten Veranden und zahlreichen Türen und Fenstern. Unsere Hausgehilfen, die sich nicht
als Dienstboten, sondern als zur Familie gehörig be-
trachteten, waren in der Hauptsache tüchtige Leute,
so vor allem Talolo, der Koch. Wir besaßen eigene
Möbel, unser eigenes Leinen, Geschirr und Silber,
die wir aus der Heimat mitgebracht hatten, und
lebten im großen und ganzen, mit Ausnahme einiger amerikanischer Neuerungen, so wie wir in England gelebt haben würden. Freilich jemandem, der
soeben von einer Kreuzerfahrt zwischen den Inseln
an Land gegangen war, muß ein Abend in jenem
Haus in Vailima, mit seinen gewachsten Fußböden
und alten Teppichen, seiner Lichterflut, seinem funkelnden Kristall und Silber und den blumenbekränz-
ten, geräuschlosen Boys als ein Blick in das Paradies

erſchienen ſein. Dagegen würde ein Reiſender aus den Kolonien oder San Francisco dies alles als ſelbſtverſtändlich hingenommen haben; höchſtens wären ihm die nackten Füße unſeres Haushofmeiſters unliebſam aufgefallen, oder er hätte ſich geärgert, wenn er am Morgen an ſeinen klatſchnaſſen Schuhen, die er zum Putzen vor die Tür geſtellt hatte, erkennen mußte, daß man ſie gründlichſt von innen und außen mit dem Gartenſchlauch geſäubert hatte.

Wir beſaßen ein paar vorzügliche, aus Neu-Seeland eingeführte Pferde, zahlreiche gewöhnliche Inſelponies, eine genügende Anzahl Kühe, um ſtändig mit Milch und Butter verſorgt zu ſein, und einen Überfluß an tropiſchen Früchten und Gemüſen. Der vierzehntägige Dampferdienſt brachte uns ferner Speiſeeis, friſche Auſtern und weitere Vorräte aus den Kolonien und San Francisco. In Apia waren ein guter Bäcker und ein guter Metzger anſäſſig; Fiſche konnte man am Strande kaufen, Aale und Süßwaſſer-Garneelen lebten im Überfluß in unſeren Flüſſen. Wildtauben konnten wir von unſerer Hintertür aus ſchießen, und die Hühner und Eier aus unſerer eigenen Zucht waren vortrefflich. Ohne großen Aufwand lebten wir daher recht behaglich.

Geſellſchaftlich war Samoa durchaus nicht langweilig. Diplomaten und Beamten, häufig von ihren Familien begleitet, mieteten ſich Häuſer in der Nachbarſchaft von Apia und gaben Geſellſchaften, ganz wie in der Heimat. Ich habe es erlebt, daß eine Frage des Vortritts zwiſchen zwei Beamten gleicher Nationalität, die beide bei einer öffentlichen Verſammlung den Ehren-

platz beanfpruchten, ganz Apia bis in feine Grund-
feften erfchütterte. Gepfefferte Berichte wurden nach
Haufe gefandt, die verfchiedenen Behörden als
Schiedsrichter angerufen. Mit Recht hat man Apia
als »den Kindergarten der Diplomatie« bezeichnet.
Außer den Feften der Eingeborenen fanden Teege-
fellfchaften, abendliche Empfänge, Diners, private
und öffentliche Bälle, Schnitzeljagden, Polo- und
Tennisturniere und Picknicks ftatt. Mein Mann nahm
an allen diefen Vergnügungen teil; ja das eine Mal
war er zweiter Sieger bei einer Schnitzeljagd über
fehr fchwieriges Gelände. Da er als Kind ftändig
krank gewefen war, hatte er nie tanzen gelernt. Sich
den öffentlichen Bällen in Apia, die faft von der ganzen weißen Bevölkerung befucht wurden, fernhalten,
hieß jedoch fich in den Verdacht des Hochmuts
bringen; andererfeits war es langweilig, den ganzen
Abend nur Zufchauer zu fein. So lernte mein Mann
in feinem einundvierzigften Lebensjahre noch tanzen, obwohl er fich meines Wiffens nach in der
Öffentlichkeit höchftens in einer einfachen Quadrille
verfucht hat.
Diefe gefellfchaftlichen Zerftreuungen griffen jedoch
nicht wefentlich in meines Mannes literarifche Arbeiten ein. Gewöhnlich fing er in den erften kühlen
Morgenftunden, wenn das ganze Haus noch ruhig
war, an zu fchreiben. Einer der einheimifchen Boys
war ftändig zur Stelle, um die Arbeitszimmerklingel
zu beantworten, und fchon bei dem erften Läuten beeilte er fich, Tufitalas Frühftück herzurichten und
es ihm im Bett zu fervieren. Danach vergingen zum

mindeſten zwei Stunden, bis der Haushalt auf den
Beinen war. Die Vornotizen für »Hermiſton« wurden auf kleine Stückchen Papier gekritzelt, um
dann im Laufe des Tages meiner Tochter in die Feder diktiert zu werden. Dieſe Anmerkungen waren
nur ſehr kurz, denn mein Mann diktierte faſt ſo
raſch, als wenn er eine fertige Arbeit vorläſe.

Das Arbeitszimmer war ein kleiner Raum neben der
Bibliothek, in Wirklichkeit ein überdachter und auch
ſeitlich geſchützter Teil der Veranda. Zwei Fenſter
gingen vorn auf die See hinaus, das andere auf Mount
Vaea, wo mein Mann jetzt begraben liegt. Bücher-
regale umſchloſſen den Raum an allen Seiten. Im
übrigen beſtand die Einrichtung aus einem großen
Fichtenholztiſch, einem Paar Stühle, einem verſchloſſenen Gewehrſchrank mit ſechs Coltſchen Re-
petiergewehren, einem ſchmalen Bett, auf dem mein
Mann bei der Arbeit ruhen konnte, und einem
Krankentiſch, den man nach Belieben über dem Bett
aufzuſchlagen vermochte.

Er arbeitete jedoch nicht ſtändig. Mitunter ſpielte
er — obwohl er nur eine mäßige Technik beſaß —
auf dem Flageolett, oder aber er verſuchte ſich in
Kompoſitionen. Er war in der Muſik nicht ſehr bewandert, allein es amüſierte und intereſſierte ihn,
kleine Übungen zu Papier zu bringen.

Wenn mein Mann es auch vorzog, ſeine vorbereiten-
den Arbeiten am Morgen auszuführen und nachmittags zu diktieren, kannte er doch keine feſten
Arbeitsſtunden. Die Morgende, wie geſagt, waren
manchmal auch dem Flageolett, dem Komponieren

oder dem Schreiben von Verfen geweiht, die der
Verfaffer indes nie fehr ernft nahm. Und mitunter
gefchah es auch, daß eine Gefellfchaft blumenbe-
kränzter Eingeborener über den Rafenplatz bis dicht
vor die Arbeitszimmerfenfter getanzt kam, oder daß
ein Trupp verlegener Matrofen von irgendeinem
Kriegsfchiff fich vor dem Haustor verfammelte. In
beiden Fällen pflegte Tufitala zur Begrüßung feiner
Gäfte auf der unteren Veranda zu erfcheinen. Die
Unterhaltung mit den Matrofen war ihm immer
intereffant, und den Samoanern gegenüber befolgte er
ftets deren Etikette, obwohl diefe ihm mitunter recht
läftig fiel. Die Matrofen wurden, wenn nötig, von
den übrigen Mitgliedern der Familie empfangen und
unterhalten, bis es meinem Manne gefiel, nach unten
zu kommen. Aber eine famoanifche »Melanga« (Be-
fuchsgefellfchaft) erwartete, den Häuptling von Vailima auf der Stelle erfcheinen zu fehen, während
neben ihm fein Dolmetfcher die Begrüßungsrede
hielt und feine Mägde mit der »Ava-Schüffel« als
Erfrifchung für die Gäfte bereit ftanden. Häufig wurde mein Mann bei derartigen Gelegenheiten mitten
in einem Satz unterbrochen und der Faden des Gedankens nie zu Ende gefponnen. Und doch war ihm
diefe Art Verkehr mit den Eingeborenen befonders
lieb. Jene wußten nichts von feinen Büchern; er
war in ihren Augen keine literarifche Berühmtheit.
Sie kamen zu ihm, wie zu einem älteren Bruder, um
in allen Dingen, angefangen bei der Wahl einer Ehefrau bis hinab zu ihrer Kriegsführung, feinen Rat
einzuholen. Das Haus in Vailima war in ganz Samoa

als »das Haus der Weisheit« bekannt. Nach dem
Tode meines Mannes erhielt ich eines Tages Besuch
von einem alten Häuptling. »Ich möchte meiner
Liebe zu Tusitala ein Denkmal setzen«, sagte er.
»Einmal sprach mir Tusitala von der Notwendigkeit,
in hoher Lage ein bequemes Haus für Kranke, die
der Luftveränderung bedürfen, zu errichten. Daher
habe ich einen Weg durch die Wälder bis zu dem
Gipfel eines Berges schlagen lassen und dort ein
großes Haus erbaut zur Beherbergung aller, die es
zu bewohnen wünschen. Dieses habe ich getan aus
Liebe zu Tusitala.«
Hermiston wurde nicht fortlaufend, sondern abwechselnd mit »St. Ives« diktiert. Mein Mann pflegte an
dem einen Buche zu arbeiten, bis es ihn ermüdete
oder seine Stimmung umschlug; dann nahm er das
andere vor. Noch kurz vor seinem Tode erzählte er
mir, er beabsichtige sich sehr bald von beiden Büchern zu erholen und ein drittes, völlig anderes
Werk in Angriff zu nehmen. Der neue Roman sollte
»Sophia Scarlet« heißen, mit Frauen als Trägerinnen
der Handlung. Die männliche Hauptfigur, ein Kran-
ker, in den Sophia Scarlet sich verliebt, sollte in einem der ersten Kapitel sterben. »Es gab eine Zeit,«
meinte er, »da ich es kaum wagte, eine Frauenge-
stalt zu zeichnen; jetzt aber fürchte ich mich nicht
mehr davor. Ich werde in den beiden Kirsties* ein
wenig zeigen, was ich kann; aber in Sophia Scarlet
wird sich das Interesse vornehmlich auf die Frauen
konzentrieren.« Von dem Grundriß der Erzählung

* Gestalten aus »Die Herren von Hermiston«.

weiß ich nur ſo viel, daß der Schauplatz nach Ta-
hiti verlegt war, wo Sophia Scarlet eine große Pflan-
zung, die ſie ſelbſt leitete, beſitzen ſollte.

Während mein Mann abwechſelnd an Hermiſton
und St. Ives arbeitete, ſchleppte ein Schiff, das vor-
übergehend in Apia anlegte, eine Influenza-Epidemie
dort ein. Die Seuche verbreitete ſich raſch über die
ganze Inſel; kaum daß einer von den Eingeborenen
ihr entging. Zu jener Zeit war es ungemein nieder-
drückend, durch ein ſamoaniſches Dorf zu gehen.
Die Seitenteile einer Hütte, gewöhnlich bis zu den
Dachrinnen hochgeſchlagen, waren feſt herunterge-
zogen. Überall herrſchte Totenſtille bis auf ein ge-
legentliches Huſten und Stöhnen hinter den Wänden
aus Kokosnußblättern. In Vailima fiel jeder einzelne
Samoaner dieſer »fremden Krankheit« zum Opfer.
Die Halle unſeres Hauſes wurde in einen Kranken-
ſaal mit einer doppelten Reihe von Betten verwandelt. Auch mein Mann ſteckte ſich an und lag eine Zeitlang ſchwer darnieder. Aber ſelbſt eine Influenza mit
nachfolgendem Lungenbluten vermochte ihn nicht
von der Arbeit, ſpeziell von »St. Ives«, abzuhalten.
Seine Sekretärin lehrte ihn das Taubſtummenalpha-
bet, mit deſſen Hilfe er langſam und mühſelig etwa
fünfzehn Seiten diktierte.

Eine bedeutſamere Unterbrechung brachte eine Rei-
ſe nach Sydney. Mein Mann machte dieſe Fahrt zu
ſeiner Erholung, ohne während ſeines Aufenthaltes
in den Kolonien auch nur einen Strich zu arbeiten.
Er hatte die Influenza vollſtändig überwunden, befand ſich in beſter Stimmung und genoß alles, was

er unterwegs erlebte, felbft die Reden und Trink-
fprüche, die er in den Hotels halten mußte. Wir
gaben Gefellfchaften auf unferen Zimmern im Hotel,
befuchten anderer Leute Gefellfchaften, machten
lange Spazierfahrten und durchftreiften zu Fuß den
ganzen Stadtbezirk. Fremde, die meinem Mann in
Sydney begegneten, vermochten kaum zu glauben,
daß er eben erft von einem Krankenlager genefen
fei. Einer Londoner Journaliftin fiel es zu, alle
Kräfte, die er während diefer Erholungszeit gefammelt hatte, wieder zunichte zu machen. Auf unferer
Rückfahrt nach den Infeln legte fie ihm an einem
zugigen Platz des Dampfers einen Hinterhalt, um ein
Interview zu erlangen und feffelte ihn durch einen
Monolog fo lange an Ort und Stelle, daß er fich von
neuem fchwer erkältete und bis zu unferer Ankunft
in den Tropen an feine Kabine gefeffelt war.
Nun folgte der aufreibendfte Abfchnitt in meines
Mannes Leben. Bei unferer Ankunft in Samoa tobte
dort ein Krieg, wie immer von den Weißen zu felbft-
füchtigen Zwecken gefchürt. Ich ftehe davon ab,
feine politifche Seite zu berühren; wo meines Mannes Sympathien lagen, geht klar aus den Artikeln
hervor, die er damals fchrieb. Alles, was fich feither
begeben hat, zeigt eindeutig die Weisheit der Maß-
regeln, für die er fich einfetzte.
Geraume Zeit zuvor hatte er verfchiedene der füh-
renden Häuptlinge überredet, Kakao zu pflanzen und
hatte ihnen auch den Samen für die Plantagen gefchenkt. Jetzt fchlug er einem von ihnen, Mataafa,
vor, eine Fabrik zur Verwertung von Kokosfafern

zu errichten. Er felbft beabfichtigte das Geld zur
Befchaffung der Mafchinen und des erforderlichen
Materials zu ftiften und hatte fich zu diefem Zweck
bereits mit englifchen Firmen in Verbindung gefetzt,
als der Krieg ausbrach. Da das geplante Unternehmen viel Geld zu verfchlingen verfprach, arbeitete
er angeftrengt an den beiden angefangenen Romanen,
von denen er erwartete, daß fie ihm die nötigen
Summen einbringen würden. Nach der Deportation
Mataafas hoffte er immer noch, die übrigen Häuptlinge zu der Einficht bringen zu können, daß es unter den beftehenden Verhältniffen notwendiger denn
je fei, ihr Land zu bebauen, ftatt ihre Kräfte in nutz-
lofen Kämpfen zu vergeuden. In feiner Anfprache an
die Häuptlinge, die für ihn die »Straße des lieben-
den Herzens« bauten, fagte er: »Wer kämpft am beften für Samoa? . . . Der Mann, welcher Wege baut,
Fruchtbäume pflanzt, Ernten einfammelt und als ein
nützlicher Diener des Herrn fich des koftbaren Ta-
lentes bedient, das feiner Obhut anvertraut ift . . .
denn alle Dinge in diefem Lande find miteinander
verknüpft, wie die einzelnen Glieder einer Anker-
kette; der Anker felbft jedoch ift der Fleiß.« An
anderer Stelle fpricht er von Mataafa: »Er hatte
begriffen, was ich euch heute fage; kein Menfch
erkannte das beffer als er. Er fah den Tag voraus, da
Samoa einen neuen Weg befchreiten würde und
nicht nur mit Kanonen und pulvergefchwärzten Gefichtern, mit dem Gebrüll fchreiender Krieger, nein,
durch Graben und Pflanzen, Mähen nnd Säen, ver-
teidigt werden müßte. Als er noch unter uns weilte,

widmete er fich dem Pflanzen des Kakaoftrauches;
er interefferte fich eifrig für Landwirtfchaft und
Handel. Ich wollte, jeder einzelne Häuptling diefer
Infeln würde fich zur Arbeit anfchicken, würde Wege bauen, feine Felder beftellen und Fruchtbäume
pflanzen, würde feine Kinder erziehen und fo fein
Talent mehren — nicht um Tufitalas willen, fondern
feinen Brüdern und Kindern, ja den langen Reihen
ungeborener Gefchlechter zuliebe.«

Das Gerücht, daß Tufitala die Abficht hätte, Mataafa
auf irgendeine unbekannte Weife zu helfen, wurde
bald überall ausgeftreut. Die einzige Erklärung, welche die weißen Anfiedler mit wenigen Ausnahmen
finden konnten, war, daß wir Waffen und Munition
für Mataafas Armee einfchmuggeln wollten. Die
Summe, die wir hierfür aufgewendet haben follten,
wuchs ins Ungeheuerliche. Eine Laterne für unfere
Veranda, ein Gefchenk meiner Schwiegermutter,
follte angeblich als Signallicht für ein geheimnisvolles
Schiff dienen, das fich in der Nähe der Küfte auf-
hielte. Einige von diefen Gefchichten waren un-
glaublich töricht — zum Beifpiel die über einen verborgenen Weg, den wir über die Berge nach Mataafas
Dorf Malie erfchloffen hätten; oder das Gerücht,
daß dreitaufend von Mataafas Kriegern in unferen
Wäldern einquartiert lägen. Ich erinnere mich noch,
wie wir lachen mußten, als ein hoher, europäifcher
Beamter, der auf unferer Veranda Tee trank, faft
ohnmächtig geworden wäre, als er das Pu oder
Kriegshorn blafen hörte, mit dem wir unfere Arbeiter zufammenzurufen pflegten; er glaubte feft an

einen verräterifchen Überfall. Der König, Laupepa,
erwies fich als weit tapferer. Er blickte meinen
Mann lediglich mit einem fragenden Lächeln an.
Mein Mann bemühte fich fowohl öffentlich wie im
geheimen nach Kräften, eine Verföhnung zwifchen
Mataafa, den er fehr hoch fchätzte, und dem liebens-
würdigen, gebrochenen Laupepa, der zu einer Mario-
nette in den Händen weniger Weißer geworden
war, herbeizuführen. Diefe Ausföhnung wurde von
beiden Anführern erfehnt und hätte dem Lande den
Frieden gebracht. Allein eine derartige Entwicklung
würde verfchiedenen, an dem Handel mit gewiffen
Gebrauchsgegenftänden ftark intereffierten Perfönlichkeiten finanzielle Verlufte beigebracht haben,
ganz zu fchweigen von einer Reihe ehrgeiziger Beamter, die jede Gelegenheit begrüßten, fich der
Öffentlichkeit ins Gedächtnis zu rufen. Beide Cliquen
hielten meines Mannes Gegenwart auf der Infel für
eine Gefährdung ihrer Pläne. Daher fetzte von ihrer
Seite eine förmliche Verfolgung ein. Verfchiedene
neu eingeftellte Arbeiter in Vailima geftanden, daß
man fie als Spione gegen Tufitala gedungen hätte.
Man drohte ganz öffentlich mit einer Deportation.
Viel fpäter erzählte mir der Kapitän eines Paffagier-
dampfers, man wäre an ihn herangetreten mit dem
Vorfchlag, meinen Mann an Bord feines Schiffes zu
locken und ihn zu verfchleppen. »Ich würde aber
nicht den Mut dazu gehabt haben, felbft wenn ich
es gewollt hätte«, fagte der Kapitän. »Wie hätte ich
eine derartige Tat in irgendeinem Hafen der englifchen Kolonien rechtfertigen follen? Man hätte mich

ja in Stücke geriffen, wenn es herausgekommen
wäre.« Vergeblich verfuchte man Laupepas Krieger
zu einem Angriff gegen Vailima aufzuhetzen. Sobald
eine Bande Mataafaner eine Niederlage erlitten
hatte, hielt man meinem Mann höhnifch diefes Scheitern feiner Pläne vor. Allerlei verfteckte Anfpielungen und Verleumdungen gegen Tufitala erfchienen in der einzigen Zeitung unferer Infel. Ja, einmal
erließ Sir John Thurfton, der Britifche Kommiffar
der Fidfchi-Infeln, ein gegen meinen Mann gerich-
tetes Edikt, das jedoch fofort auf telegraphifchem
Wege widerrufen wurde, fobald es Downing Street
erreichte.
Eine Seite von meines Mannes Charakter ift faft
gänzlich unbekannt; feine Neigung für den fchrift-
ftellerifchen Beruf kam bei ihm erft an zweiter Stelle.
Lediglich feiner fchlechten Gefundheit als Kind ift
es zuzufchreiben, daß er nicht die militärifche Laufbahn wählte. Seine Bibliothek enthielt zahlreiche
Werke über Taktik, Befeftigungskunft ufw., über
die er ein gründliches Examen hätte ablegen können.
Man kann fich daher vorftellen, wie aufreibend es
für ihn war, Bücher fchreibend auf feiner Veranda
zu fitzen, während er wußte, daß draußen bei beiden Parteien die törichtften Mißgriffe vorkamen, und
daß es eine Kleinigkeit fei, die Wagfchale zugunften der einen niedergehen zu laffen. Es gab Momente, in denen er ftark verfucht war, das zu tun,
was man ihm vorwarf: nämlich fich auf Mataafas
Seite zu fchlagen. Allein immer wieder fiegte feine
Vernunft und fandte ihn an den Schreibtifch und an

das Tintenfaß zurück. Eine der geringeren Schikanen, die er fich gefallen laffen mußte, war ein Verbot, Feuerwaffen zu kaufen. Der einzige Grund, weshalb er ein paar Gewehre zur Verfügung zu haben wünfchte, war, daß wir rund dreieinhalb Meilen tief im Bufch auf hiftorifchem Grund und Boden wohnten, an der Grenze der beiden feindlichen Gebiete. Jederzeit konnte es unmittelbar vor unferer Tür zu einem Zufammenftoß kommen. Wir hatten nur in einem einzigen Falle Grund zur Furcht: auf Samoa wurden keine Gefangenen gemacht. Selbft ein verwundeter Gefangener wurde fofort geköpft und fein Haupt als Beweis der Tapferkeit dem Häuptling überbracht. Tufitala wußte, daß Verwundete von beiden Parteien fich zu ihm flüchten würden. Mit leeren Händen, ohne Waffen, konnte er fie nicht befchützen. Daher kam er um die Erlaubnis ein, fich ein paar Gewehre kommen zu laffen. Sein Gefuch wurde in der unverfchämteften Form abgelehnt. Kurz darauf erkannte mein Sohn die Möglichkeit, die Behörden zu zwingen, daß fie unferen Wünfchen nachkämen; widerftrebend mußten fie felbft die fechs Gewehre einführen, die wir fpäter im Arbeitszimmer aufbewahrten.

Der Wechfel der Regierungen war ungemein verwirrend. In dem einen Augenblick ftand diefer Mann an der Spitze, im nächften jener. Ich kann mich fogar noch erinnern, daß zwei Konfuln abwechfelnd die Regierungsgefchäfte führten. Während diefer ganzen unruhigen Zeit erregte eine einzige Perfönlichkeit unfer aller Bewunderung — die des amerikanifchen

Oberrichters Henry C. Ide. Außer dem Oberrichter
gab es noch ganz wenige Beamte, die in ihrer Anhäng-
lichkeit und Freundfchaft für meinen Mann niemals
wankend wurden. Der eine war Baffet Haggard, der
britifche Landeskommiffar, ein Bruder des Roman-
fchriftftellers, der zweite der amerikanifche General-
konful James H. Mulligan, deffen perfönlicher Charme
und geiftreiche, fympathifche Plauderkunft manche
fonft trübe Stunde in Vailima verfchönten.
Meines Mannes Arbeit erlitt jetzt ftändige Unter-
brechungen. Während er die Veranda vor feinem
Arbeitszimmer auf und ab wanderte und dabei Hermifton oder St. Ives diktierte, kam wohl ein abge-
zehrter Häuptling angelaufen, um die Wahrheit über
diefes oder jenes »Tala« (Gerücht) über den Krieg zu
erfahren und von Tufitala »ein Wort der Weisheit«
zu erbetteln. Oder aber einer der weißen Beamten
fandte irgendeine beleidigende, mit Drohungen ge-
fpickte Botfchaft. Vielleicht erfchien auch ein Boy
von der Miffion mit Nachrichten von den Verwun-
deten im Krankenhaus oder eine Gruppe Krieger, welche die unbequemften Gefchenke brachten
— das eine Mal war es ein großer, weißer Stier —,
fprach zu einer Schale »Ava« und einem Schwatz vor,
um dann mit einem Abfchiedsfalut, der unfer lebendes Inventar und uns felbft gefährdete, wieder zu verfchwinden. Zum Teil wurden jene beiden Bücher zur
Begleitung von Kanonenfchüffen gefchrieben. Wir
konnten den Rauch fehen und den Donner der Gefchütze jenfeits der Berge hören, als die Kriegsfchiffe
Luatuanu'u bombardierten. Und bei jeder Detonation

ſtieg aus den Reihen unſeres Hausgeſindes, von dem die meiſten Angehörige oder Freunde an der Front beſaßen, ein Wehklagen auf.

Das alles bedeutete eine ſtarke Willensprobe für meine Tochter, Tuſitalas Amanuenſis, allein ſie hielt tapfer bei ihrer Arbeit aus mit nur unwillkürlichen kleinen Pauſen, wenn eines der großen Geſchütze gelöſt wurde. In jenem Jahr hatten wir, vermutlich als Folge der Beſchießung, auch eine ungewöhnliche Zahl von Gewittern. Ganz plötzlich pflegten ſie ſich zuſammenzuballen und ſich mit furchtbarer Wut zu entladen. Ich glaube, wenn es etwas auf der Welt gab, wovor meine Tochter ſich fürchtete, ſo war es ein Gewitter — trotzdem traten im Diktieren keine Stockungen ein. Mein Mann hatte die Abſicht, ſeine Bewunderung ihres Mutes in einer Widmung zu St. Ives auszuſprechen. Ich weiß noch, wie er zu ihr ſagte: »Das ſoll das Beſte vom ganzen Buch werden, mein Kind!«

Nach der Niederlage und Verbannung Mataafas, deſſen Sache Tuſitala bei der britiſchen Regierung vertrat, zog ſich mein Mann völlig von der Politik in Samoa zurück. Mit dem Beiſtand Mr. H. J. Moores aus Apia tat er alles, was in ſeiner Macht lag, die elende Lage der politiſchen Gefangenen auf Mulinuu zu mildern, indem er ſie mit Lebensmitteln und Medikamenten verſah und ihnen zum Schluſſe auch die Freiheit erwirkte. Die zahlloſen Überanſtrengungen des Körpers und der Seele, die er dadurch auf ſich nehmen mußte, ſchienen auf ſeine Geſundheit nicht nachteilig zu wirken; ſie feſtigte fich im Gegenteil mehr und mehr. Es kam häufig vor, daß er, dank der plötzlichen tropifchen Regengüffe manchmal bis auf die Haut durchnäßt, ganze Tage im Sattel verbrachte, mit nur etwas Schiffszwieback in der Tafche. Erkältungen und Lungenbluten gehörten der Vergangenheit an. Niemand, der nicht Jahr um Jahr auf dem Krankenlager verbracht hat, vermag zu verftehen, was das für ihn bedeutete. Es war wie eine Art Wiedergeburt; ein neues Leben tat fich vor ihm auf. Die langen, troftlofen Jahre des Krankfeins, die er mit fo tapferer Gedult ertragen hatte, wurden ihm zu einer fchrecklichen Erinnerung. Im Mai 1892 fchrieb er an feinen Freund Mr. Sidney Colvin: »Ich habe einige zweiundvierzig Jahre ohne öffentliche Schande ausgeharrt und ein fchönes Leben dabei gehabt. Wie herrlich, wenn es mir jetzt noch gelänge, eines gewaltfamen Todes zu fterben! Ich möchte in meinen Stiefeln fterben; kein Bettdeckenland mehr für mich! Zu ertrinken oder erfchoffen zu werden, vom Pferde zu ftürzen — ja felbft gehenkt zu werden, alles ift beffer, als noch einmal jenen langfamen Auflöfungsprozeß durchmachen zu müffen.«

R. L. STEVENSON
WERKE IN ZWÖLF BÄNDEN

nach der Edition und Übersetzung von
Curt und Marguerite Thesing

Die Schatzinsel
Roman. detebe 199/1

Der Junker von Ballantrae
Roman. detebe 199/2

Die Entführung
David Balfour von Shaw. Erster Teil. Roman. detebe 199/3

Catriona
David Balfour von Shaw. Zweiter Teil. Roman. detebe 199/4

Die Herren von Hermiston
Roman (Fragment). detebe 199/5

*Der seltsame Fall von Dr. Jekyll und Mr. Hyde /
Der Pavillon auf den Dünen*
Zwei Novellen. detebe 199/6

Der Selbstmörderklub / Der Diamant des Rajahs
Zwei Geschichtensammlungen. detebe 199/7

Die tollen Männer
und andere Geschichten. detebe 199/8

Der Flaschenteufel
und andere Geschichten. detebe 199/9

Der Leichenräuber
und andere Geschichten. detebe 199/10

In der Südsee
Ein Reiseabenteuer in zwei Bänden mit einer Karte. detebe
199/11–12

ENGLISCHE LITERATUR
IM DIOGENES VERLAG

ERIC AMBLER

Bitte keine Rosen mehr. Roman. Deutsch von Tom Knoth.
Die Maske des Dimitrios. Roman. Deutsch von Mary Brand und Walter Hertenstein. detebe 75/1
Der Fall Deltschev. Roman. Deutsch von Mary Brand und Walter Hertenstein. detebe 75/2
Eine Art von Zorn. Roman. Deutsch von Susanne Feigl und Walter Hertenstein. detebe 75/3
Schirmers Erbschaft. Roman. Deutsch von Harry Reuß-Löwenstein, Th. A. Knust und Rudolf Barmettler. detebe 75/4
Die Angst reist mit. Roman. Deutsch von Walter Hertenstein. detebe 75/5
Der Levantiner. Roman. Deutsch von Tom Knoth. detebe 75/6
Waffenschmuggel. Roman. Deutsch von Tom Knoth. detebe 75/7
Topkapi. Roman. Deutsch von Elsbeth Herlin. detebe 75/8
Schmutzige Geschichte. Roman. Deutsch von Günter Eichel. detebe 75/9
Das Intercom-Komplott. Roman. Deutsch von Dietrich Stössel. detebe 75/10
Besuch bei Nacht. Roman. Deutsch von Wulf Teichmann. detebe 75/11
Doktor Frigo. Roman. Deutsch von Tom Knoth. detebe 75/16
Der dunkle Grenzbezirk. Roman. Deutsch von Walter Hertenstein und Ute Haffmans. detebe 75/12
Ungewöhnliche Gefahr. Roman. Deutsch von Walter Hertenstein und Werner Moslang. detebe 75/13
Anlaß zur Unruhe. Deutsch von Franz Cavigelli. Roman. detebe 75/14
Nachruf auf einen Spion. Roman. Deutsch von Peter Fischer. detebe 75/15

JOSEPH CONRAD

Lord Jim. Deutsch von Fritz Lorch. detebe 66/1
Der Geheimagent. Roman. Deutsch von G. Danehl. detebe 66/2
Herz der Finsternis. Erzählung. Deutsch von Fritz Lorch. detebe 66/3

FORD MADOX FORD

Die allertraurigste Geschichte. Roman. Deutsch von Fritz Lorch und Helene Henze. detebe 163

ERIC GEEN

Tolstoi lebt in 12N B9. Roman. Übersetzung und Nachwort von Alexander Schmitz. detebe 89

RIDER HAGGARD

Sie. Roman. Deutsch von Helmut Degner. detebe 108/1

E. W. HORNUNG

Raffles – Der Dieb in der Nacht. Geschichten. Mit einem Vorwort von George Orwell. Deutsch von Claudia Schmölders. detebe 109

D. H. LAWRENCE

Der preußische Offizier. Sämtliche Erzählungen I. detebe 90/1
England, mein England. Sämtliche Erzählungen II. detebe 90/2
Die Frau, die davonritt. Sämtliche Erzählungen III. detebe 90/3
Der Mann, der Inseln liebte. Sämtliche Erzählungen IV. detebe 90/4
Der Fremdenlegionär. Autobiographisches und frühe Erzählungen, Fragmente. Sämtliche Erzählungen V. detebe 90/5
Der Fuchs. Sämtliche Kurzromane I. detebe 90/6
Der Hengst St. Mawr. Sämtliche Kurzromane II. detebe 90/7
Liebe im Heu. Sämtliche Kurzromane III. detebe 90/8
Übersetzungen von Martin Beheim-Schwarzbach, Georg Goyert, Marta Hackel, Karl Lerbs, Elisabeth Schnack und Gerda von Uslar. Im Anhang des letzten Bandes Nachweis der Erstdrucke, Anmerkungen und Literaturhinweise.
Pornographie und Obszönität und andere Essays über Liebe, Sex und Emanzipation. Deutsch von Elisabeth Schnack. detebe 11
John Thomas & Lady Jane. Roman. Deutsch von Susanna Rademacher. detebe 147

DORIS LESSING

Hunger. Erzählung. Deutsch von Lore Krüger. detebe 115
Der Zauber ist nicht verkäuflich. Afrikanische Geschichten. Deutsch von Lore Krüger, Marta Hackel und Elisabeth Schnack.

W. SOMERSET MAUGHAM

Honolulu. Gesammelte Erzählungen I. detebe 125/1
Das glückliche Paar. Gesammelte Erzählungen II. detebe 125/2
Vor der Party. Gesammelte Erzählungen III. detebe 125/3
Die Macht der Umstände. Gesammelte Erzählungen IV. detebe 125/4
Lord Mountdrago. Gesammelte Erzählungen V. detebe 125/5
Fußspuren im Dschungel. Gesammelte Erzählungen VI. detebe 125/6

Ashenden oder Der britische Geheimagent. Gesammelte Erzählungen VII. detebe 125/7
Entlegene Welten. Gesammelte Erzählungen VIII. detebe 125/8
Winter-Kreuzfahrt. Gesammelte Erzählungen IX. detebe 125/9
Fata Morgana. Gesammelte Erzählungen X. detebe 125/10
Übersetzungen von Felix Gasbarra, Marta Hackel, Ilse Krämer, Helene Meyer, Claudia und Wolfgang Mertz, Eva Schönfeld, Wulf Teichmann, Friedrich Torberg, Kurt Wagenseil, Mimi Zoff u. a.
Rosie und die Künstler. Roman. Deutsch von Hans Kauders und Claudia Schmölders. detebe 35/5
Silbermond und Kupfermünze. Roman. Deutsch von Susanne Feigl. detebe 35/6
Auf Messers Schneide. Roman. Deutsch von N. O. Scarpi. detebe 35/7
Theater. Roman. Deutsch von Renate Seiller und Ute Haffmans. detebe 35/8
Damals und heute. Deutsch von Hans Flesch und Ann Mottier. detebe 35/9
Der Magier. Roman. Deutsch von Melanie Steinmetz und Ute Haffmans. detebe 35/10
Oben in der Villa. Roman. Deutsch von William G. Frank und Ann Mottier. detebe 35/11
Mrs. Craddock. Roman. Deutsch von Elisabeth Schnack. detebe 35/12
Der Menschen Hörigkeit. Roman in zwei Bänden. Deutsch von Mimi Zoff und Susanne Feigl. detebe 35/13–14
Meistererzählungen. Ausgewählt von Gerd Haffmans. Deutsch von Kurt Wagenseil, Tina Haffmans und Mimi Zoff. Ein Diogenes Sonderband

DAVID MERCER

Flint. Ein Stück. Deutsch von Maria Carlsson. detebe 9

GEORGE ORWELL

Farm der Tiere. Eine Fabel. Deutsch von N. O. Scarpi. detebe 63/1
Im Innern des Wals. Ausgewählte Essays I. Deutsch von Felix Gasbarra und Peter Naujack. detebe 63/2
Rache ist sauer. Ausgewählte Essays II. Deutsch von Felix Gasbarra und Claudia Schmölders. detebe 63/3
Mein Katalonien. Bericht über den Spanischen Bürgerkrieg. detebe 63/4
Erledigt in Paris und London. Sozial-Reportage. Deutsch von Alexander Schmitz. detebe 63/5

WILLIAM PLOMER

Turbott Wolfe. Roman. Deutsch von Peter Naujack. detebe 114

SAKI

Die offene Tür. Ausgewählte Erzählungen. Auswahl und Nachwort von Thomas Bodmer. Deutsch von Günter Eichel. Zeichnungen von Edward Gorey. detebe 62

WILLIAM SHAKESPEARE

Dramatische Werke in zehn Bänden in der Übersetzung von Schlegel-Tieck. detebe 200/1–10
Sonette. Deutsch und englisch. Nachdichtung und Nachwort von Karl Kraus. detebe 137
Shakespeares Geschichten. Nacherzählt von W.E.Richartz und Urs Widmer.

ALAN SILLITOE

Der Tod des William Posters. Roman. Deutsch von Peter Naujack.
Der brennende Baum. Roman. Deutsch von Peter Naujack.
Die Lumpensammlerstochter. Erzählungen. Deutsch von Wulf Teichmann.
Nihilon. Roman. Deutsch von Fritz Güttinger.
Guzman, Go Home. Erzählung. Deutsch von Anna von Cramer-Klett. detebe 4/1
Die Einsamkeit des Langstreckenläufers. Erzählung. Deutsch von Günther Klotz. detebe 4/2
Samstagnacht und Sonntagmorgen. Roman. Deutsch von Gerda von Uslar. detebe 4/3
Ein Start ins Leben. Roman. Deutsch von Günter Eichel und Anna von Cramer-Klett. detebe 4/4

MURIEL SPARK

Memento mori. Roman. Deutsch von Peter Naujack. detebe 29/1
Die Ballade von Peckham Rye. Roman. Deutsch von Elisabeth Schnack. detebe 29/2

R. L. STEVENSON

Werke in 12 Bänden, nach der Edition und Übersetzung von Curt und Marguerite Thesing. detebe 199/1–12

H. G. WELLS

Der Unsichtbare. Roman. Deutsch von Alfred Winternitz und Claudia Schmölders. detebe 67/1
Der Krieg der Welten. Roman. Deutsch von G.A.Crüwell und Claudia Schmölders. detebe 67/2
Die Zeitmaschine. Roman. Deutsch von Peter Naujack. detebe 67/3

Die Geschichte unserer Welt. Ein historischer Grundriß. Deutsch von Otto Mandl u. a. Mit einer Zeittafel. detebe 67/4
Das Land der Blinden. Erzählungen. Deutsch von Ursula Spinner. Mit Zeichnungen von Tomi Ungerer. detebe 67/5

JAMES ABBOTT MCNEILL WHISTLER

Die vornehme Kunst, sich Feinde zu machen. Whistlers Kunstregeln und der »Zehn-Uhr-Vortrag«, mit den Einwänden von Oscar Wilde und G. K. Chesterton und einer Einleitung. Herausgegeben von Gerd Haffmans. detebe 34